河出文庫

華麗なる誘拐

西村京太郎

河出書房新社

目次

華麗なる誘拐

第一章　オリンピック作戦

1

新宿西口の三十六階建の超高層ビルの最上階に、左文字(さもんじ)探偵事務所がある。

ここに看板をかかげてから今日で一カ月になるが、ドアをノックした客は一人もない。見事なほど、一人も来ないのだ。

所長と秘書の二人だけの事務所といっても、秘書の史子(ふみこ)は、結婚したばかりの左文字の妻である。

「秘書として申し上げますけど」

と、その史子が、長い足を投げ出して新宿の夜景に見とれている左文字に、改まった口調で話しかけた。

「この分でいくと、今月は、完全な赤字ですよ」

「そりゃあ、そうだろう」

と、左文字は、呑んきに笑って、

「何しろ、収入がゼロなんだから」

「あたしは、三十六階というこの高い場所がいけないんだと思うんだけど」

「何故だい？」

「ここまでエレベーターで、三分はかかるわ」

「正確にいうと三分六秒だよ」

「ものを考えるには十分な時間だわ。事件の依頼にやって来た人も、三分六秒エレベーターに乗っている間に気が変って帰ってしまうんじゃないかしら」

「なかなか哲学的な考察だねえ」

「茶化さないで」

史子が、眉を寄せる。

左文字の方は、相変らず、のんびりした顔で、

「どうだい。気分転換に、下の『エトランゼ』にコーヒーでも飲みに行かないか」

「コーヒーなら、インスタントがあります」

「どうも女というやつは――」

「何ですって？」

「なに、女性は経済観念が強くて結構だということ。しかし、今は、本物のコーヒーが飲みたいね」

回転椅子から立ち上ると、ひどく背の高い男である。

その上、髪は黒いが、眼が青いので、外見は日本人には見えない。

左文字進は、一九四五年、ロスアンゼルスで、日本人の母と、ドイツ系アメリカ人の父との間に生れた。

日本人の母からは、東洋人特有の繊細さを、アメリカ人の父からは、バタ臭い外見と、論理的な思考癖を受け継いだ。

コロンビア大学で犯罪心理学を学んだあと、サンフランシスコの探偵事務所で働いていたが、両親が相次いで病死したのを機会に、日本にやって来た。

その時、たまたま友人が巻き込まれた事件を解決して見せた。事件で知り合った藤原史子と結婚し、日本国籍を取得して、ここに探偵事務所を開いたのは、その後である。

2

「エトランゼ」は、ビルの二階にあって、美味いコーヒーを飲ませるので人気がある店だった。

暖かい頃は、テラスにもテーブルを出しているのだが、春先の今は、ガラスの窓越しに、夜景を楽しむようになっている。

店の隅に置かれた白いピアノでは、若い女性ピアニストが、ほとんど無表情に「セレナード」を弾いていた。いかにも、アルバイトで弾いているという感じだった。

テーブルは三十五から四十ぐらい並んでいる。

近くのサラリーマンが帰りに寄ることが多いので、この時間、席はほとんど満員だった。

左文字と史子は、窓際の席があくのを待って、腰を下した。

すぐ背後(うしろ)の壁には、「あらゆる調査に応じます。正確、迅速、低廉。本ビル三六階、左文字探偵事務所　TEL344―89××」と書いた広告がかかげてある。この店の主人の好意で、かかげているのだが、あまり効果がないようだ。

この店に来る客は、みんな、探偵事務所に調査の依頼などする必要のないほど、幸福そのものなのだろうか。そういえば、幸福そうな若いアベックが多い。

今夜も、左文字たちの隣りのテーブルでは、二十歳ぐらいの若いカップルが、楽しげな笑い声を立てていた。二人とも、同じ空色のジーンズ・ルックで、聞くともなく会話を聞くと、どうやら、大学生らしい。

「来月から、方針を変える必要があるわね」

史子が、運ばれて来たコーヒーに、砂糖を入れながら、真面目な顔でいった。

外国旅行の話からロックの話、次にセックスの話と、何の脈絡もなく、くるくる変っていく隣りのテーブルのカップルの話を、面白く聞いていた左文字は、

「え？」

「困るな。真面目に聞いてくれなきゃあ」

史子が、男みたいな言葉遣いになる時は、緊張した時か、不機嫌な時だ。

「真面目に聞いてますよ。僕は、二つでいい」

「砂糖ぐらいは自分で入れて」

「おや、おや」

「離婚の原因の二番目は、経済的破綻だということを、よく考えてみて頂戴ね」

「一番目は何だい？」

「性格の不一致」

「その方の心配はなさそうだね」

「なぜ？」

「友人が、僕たちのことを、似た者夫婦だといっていた」

「あたしたちに、そんな馬鹿なお友達がいたなんて初耳だわ」

史子が、憎まれ口を叩いた時である。

突然、隣りのテーブルで、

「ゲェッ」

という、けものの叫び声のような悲鳴があがった。

はっとして、左文字が振り向いた。

その青い眼の前で、ついさっきまで、よく笑い、よくしゃべっていた長髪の若者が、のどをかきむしりながら、椅子から床に転げ落ちた。

続いて、女の方が、甲高い悲鳴と共に、床に倒れた。

椅子が、けたたましい音を立てて横倒しになり、コーヒー茶碗が、はじけ飛んだ。

熱いコーヒーが、その勢いで、左文字のズボンの裾にふりかかった。

「た、たすけてくれッ」

床に転がった青年は、のたうちまわりながら、凄まじい表情で叫ぶ。その声が、押し潰されたようにかすれている。

女の方は、細い身体を、えびのように曲げて、呻き続けているだけだ。全身がけいれんしている。

他のテーブルの客たちは、何が起きたのかわからずに、呆然と眺めている。

左文字だけが、冷静に、素早く反応した。

「救急車を呼んでくれッ」

と、近くにいたウエイトレスに、大声で頼んでから、史子に向って、

「吐かせるんだッ」

と、怒鳴った。

「え？」

気丈な史子も、さすがに、おろおろしている。

「毒を飲んだんだ」

「吐かせるって、どうしたらいいの？」

「水をじゃんじゃん飲ませて、吐かせやすいようにしてから、のどに指を突っ込むんだ」

左文字は、ぶるぶる震えている青年を抱き起こすと、無理矢理口をこじあけ、コップの水を飲ませた。

そのあと、相手ののどに指を二本突っ込んだ。

呻き声をあげながら、青年は、茶色い液体を、次から次へと吐き出した。

隣りでは、史子が、女に対して、同じ応急処置をしている。

「だめだわ」

と、史子が悲痛な声をあげた。

「どんどん衰弱していくわ」

青年の方も同じだった。多分、毒が多量だったのだ。吐き出す前に、全身にまわってしまったのだ。

やっと、救急車が駆けつけた。

3

左文字と史子は、参考人ということで、新宿警察署に呼ばれた。

そこで、事件の模様を陳述させられたが、何故か、それがすんでも、帰らせてくれなかった。

「ついてないわね」

史子は、薄暗い廊下の固い長椅子に並んで腰を下し、左文字に向って、肩をすくめて見せた。

「きっと、今頃、最初のお客が事務所を訪ねてるわよ」

「何故、そんなことを思うんだい？」

「ついてない時って、たいていそんなものよ。事務所に帰ると、怒った客が蹴っ飛ばした痕がドアについてるわ」

「君は面白い想像をするんだねえ」

「どうして、話がすんだのに帰してくれないのかしら？」

「わからんね。ひょっとすると、僕たちが、あのカップルに毒を飲ませたと思っているのかも知れないな」

もちろん、冗談でいって、左文字は、煙草を取り出した。

盛り場の中にある警察署だけに、やたらに賑やかだった。酔っ払いが連行されてくる。大金を掏られたといって、中年のサラリーマンが青い顔で駆け込んでくる。素人娘のような売春婦が、ふてくされた顔で引っ張られてくる。バーで喧嘩したといって、顔を血だらけにした若い男がやってくる。

結構、面白くて退屈しない。

一時間近くたってから、若い制服姿の警官がやって来て、

「こちらへおいで下さい」

と、丁寧にいった。

案内されたのは、署長室だった。

部屋には、二人の男がいた。

一人は署長だが、もう一人の背広姿の男に、左文字は、見覚えがあった。

警視庁捜査一課の矢部警部だった。中肉中背の温厚な感じだが、切れる男だという

ことは、前に、巨人軍が誘拐されるという奇妙な事件で一緒に働いたので、よく知っている。

「一カ月ぶりかな」

と、矢部警部は、二人に向って微笑した。

「まあ、坐って下さい」

署長が、左文字たちに、椅子をすすめた。

「あの二人、どうなりました？」

史子がきくと、矢部警部が、

「病院に着いてすぐ死にましたよ。青酸中毒です。男の方も、女の方も」

「どうも、よくわからないんだが」

と、左文字が、口をはさんだ。

「何が？」

矢部が、きき返した。

「何がって、僕たちの事情聴取は、もう終った筈だよ。それなのに、何故、こうやって残されているのかねえ？　それに、捜査一課のあんたが、何故ここにいるのかもわからないな」

「それを、これから説明しようと思っている」

「ぜひ、そうして貰いたいね」

「ただ話す前に約束して貰いたい。話を聞いたからには、われわれに協力してくれることをだ」

「どうやら、難しい事件らしいな」

「ああ、そうだ。貴女も約束してくれますね？」

矢部警部にきかれて、史子も、堅い表情になって、「ええ」と肯いた。

「今夜の事件から説明しよう」

矢部は、脚を組み、愛用のパイプに火をつけた。そんな態度は、落着き払って見えたが、自分を落着かせようとしているのかも知れなかった。

「男の方は、S大文学部の学生で二十歳。名前は青木利光。女の方は、T女子大の学生で十九歳。名前は横尾美津子。だが、この二人の名前は、あまり意味がない」

「何故だい？」

「それは、話してるうちにわかってくるよ。死因は、さっきいったように、青酸中毒死だ。二人の飲んだコーヒーから、青酸反応が検出されたが、最も興味があったのは、あのテーブルに置かれたシュガー・ポットの中の砂糖に、多量の青酸カリの粉末が混入されていたことだ」

4

「本当か？」

「嘘をいったって仕方がないだろう」

「あんたは、自分のいったことの意味がわかっているのか？」

「私は、これでも、警視庁捜査一課の人間だよ」

　矢部が、苦笑した。

　が、左文字は、蒼ざめた顔で、

「今夜、僕たちがあの店へ行った時、席が全部ふさがっていた。待っている中に、窓際のテーブルがあいたので、そこへ坐った。そのすぐあと、隣りがあいて、あの若いカップルが坐ったんだ。もし、そっちが先にあいていたら、僕たちが、そこへ坐っていたんだ。もし、そうなっていたら――」

「間違いなく今頃、君たちは、救急病院で冷たくなっていたろうね」

「やけにあっさりいうねえ」

　やっと、左文字の顔に、微笑が戻った。

「冷厳な事実をいっているんだ。あの店の経営者や従業員がそんなことをするとは、まず考えられない。となると、あのカップルの前に、あのテーブルに坐った人間が、砂糖に青酸カリを混ぜたということになるんだがね」

「いや、そうともいえないだろう」

と、左文字が、異議を唱えた。

「何故だい？」

「すぐ前の客が、コーラでも飲んだとすれば、青酸入りの砂糖は使わないし、ブラックでコーヒーを飲む客も、かなりいるからね。だから、前の前の客が犯人かも知れない」

「確かにそうだ。ウエイトレスが、あのカップルの前の客の顔を、かなり良く覚えていてくれたんだが、そいつが犯人とは限らなくなるわけだ」

「長髪で、あごひげを生やし、厚手の茶色いセーターを着た二十七、八の男か？」

「何故知ってるんだ？」

「僕は、アメリカで、正式に私立探偵のライセンスを持って働いていた男だよ。あんたと同じく、プロなんだ。近くにいる人間を、自然に観察する癖がついている」

「それは失礼したね。ところで、問題は、犯人が、あのカップルを狙(ねら)って殺したかどうかということだ」

「そうは思えないね」

「何故？」

「僕は、聞くともなく、あのカップルの会話を聞いていた。いろんなことを、取りとめもなく話していたが、この店は、初めてだけど、なかなか雰囲気がいいって、いっていたからだよ。行きつけの店じゃなかったんだし、他のテーブルが先にあいていたら、そちらへ坐ったに違いないからさ。あんただって、それはわかっているんだろう？　だからこそ、さっき、死んだ二人の名前は、あまり意味がないといったんじゃないのかい？」

「その通りだよ。私は、もちろん、死んだカップルの会話を聞いていないが、別の面から、犯人が、あのカップルを狙ったというわけじゃないことを知っているんだ」

「じゃあ、犯人は、誰でもいいから殺す気だったんですか？　無差別殺人？」

史子が、眉を寄せた。

「そうです。奥さん」

「そんなむちゃくちゃな。誰が死んでも構わないから、喫茶店のシュガー・ポットに、青酸カリを投げ入れるなんて、頭がおかしいんじゃないの」

「ところが、相手は、ひどく冷静な人間なのですよ」

「なかなか面白そうな事件だね」

左文字がいうと、矢部警部は、乱暴にパイプの灰を叩き落してから、

「面白いどころか、しごく厄介な事件なんだよ。もう一度、確認しておくが、話したら、君たちに協力して貰うよ。それは、約束してくれるだろうね？」

「神に賭けて誓うよ」

「ここは日本なんだ。別に、神様に誓ってくれなくてもいい」

矢部は、鞄から、小型テープレコーダーを取り出して、テーブルの上に置いた。

「まず、これを聞いて貰う。三日前の三月二十一日の午後、首相公邸にかかって来た電話を録音したテープだ」

「じゃあ、電話に出ているのは、総理大臣か？」

「いや、秘書官だ。なお、電話は、全部、自動的に録音されるようになっているとのことだ」

矢部警部は、テープレコーダーの「再生」のスイッチを入れた。

5

男の声―首相公邸だね？

秘書官―そうです。

男の声―首相に大切な話があるんだが、取りついでくれないかね？

秘書官―お話は、一応、私がお聞きして、総理にお伝えすることになっていますが。
男の声―あんたの名前は？
秘書官―渡辺秘書官です。
男の声―必ず、首相に伝えて貰えるんだろうね？
秘書官―重要なご用件ならば、必ずお伝えすると約束します。
男の声―大事さ。どんな緊急な用件よりも重要だよ。日本人一億人の生命にかかわることだからね。
秘書官―あなたのお名前は？
男の声―それはいえないね。ただ、われわれグループの名前を教えておこう。蒼き獅子たちだ。ブルーライオンズだ。
秘書官―蒼き獅子たち？
男の声―そうだ。今後も電話することになるだろうが、それが、われわれのコード・ネームだ。
秘書官―それで、ご用件は？
男の声―その前に確かめておきたいが、日本における総理大臣は、日本国民を代表する存在であり、日本国民の安全に対して最終責任を持つ存在だね？
秘書官―その通りです。あなたのいわれる国民の安全というのが、例えば、労働災害などであれば労働大臣が、公害問題であれば厚生大臣が、外国の侵略からの安全であれば防衛庁長官が、また、犯罪問題であれば法務大臣なり国家公安委員長が、責任者ということになりますが。
男の声―しかし、それらの大臣を任命するのは、首相なんじゃないかね？
秘書官―そうです。
男の声―だとすれば、やはり最終責任者は、総理大臣ということになるんじゃないか？
秘書官―確かに、法律上はそうなりますが、細かい陳情は、各省庁の窓口にお願いしたいのですよ。厚生省にも、労働省にも窓口がありますから。犯罪事件なら、あなたの住んでいる地区の警察署で相談して下さい。
男の声―陳情だって？　窓口だって？
秘書官―そうです。
男の声―いいかね、君。私は、日本人全体の安全に関する問題で、首相に話があるといっているんだ。日本人一億、正確にいえば一億二千万人の安全だ。その中には、君も、首相も入っているのだ。
秘書官―すると、例えば、近づいているといわれる駿河湾大地震とか、関東大地震についての、何かご意見をお持ちということですか？

男の声—何だって？

秘書官—一週間前にも、街の地震研究家と自称される方が電話して来ましてね。その方の長年の研究によると、来る三月十九日、つまり一昨日ですが、その日の午後二時に、マグニチュード8・6の大地震が東京を襲う筈だから、総理大臣は、すぐさま、あらゆる権限を発動して、一千万都民と、周辺の住民を疎開させよというのですよ。三月十九日の午後二時には、何も起こりませんでしたな。もし、そうした問題で電話なさって来たのなら、気象庁の観測部に地震課というのがありますから、そちらへ電話して下さい。電話番号は——

男の声—（クスクス笑って）われわれを、そんな馬鹿げた連中と一緒にされては困るね。

秘書官—すると、あなたのいう日本人全体の安全というのは、どういうことですか？

男の声—いいかね。よく聞いておくんだ。あとで重大なことになるからね。われわれ蒼き獅子たち（ブルーライオンズ）は、本日、『オリンピック作戦』を発動した。

秘書官—オリンピック？

男の声—オリンピック作戦だ。この作戦によって、われわれは、日本国民一億二千万人を誘拐した。

秘書官─（語調が急に荒々しくなって）一億二千万人を誘拐しただと？　君は、正気か？

男の声─そんなにカッカせずに、冷静に聞きたまえ。われわれは、日本国民を誘拐した。それだけのことだよ。もちろん、誘拐した以上、身代金を要求する。要求する相手は、日本の代表者であり、日本人の安全についての最高責任者は総理大臣だから、そちらに電話し、要求するのだ。一億二千万人に対する身代金として、五千億円の支払いを要求する。

秘書官─五千億円だって？

男の声─そうだ。今、日本の防衛費は年間約五千億円だと聞いている。今、日本人一億二千万人の安全は、われわれ蒼き獅子たち（ブルーライオンズ）の手中にある以上、何の役にも立たぬ防衛費五千億円を、われわれが要求するのは当然ではないかね。すぐ、このことを首相に伝え給（たま）え。われわれは、二十三日までに、首相の返事を得たい。さもないと、われわれは止（や）むなく人質を殺すことになる。

秘書官─馬鹿馬鹿しい（ガチャンと電話を切る音）。

6

矢部警部は、テープレコーダーを、いったん止めると、左文字夫妻に向って、

「どう思うね？」

と、意見を求めた。

「馬鹿げてるわ」

史子が、肩をすくめて見せた。

「確かに、馬鹿げている」

と、左文字は、同調したが、そのあと、言葉を続けて、

「しかし、電話の男の声が、妙に甲高いのに、いやに冷静なのが気になるね」

「電話の逆探知はしなかったんですか？」

史子がきくと、矢部警部は、微笑して、

「首相公邸は、警察じゃありませんからね」

「それで、このテープは、すぐ、警察に渡されて、検討されたのかい？」

左文字は、難しい表情になって、矢部にきいた。

「いや、渡辺秘書官も、相手を異常者だと考えたんだな。だから、無視した。無理も

ないんだ。首相宛に、あらゆる種類の電話がかかってくるし、手紙が届けられるからだよ。その一部を、私は見せて貰ったり、テープを聞かせて貰ったりしたが、奇抜なものがあるんだ。今のテープにもあったような、街の地震研究家からの電話や、中には、一人息子が家出したので、探してくれという陳情なんかもある。総理大臣なら、なんでも出来ると思っているんだな。また、春先になると、陽気のせいで、頭のおかしな連中も、時々、電話してくるようだ。最近地球の電磁気が狂って、地球が爆発するとか、宇宙人が家に住みついて困るとかいった、突拍子もないやつだ」

「つまり、秘書官は、そんな種類の電話と同一視したわけか？」

「まあ、そうだ。これが、右翼や左翼からの脅迫だったら、すぐ、公安に連絡したんだろうがね」

「しかし、何故、異常者からの電話と思っていたのを、真面目に扱うようになったんだ？」

「この電話のあった翌日、つまり三月二十二日の午後に、また、蒼き獅子（ブルーライオンズ）たちを自称する男が、首相公邸に電話して来たんだ。それを聞かせよう」

矢部警部は、テープを代えてから、スイッチを入れた。

緊張した、静かな署長室に、再び、電話の会話が流れはじめた。

男の声―君の声は覚えているよ。渡辺秘書官だね。私は、昨日もいったように、蒼き獅子たち(ブルーライオンズ)の一員だ。昨日のメッセージを、首相に伝えてくれたかね？

秘書官―あんないたずら電話を、お忙しい総理にお伝えできるかね。そのくらいのことは、子供だって、わかる筈だ。

男の声―なんということだ。総理大臣秘書官というのは、そんなに頭が悪いとは、驚いたものだ。

秘書官―なんだと？

男の声―いいかね。君。われわれは、オリンピック作戦を実施して、日本国民を誘拐したのだ。こんな重大なメッセージを、君は、怠慢にも、首相に伝達しなかったのか？

秘書官―（笑って）おい。君。どこに、誘拐された日本人がいるというんだ。頭を冷やして今朝のテレビニュースを見たまえ。昨日は、よく晴れて暖かかったので、平日にも拘(かか)わらず、全国各地の行楽地は大変な人出だった。今日も同じだろう。陽春を楽しんでいるあの人たちを、君たちは、誘拐したとでもいうのかね？

男の声―困った人だ。どうやら君は、誘拐を型にはめて考えているらしいな。女や子供を、車で引きさらって行って、山小屋に閉じこめるのを、誘拐と思っているんじゃないのかね？ そんなのは、誘拐の一つのパターンでしかないのだ。誘拐とは何か、その正確な定義を君に教えてやろう。よく聞きたまえ。『欺罔(きもう)マタハ誘惑ヲ手段トシテ、人ヲ従来ノ保護サレテイタ状態カラ、自己マタハ第三者ノ実力的支配下ニ移スコト』これが、正確な誘拐の定義だ。

秘書官―キモウ？

男の声―欺瞞(ぎまん)だよ。しかし、この定義の前段はさして重要じゃない。暴力を手段とする場合もあるし、今度のように、自分が誘拐されたのを知らずにいる場合もあるからだ。重要なのは後段だ。つまり、ある人間が、保護されていた状態から、無防備な状態に置かれることが、誘拐されたことになるんだ。今、私が電話している場所から、広場が見える。沢山子供が遊んでいる。若いカップルも何組か楽しげに語り合っているよ。君のいう平和な光景だ。だが、彼等の命は、私が握っている。ここにある拳銃で狙い、引金を引けば、彼等は死ぬんだ。誰が、それを防げるかね？つまり、彼等は、私の支配下に置かれているんだ。われわれ蒼き獅子(ブルーライオンズ)たちは、全国に散らばっている。北海道でも、九州でも、好きな時に、好きな場所で、人質である一億二千万人の中の一人を殺すことができる。誰が、それを防げるかね？

秘書官―君は、狂っている。

男の声―いや。私のＩＱは一五〇だ。われわれは、一億二千万人の日本国民を人質として、われわれの支配下に置いたのだ。いつでも、好きな時に、好きな場所で人質の生命を絶つことが可能だ。それを防ぐことが、君たちに出来るかね？　今、警察官は、全国で約二十万人の筈だが、二十万人で、一億二千万人を守れるかね？　自衛隊を入れても、五十五万人に足らん筈だ。一億二千万人の一人一人を守るのは、まず不可能だね。最新鋭の戦車もジェット機も何の役にも立たんのだ。これで、少しは、われわれのいうことが納得できたかね？

秘書官—君は、馬鹿げたことを考えてるんだ。それがわからんかね？

男の声—そんな下手な、子供っぽい説得は意味がないねえ。昨日もいったように、われわれは、オリンピック作戦を実施し、日本国民を誘拐した。その身代金、安全の保障費として、五千億円を要求する。その期限は三日間。すでに、一日が空費された。今日、明日中に、首相の回答が得られなければ、三月二十四日に、最初の人質を殺すことにする。そして、その責任は、全て、首相にあることになる。

秘書官—待ちたまえ。君。

男の声—明日また電話する。それまでに、首相に、われわれのメッセージを伝えておきたまえ。

7

矢部警部が、テープを止めても、しばらくの間、誰も何もいわなかった。

「IQ一五〇というのは、どの程度の頭脳なのかね？」

重苦しい沈黙を破って、署長が、誰にともなくきいた。

左文字が、新しい煙草に火をつけてから、

「アメリカに、『メンタル・ソサエティ』という団体があります。これは、IQ一四五以上の天才クラスの人間だけが参加できる団体でしてね。面白いことに、この団体の殆(ほとん)ど全員が、UFOの存在を信じているそうですよ」

「すると、一五〇というのは、相当優秀な頭脳の持主ということになるわけだね」

「この男のいうことが事実ならばの話ですよ」

矢部警部は、吐き捨てるようにいった。そんな矢部に向って、左文字が、

「二回目の電話で、秘書官は、警察に相談しに来たというわけかい？」

「そうだ。われわれは、翌日、首相公邸に出かけて、いろいろと話を聞き、二本のテープを聞かせて貰ったんだ」

「三回目の電話には、首相が出たのかい？」

「丁度、閣議もなくてお暇だったのでね。庶民性が売り物の総理だから、案外、あっさりと、出られたようだ。そのテープを、これから聞かせよう」

「犯人が逮捕できなかったとすると、逆探知は、失敗したんだな？」

「ああ。そうだ。逆探知は失敗した。聞けばわかるが、相手は、用心深い男なんだ」
矢部警部は、また、新しいテープに代えて、スイッチを入れた。
左文字は、脚を組み、煙草をくわえて、それを聞いた。
史子は、緊張した時の癖で、時々、爪(つめ)を噛(か)みながら聞いている。
男の声―蒼き獅子(ブルーライオンズ)たちだ。われわれのメッセージを、首相に伝えてくれたかね？
秘書官―伝えた。
男の声―それで？
秘書官―総理ご自身が、電話に出られる。
男の声―そいつはいい。代ってくれ。
首相―わたしだ。
男の声―その特徴のある声に、聞き覚えがあるよ。どうやら、ご本人らしい。
首相―秘書官から、キミたちのメッセージは聞いた。
男の声―では、五千億円の身代金は、払ってくれるんだな？
首相―キミも頭のいい人間のようだから、国家予算を、わたしが勝手に出来んことぐらいわかるだろう。
男の声―それは、妙なことを聞くね。国家予算を勝手に配分して、一部の人間の利益のために、橋や道路を造って来たのが、歴代の内閣じゃなかったのかね。田んぼの真ん中に政治駅も作った。国家予算を使ってだ。今度は、全日本国民の安全がかかっている。その安全のために国家予算を使えないというのかね？

首相—そんな権限は、わたしにはないのだ。

男の声—日本の安全を守るために、五千億円の予算を毎年、使っているじゃないか。役にも立たん戦車や、飛行機や、軍艦のために。日本という言葉は、日本国民を意味している筈だ。それなら、日本国民の安全のために、防衛費の五千億円は支出できる筈だろう。

首相—そんな前例はない。

男の声—じゃあ、前例を作りたまえ。

首相—無茶だよ。キミ。

男の声—払う意志もないのに、電話に出たというのは、どういうことなんだ？　逆探知で、私を逮捕するために、仕方なく、電話に出ているわけかね？

首相—そんなことはない。次元の違う話だといっているのだよ。わたしは。

男の声—次元がね。その議論は、いったん電話を切ってからやろうじゃないか。

首相—電話を切る？

男の声—逆探知されない用心さ。

＊

男の声―ブルーライオンズだ。

首相―何をしていたのかね？

男の声―ちょっと移動しただけだよ。あんたは、次元が違うから、五千億円の防衛費は払えないといったが、それは、一機何十億円もするジェット戦闘機が、どうしても必要だということかね？

首相―日本を守るために、絶対に必要なのだよ。キミ。

男の声―じゃあ、自衛隊ご自慢の戦車や、戦闘機や軍艦を総動員して、われわれから、人質を守ってみたまえ。一人でも守ることが出来たら、拍手してあげるよ。

首相―待ちたまえ。キミ。

男の声―なんだ？

首相―国家予算はどうにもならんが、わたしのポケットマネーなら、君に支払えるかも知れん。

男の声―（クスクス笑って）ポケットマネーだって？

首相―わたしは、清廉がモットーの政治家だ。だから、何百万、何千万という金は、自由にならん。五、六十万なら何とかなる。それで、馬鹿げたことは中止してくれんかね？　総理大臣のわたしが、こうして頼んでいるのだ。

男の声―一時金としてなら、五百億円で手を打ってもいい。
首相―五百億？
男の声―財界から保守党への政治献金は、年間五百億円はあるんじゃないのかね？
首相―そんなことはない。せいぜい百五、六十億円だ。嘘だと思うのなら、自治省の発表を読んでみたまえ。
男の声―それは、申告された額で、全部で五百億円以上というのは常識だよ。その五百億全額を払いたまえ。あんたの党の全ての代議士先生は、建前論とはいえ、国民のために自分を犠牲にするといっている筈だ。それに、財界のお偉方も、口だけかも知れないが、自己の利益のためではなく、国家、国民のために仕事をしているといっている。それに、あんたは、総理大臣であると同時に、保守党総裁でもある筈だ。と考えれば、五百億円は、一億国民の身代金として、簡単に払える筈だ。
首相―そんなことは出来んよ。
男の声―つまり、あんたの党内での統率力はゼロで、党員も、財界人も説得できないということかね？
首相―（憤然として）馬鹿なッ。ただ、こんな馬鹿げたことに、五百億も払えんといっておるのだ。
男の声―では、これ以上話をしても無駄だな。あんたと、あんたの政府の無能のために、われわれは、人質を殺さなければならない。きっと、あんたの政府の無能と無策が、非難の的になるだろうよ。
首相――もし、もし、もし、もし。
秘書官――総理。もう電話は切れています。

8

「そして、今夜、人質二人が殺されたというわけかね？」

左文字は、青く光る眼で、矢部警部を見た。

「まず、間違いないだろう。もちろん、まだあのカップルが、全く別の人間に、別の理由で殺された可能性もなくはない。例えば、男か女か、どちらかを好きな人間の嫉妬によってということだ。だが、その可能性は、まずゼロだな。君のいうように、誰が死ぬかわからぬわけだからね。日本人全部を人質にしたと考えているブルーライオンズの連中なら、誰が死んでもよかったわけだから」

「やっぱり、狂人だわ」

と、史子が、怒りをこめていった。

「誰でもいいから殺すなんて」

「だが、その男の言葉は、正確だよ。非人間的ではあってもね」

左文字がいうと、史子は、きッとした眼で、夫を睨んで、

「何ですって？」

「よく考えてみたまえ。犯人が誰で、どこにいるかわからない限り、僕たちは、自分を守る方法がないんだ。犯人が、特定の人間を殺そうとしているのなら、守る方法もあるが、相手は、一億二千万人全員が、人質だといっているのだ。一億二千万人の誰を殺そうと、彼にとっては、人質を殺したことになるんだ。全く、彼のいう通り、警察官を総動員しようと、一〇五ミリ砲を搭載した新鋭戦車や、マッハ二・五の新鋭ジェット戦闘機を動員したって、防ぎようがないんだ」

「じゃあ、一人一人、自分で自分自身を守ったらば？」

「自分で自分自身を守る伝統のない日本じゃ無理だよ。それに、自分を守るための銃が、日本では手に入らない。銃が手に入るのは、暴力団員ぐらいだ。第一、今、あなた方の命が、何者かに狙われているから、各自で自分を守って下さいなんて発表したら、それこそ、日本中がパニック状態におちいってしまうよ」

「その通りだ」

と、矢部警部は、肯いて、

「だから、われわれは、秘密裡に、なるべく速く、この事件を解決したいんだ。だか

らこそ、民間人の君たちにも協力を頼んでいる」

「自信はあるのかね？」

「正直にいってないね。だが、やらなきゃならん。犠牲者が増えていけば、嫌でも、マスコミが嗅ぎつけて、書き立てる。そうなれば君のいったパニックになる」

「電話をかけて来た男のことは、なんにもわからないのか？」

「声紋をとり、声の専門家の意見も聞いたよ」

矢部警部は、警察手帳を取り出して、

「専門家の意見では作られた声で、その男の輪郭は、こんなところだ。まず、年齢は、二十歳から三十代の後半まで」

「ずいぶん広範囲だねえ」

「私もそう思うよ。次は、訛りがないことから、東京で生れ、東京で育った可能性が強い。性格は、粘り強く、自己顕示欲が強い。もう一つ、電話での話し方から、かなり高い教育を受けている」

「それだけかい？」

「残念ながら、今のところわかっているのは、これだけだ」

矢部警部は、憮然とした顔でいった。

「じゃあ、僕が補足しよう」

と、左文字がいった。矢部は、驚いて、

「何をだ？」

「この男は、運転免許証を持ち、車を運転しているよ」

「なぜ、それがわかるんだ？」

「さっきのテープは、カットして継いだりはしてないんだろう？」

「そんなことはしていない」

「犯人が、いったん電話を切った時があったろう。僕は、次の電話がかかるまでの時間を測っていた。その間、テープは廻り続けていたんだろうね？」

「何があるかわからないので、廻しっ放しにしておいたようだ」

「その間、七分三十九秒かかっている。ところで、犯人は、赤電話から掛けたとは思えない。傍にいる人間に聞かれる恐れがあるからだ。とすると、電話ボックスからということになる。移動するために歩いたとすると、七分三十九秒では、せいぜい二、三百メートルしか動けない。そのくらいの短い距離の間に、もう一つの電話ボックスがあるというのも、ちょっと考えられないし、逆探知を怖がっている筈だから、近くでかけるのは、心理的に不安だと思うね。自転車でも、七分三十九秒では、そう離れた場所までは行けそうもない」

「私も、車は考えたが、タクシーを拾って移動したのかも知れんよ」

「そうは思えないね」

「理由は？」

「電話ボックスから出て来てタクシーを拾い、七分ばかり走ってから、また、電話ボックスのところでおりたんでは、妙な人だと、タクシーの運転手の注意をひいてしまう。ＩＱ一五〇を自慢する犯人が、そんな下手な真似はしない筈だよ。とすれば、車を利用したとしか考えられない。一人で、車で移動したか、或いは、運転者が別にいるかはわからないがね」

左文字は、喋（しゃべ）りながら、自分の頭の中で、犯人像を描こうと努力していた。

電話の声は、常に落着き払い、時には、クスクス含み笑いをしている。

自分に対して、絶対の自信を持っている男だ。電話に、首相自身が出た時も、口調は、ほとんど変らなかった。現在の首相を、尊敬するにしても、軽視しているにしても、普通なら、気負いが出るものだが、それがあまり見られない。

筋骨逞（たくま）しい、いかにも犯罪者といったイメージは湧（わ）いて来ないが、といって、青白いインテリという感じでもない。一見平凡だが、頭が切れ、腕力はなさそうに見えるのに、空手の名手。こんな感じの男に思える。頭がいいだけでは、人間、特に男は、さほど自信は持てないものだ。一対一で、肉体をぶっつけ合っての戦いに、ある程度、自信があって、はじめて、男は、自信のある冷静な態度を取れるものだからである。

「ブルーライオンズか」

と、矢部警部は、苦々しく呟いてから、左文字に向って、

「君は、この男に、本当に仲間がいると思うかね？　それとも、われわれといっているのは、ハッタリだと思うかね？」

「わからんね。だが、いると思って対処した方がいいだろう。その方が安全だ」

「オリンピック作戦というのは、いったい何の意味だろう？」

署長が、部屋にいる三人の顔を見廻した。

小太りで、いかにも温厚な感じの署長だが、奇妙な誘拐事件にぶつかって、厳しい眼になっている。

「自分たちの計画には世界の各国の若者が参加しているぞという誇示じゃないのかしら」

と、答えたのは、史子だった。

「成程ねえ」

署長は、肯いたが、同感だという顔ではなかった。

「君はどうだい？」

矢部警部が、左文字を見る。

左文字は、また新しい煙草に火をつけた。彼の前に置かれた灰皿は、すでに吸殻の

山ができていた。

緊張すると、とたんに、左文字は、ヘヴィスモーカーになる。また、そんな時が、彼の一番充実している時でもあるのだ。

「僕はね、アメリカにいる時、戦史に興味を持って、第二次大戦に関する資料を読みあさったことがある。もちろん太平洋戦争に関するものもね。アメリカ軍の進攻は、一応、沖縄で終って、そこで終戦になってしまったが、日本が降伏しない場合には、十一月一日に日本本土への上陸作戦を考えていた。場所は九州南部だ。この日本本土上陸作戦の名前が、オリンピック作戦と名付けられていたんだ」

「犯人は、それからとって、自分たちの計画に、オリンピック作戦と名付けたのかな」

「日本全土を占領するという意味では、ふさわしい名前だと思うね。もっとも、当時の米軍は、九州南部上陸のオリンピック作戦だけで日本が降伏しない場合には、二カ月後に、日本の中心部である関東平野に進攻するコロネット作戦を考えていたようだがね」

「もし、君のいう通りだとしたら、犯人、或いは犯人たちは、第二次大戦史に興味を持っているのかも知れんな」

署長は、興味深げにいった。五十歳を過ぎた署長は、戦時中、南方戦線で、一兵士として戦っただけに、戦史に興味を持っているようだ。

左文字は、微笑した。

「犯人たちは、自分たちの行動を戦争に比しているのかも知れませんよ。彼等だけの理論で武装し、国家権力に刃向う戦いとして」

「だとすると、面倒な事件だねえ」

「だから、民間人の君にも、協力をお願いしているんだ」

と、矢部がいった。

「もちろん協力を惜しまないが、僕はプロだからね。頂くものは頂くよ」

「いいだろう。渡辺秘書官を通じて、君のことは、総理の了解を得ている。それこそ、総理のポケットマネーから支払われる筈だ」

「一日一万円プラス経費。それに犯人を逮捕した時の成功報酬だ」

「私立探偵というのは、いい商売だな」

「アメリカじゃ、一日百ドル（三万円）プラス経費が常識だよ」

「わかったよ」

「ところで、一つ質問したいんだが」

「何だね？」

「世界一を誇る日本の警察が、なぜ、民間人の僕に、日当まで払って協力を要請するのかね？」

「それはつまり、今もいったように、非常に特殊で、難しい事件だから、君にも協力を要請したのだ。確かに、わが国の警察機構は優秀だ。だが、こんな特殊な事件の場合は、警察の直線的な捜査より、民間人のジグザグ調査が効果を発揮することがある。だから、君たちに協力を頼んでいるんだ」

「どうも苦しいねえ」

左文字が、小さく笑うと、矢部警部は、嫌な顔をして、

「何だって？」

「正直にいいなさいってことさ。実際は、こうなるんだろう。僕だけが、偶然、殺人現場に居合わせてしまった。奇妙な誘拐事件の殺人現場だ。僕たちがただの民間人なら放っておくところだが、私立探偵の上に、夫婦そろって疑り深い。事件の周囲を勝手に嗅ぎ廻られては困ると思った。それなら、捜査に協力させて、一つの枠の中に入れてしまった方がいい。違うかい？」

「参ったね」

と矢部警部は、笑った。

9

左文字と史子は、自分の事務所に戻った。

夜が深まると、三十六階から見る東京の夜景は、一層、美しく幻想的になる。

キラキラと輝く光の洪水。一直線に長く伸びる二本の光の線は、甲州街道だろう。

「東京の夜景は、僕がいたサンフランシスコの夜景より美しいよ」

左文字は、ロッキングチェアに腰を下し、窓の外に眼をやった。窓にあまり近づき過ぎると、三十六階の高さのために、夜の空間にのめり込んで行きそうな錯覚に落ち込む。

「それは、人間が見えないからよ」

と、史子がいった。

「この下に、人間が一杯うごめいていて、その中に、何の罪もない若いカップルを殺した犯人がいると考えれば、この美しさも、色あせて見えるんじゃない」

「君は、夢がないねえ」

「あなたに、ハッパをかけてあげてるのよ。折角、仕事が向うから転がり込んで来たのに、夜景なんかに見とれているからよ。一カ月仕事がなかったもので、頭が呆(ぼ)けちやったんじゃないかと思って」

「わが灰色の脳細胞は、健在だよ。ただ、正直にいって今のところ、蒼き獅子たち(ブルーライオンズ)に対して、手の打ちようがないだけだ。警察だって同じだろう」

「彼等は、これからどうする気かしら?」

「明日、また、首相公邸に電話してくるだろう。人質を二人殺したといってね。五千億円の身代金を払わなければ、更に、人質を殺すと通告する筈だ。そして、警察は、新しい殺人を防ぎようがない。どこで、誰を殺すかわからないからだ。第一、人質自身が、自分が人質であることを知らず、無防備なんだから」

「嫌な事件ね」

史子は、左文字の隣りに椅子を持って来て、並んで腰を下した。

「嫌な事件だが、同時に、面白い事件だよ」

左文字が、煙草に火をつけると、史子も、ゲルベゾルテをくわえた。

「どう面白いの?」

「こんな形の誘拐を考えたのは、ブルーライオンズを名乗る連中が初めてだからだよ。都会のどこかに時限爆弾を仕掛けて、市民を殺したくなければ、金を払えと脅迫した犯人はいる。スカイジャックも、シージャックも、誘拐の一種だろう。彼等は、苦心して飛行機なり船なりに乗り込み、乗客を武器で脅かす。ところが、ブルーライオンズは、何もしないんだ。彼等がしたことといえば、首相公邸に電話して、われわれは一億二千万国民を誘拐し、人質にしたと宣言したことだけだ。それだけさ。子供にでも出来ることだ。しかし、その途端、彼等が人を殺すことは、無意味な殺人ではなく、身代金を払わないから、止むを得ず人質を殺したことになるんだ。しかも、それを防ぎようがない」

「まるで、ブルーライオンズという無法者たちが、頭がいいと賞めているみたいね」

「確かに頭はいい連中だよ」

「でもね、頭がいいわりに、馬鹿げていると思うところもあるわ」

「どこがだい？」

「総理大臣に向って、防衛費五千億円を身代金に支払えなんていっていることよ。国家予算が、総理大臣個人の自由にならないことくらい、それこそ、子供にだってわかることだわ」

「財界から保守党に献金される五百億円でもいいともいっているよ」

「それだって、総裁の一存では、どうにも出来ないことは、この前の保守党のごたごたで、誰にでも、よくわかってることよ。総裁の権限なんて、大したことはないもの。つまり、犯人は、どうにもならないことを要求しているのよ。それでも頭がいいといえるかしら？」

「確かに、君のいう通りだ。だからこそ、これから後の展開に興味があるんだ。犯人は馬鹿じゃない。冷酷で頭の切れる男だ。仲間がいれば、彼等もそうだろう。その連中が、いったい何を考えているのか、すぐわかるさ。わかった時が、この事件の一つの転機だろうね」

「一つ愚問を呈してもいいかしら？」

「何だい？」

「もしもだけど。首相に、五千億円の身代金を払う権限があって、支払うといったら、犯人は、どうやって受け取る気だったのかしら？　一億円入りのスーツケースが、五千個にもなるのにね」

第二章　重要参考人

1

青木利光（二〇）と、横尾美津子（一九）のカップルが、ブルーライオンズを名乗る犯人に、人質として殺されたことは、ほぼ間違いなかったが、それでも、警察は、慎重を期して、二人の交友関係を洗ってみた。

青木も、美津子も、親元を離れて、東京のマンションで暮らしており、あまり出来のいい学生とはいえなかったが、それだけに敵もいなかった。

二人の関係については、青木の友人たちも、美津子の友人も知っていた。親元からの仕送りは、学生全体から見て平均的な額であり、二人とも、借金をしていた形跡はない。誰かに恨まれていたという形跡も見つからなかった。

翌三月二十五日の朝刊は、二人の死を、「不可解な死」と書き、「もし、何者かが、砂糖の中に青酸を混入しておいたのだとしたら、これ以上悪質ないたずらはない」と、非難した。

蒼き獅子たち(ブルーライオンズ)からの首相公邸への脅迫電話のことは、箝口令(かんこうれい)が布(し)かれていたから、どの新聞にも載ってはいなかった。

警察は、マスコミに知らせない積りであったし、それは、首相の意向でもあった。

昼少し前、矢部警部は、新聞をコートのポケットに突っ込んで、港区高輪にある総理大臣公邸に出かけた。

公邸の造りが古く、住むのに不自由なので、歴代の首相の多くは、自分の邸(やしき)から、千代田区永田町にある総理大臣官邸に出勤していたが、今の首相は、公邸に住み、ここから永田町に通っていた。

矢部を、渡辺秘書官が迎えた。三十五歳と若いが、T大出の秀才で、もちろん、将来の政治家をめざしている男である。こういう人種は、矢部は苦手である。

「ブルーライオンズからの電話は、まだ掛かって来ませんか?」

「まだです」

渡辺秘書官は、ふちなしの眼鏡の奥から、強い眼で、矢部を見て、

「犯人の手掛りは?」

「その方も、まだつかめません。総理は?」

「今日は、午後二時から閣議があるので、出かけられましたよ」

「総理は今朝の新聞を、ご覧になりましたか？」

「いつも、朝食を摂(と)りながら、全部の新聞に眼を通されます」

「新宿で死んだ若いカップルのことで、何かいっておられましたか？」

「別に。ただ、総理大臣というものは、いかなる脅迫にも屈することは出来ないのだと、おっしゃっていました」

「そうですか」

　とだけいって、矢部は、書斎に入った。首相の威信だけで、今度の事件が解決できればいいのだが。

　書斎には、昨日から泊り込んでいる二人の刑事と、二人の技官が、緊張した顔で、矢部を迎えた。

　過去三回の電話は、決ったように、午後二時に掛かって来たが、だからといって、その時間だけ、刑事や技官を送り込むわけにはいかないのだ。

　お手伝いの娘さんが、紅茶と、ビスケットを運んで来てくれた。

　紅茶の方は、砂糖を入れずに飲んだが、ビスケットは食べる気になれず、煙草に火をつけると、気持を落着けようと、窓の外に広がる芝生に眼をやった。

　芝は、やっと青い芽を出しかけている。

(馬鹿げた事件だ)

と、矢部は、呟いた。警察に身を置いて十六年。こんな事件にぶつかったのは初めてだ。

馬鹿げた事件だが、無視することも出来ない。今の状態では、解決のしようもない。それが、腹立たしくてならなかった。

午後二時になった。

矢部が、テーブルの上の電話に眼をやったとたんに、鋭くベルが鳴った。

「出て下さい」

と、矢部は、渡辺秘書官にいった。

秘書官が、受話器を取ると、テープレコーダーが廻り出し、音声はマイクを通して、部屋に流れた。

秘書官—もし、もし。

男の声—私だ。ブルーライオンズだ。私は、今、悲しみで一杯だ。止むなく、二人の人質を殺さなければならなかったからだ。この責任は、あげて、首相にある。われわれの要求を拒絶したからだ。

秘書官—総理にだって、出来ないことは出来ないのだ。そのくらいのことは、賢明な君には、よくわかる筈だ。五千億円もの国家予算が、総理の自由になる筈がないじゃないか。
男の声―われわれは、財界から保守党へ政治献金される五百億円でもいいと譲歩したのに、それも実行されなかったではないか。
秘書官―無理だよ。君。
男の声―選挙の時には、平気で、何百億と、財界に対して援助を要請する筈じゃないかね？　それなのに、一億二千万人の日本国民の生命の安全がかかっているというのに財界に頼もうとしないのかね？
秘書官―そんな次元の違う話を、保守党総裁として、財界に要請できるものじゃないよ。君。
男の声―それは、首相の返事として受け取っていいのかね？
秘書官―今のは、私の意見だ。しかし、総理がここにおられるとしても、同じ返事をされた筈だよ。
男の声―それほど、日本の首相が、国民の生命の安全に無関心ならば仕方がない。われわれの要求は、再び拒絶されたものとして、悲しいことだが、次の人質の命を奪わなければならない。
秘書官―待ちたまえ。君。

男の声―次から次へと人質が死んでいけば、首相も、政府も、二つの点で、社会の非難の集中攻撃を浴びることになるだろうよ。第一に、今いった、日本国民の生命の安全に無関心だということ。第二は、年間五千億円もの防衛予算を注ぎ込みながら、国民の安全を確保できない無策に対してだ。

秘書官―もし、もし、君、もっと話し合おうじゃないか。

男の声―われわれの要求を受け入れる気がないのなら、これ以上の話し合いは無駄だ。

秘書官―もし、もし。もし、もし。

「切ってしまった」

渡辺秘書官は、額の汗を手の甲で拭った。

「電話の逆探知は出来ませんでしたか？」

「この短さでは、無理です」

と、専門の技官が、首を横に振った。

「何とかならんのですか？」

渡辺秘書官は、非難する眼で、矢部警部を見た。

「今の状態では、どうすることも出来ません」

矢部は、正直に答えた。

「じゃあ、新たな犠牲者が出るのを、手をこまねいているのですか？　警察は、それでも平気なんですか？」

「人が殺されるというのに、平気でいられる筈がないでしょう」

矢部も、堅い表情になって、いい返した。事件の責任者である矢部が、誰よりも口惜しいのだ。だから、いった。

「だが、考えてみて下さい。犯人の人質は、一億人を越えているのです。全国二十万人の警察官で、一億人の警護は不可能です。それに、犯人の言葉が本当で、仲間がいて、それが全国に散らばっていたら、今度は、北海道のどこかの岬で殺人が行われるかも知れないし、九州でかも知れない。犯人は、好きな時に、好きな場所で、好きな人間を、殺すことができるのです。それを防ぐのは不可能です。偶然、そこに警官がいるか、目撃者が出れば別ですが、昨夜の事件でもわかるように、犯人は、そんなへまはやらんでしょう」

「しかし、何とかならんのですか？　下手をすれば、総理の人気にも関係してくることですからね。例えばですね。犯人は、午後二時に電話してくることが予想されていたんだから、その時間、公衆電話ボックスを警官に見張らせるといった方法だって取れた筈ですよ。赤電話まで入れたら大変な数だが、電話ボックスなら、そう数はないでしょう」

渡辺の意見に、矢部は、微笑して、

「それくらいの手は、当然、打ってあります。都内の全ての公衆電話ボックスは、その近くの派出所の警官に見張らせ、午後二時に電話した者を、全て調べるように命令しておきました。それから、公衆電話ボックスは、たいした数じゃあるまいといわれましたが、二十三区内だけで、九千二百三十四カ所ありますよ」

「それなら、犯人が逮捕できるかも知れんじゃありませんか」

「そうなれば有難いですが、まず、無理でしょうな」

「何故です？」

「これまでの時は、恐らく、都内の公衆電話ボックスから、電話して来たものと思われます。見つかって、逮捕されたところで、たいした罪にはならないからです」

「誘拐は、重罪の筈ですよ」

「渡辺さん。日本国民一億二千万人を誘拐したというのは、犯人が勝手にいっているのです。検事は、誘拐で起訴はできませんよ。その点も、犯人は巧妙なのです。犯人のいう通り、今の状態では、誘拐事件と同じです。しかし、誘拐にはならない。巧妙です。しかし、二人の人間が死んだ以上、殺人罪にはなる。頭のいい犯人が、のこのこと、また公衆電話ボックスに入るとは思えないのですよ。個人の電話を使ったか、或いは、遠い場所からかけて来たかのどちらかでしょう。今は、札幌からでも、福岡からでも、直通で電話がかけられる時代ですからね」

「じゃあ、どうしようもないんですか?」

「われわれは、全力を尽くします。それに、今のところ、一つだけ救いがあるとすれば、犯人が殺人狂ではないらしいということです。大量殺人はやらんでしょう」

2

院内大臣室で開かれる定例閣僚会議というのは、これといった重要問題がない時は、退屈なものである。

この日も、三十分ほどで終ってしまったが、その後の雑談の時、首相は、

「法務大臣には、すでに話してあるのだがね」

と、奇妙な脅迫電話のことを、各閣僚に打ち明けた。

「話しただけでは、納得が出来ないと思うので、掛かって来た電話の録音テープを持って来たから、それを聞いて欲しい」

テーブルの上に、テープレコーダーが持ち込まれ、問題のテープを、各閣僚が、神妙な顔付きで聞くことになった。

終ってから、首相は、

「どうだね？　諸君の感想を聞きたいのだ」

「けしからんッ」

野太い声で怒鳴ったのは、浪花節好きの大木建設大臣だった。

「こいつは、過激派の連中に決っている。こんな連中には、一歩でも譲歩してはいかん。捕えて、刑務所へ送り込んでやるのが、彼等にとって、最上の薬なんだ」

「それにしても、防衛予算の五千億円を身代金として寄越せとか、蒼き獅子たちとか、オリンピック作戦とか、馬鹿にしている」

憮然とした顔でいったのは、副総理の井原大蔵大臣だった。

次期首相候補と、自他ともに認めているだけに、何となく、首相を意識した感じで、

「ポケットマネーの件は、かえって、相手をつけあがらせたんじゃありませんかな？」

やんわりと、批判するようなことをいった。

井原は、事件そのものよりも、この事件が、自分のライバルである首相のマイナス点になるかどうかを考えていた。

現在の首相は、国民には、庶民的ということで、かなりの人気はあるものの、党内では少数派閥に属していたし、批判者も多い。

今、首相が、決定的なミスを犯せば、次期首相の椅子は、間違いなく、井原に転が

り込んでくる。

「しかしねえ。井原君」

首相は、眼鏡の奥の細い眼で、井原を見て、

「相手は、人質を殺すというものだからね。いやしくも人命にかかわることなので、私も、慎重にならざるを得なかったのだ」

「法務大臣」

と、大木建設大臣が、相変らず大きな声で、

「こんなのが、本当の誘拐といえるのかね？　犯人は、テープの中で、トクトクと、誘拐の法律的な解釈をしているが」

法務大臣の和田島は、ちょっと、どもりながら、

「こ、こんなものが誘拐といえますかッ」

と、怒鳴った。

「しかしですねえ。法務大臣」

おだやかな声で、割って入ったのは、今の内閣では、ハト派的な存在で、インテリでもある望月外務大臣だった。

「法律的にどうであれ、一億人が人質では、人質を守りようがないでしょう」

「そりゃあそうですがねえ。こんな事件は、前代未聞です。わしは、腹が立って仕方

がない。この犯人を、殺してやりたいくらいだ」

「警察は、どんな対応策を取っているのかね？」

井原は、公安委員長の小沢を見た。

小沢は、この内閣の中では、一番の若手で（といっても、五十三歳だが）、国務大臣になったのも初めてであり、それだけに、張り切ってもいた。

「警視総監から、事件について報告を受け、速やかに犯人を逮捕するよう、激励しておきました」

「わたしの聞きたいのは、警察の対応策だよ」

「とにかく、百名以上の刑事を動員して、犯人を逮捕する方針と――」

「しかし、現に、昨夜新宿で、二人の若い男女が、ブルーライオンズとやらに殺されているじゃないか」

井原は、意地の悪い眼つきで、小沢を見た。

この公安委員長は、首相の派閥に属しているので、自然に、辛辣な口調になってしまう。

「その二人のカップルですが――」

と、小沢は、額の汗をハンカチで拭きながら、

「まだ、今度の事件の犠牲者と決ったわけではありませんので。それに、警察を弁護

するわけではありませんが、今度の事件は、法務大臣のいわれたように前代未聞であり、一億人の一人一人に護衛をつけるのは不可能ですし、といって、この事件を公表すれば、社会不安になりかねません。誰が次に殺されるかわからないのですから」

「しかし、何か対応策はあるんじゃないのかね？　人質が、どんどん殺されれば、いやでも、ジャーナリストが嗅ぎつけてくる。それまでに犯人を逮捕しないと、われわれが非難されることにもなりかねん。大衆というのは、何か悪いことがあると、全て、政府の責任にするからねえ」

「今度の事件は、マイナス面ばかりではないでしょう」

といったのは、防衛庁長官の木村(きむら)だった。

ハト派といわれていた政治家だったが、防衛庁長官に就任したとたんに、タカ派的言辞が多くなった。もともと、タカ派だったのか、それとも、就任式の閲兵(えっぺい)で、勇ましい戦車や、大砲や、誘導ミサイルの行進を見たとたんに、タカ派に変ってしまったのかも知れない。

「何故だね？　木村君」

首相は、けげんそうに防衛庁長官を見た。

「日本人は、国の安全は、タダで買えると思っていると、よく、外国人に非難されます」

「それは知っているよ。二週間前にも、アメリカの国防次官が、議会で、日本は自衛力の増強に努力すべきだと演説しているが、その中で、同じことをいっている。しかし、それが、今度のいまいましい事件と、どう関係があるのかね？」

「今のは、日本の国家のことですが、日本国民の場合も同じですよ。今のわが国の社会は、諸外国に比べて平和で安全だが、国民の多くは、それが、わが政府の不断の努力と、外は自衛隊の力、内は、警察の力によるものであることを理解していない。今度の事件で不安が高まれば、あらためて、平和のありがたさや、それが、何によって、保たれて来たかがわかるんじゃないですかね。そうなれば、自衛隊の増強に反対する者もいなくなるでしょうし、革新系の知事が、警察官の増員に反対するような馬鹿な真似はせんようになるでしょう。それで、今度の事件が公けになっても、プラスに働く可能性があると申しあげたんです」

木村防衛庁長官は、いくらか得意気に、鼻をうごめかせた。

制服組からは、絶えず軍備の増強について突き上げを食っていたし、アメリカから要人が来日すれば、GNPが自由世界第二位の日本の防衛予算の少なさについて皮肉をいわれているだけに、少しでも、軍備増強のテコになるものがあれば嬉しいのだ。

「逆の不安もあるんじゃないかね？」

と、遠慮がちに異論を唱えたのは、自治大臣の粕谷（かすや）だった。

自治大臣というのは、どちらかといえば、あまりうまみのない椅子である。自治省の所轄事項が、閣議の懸案事項になることは、めったにない。

それに、粕谷自身が小柄で、あまり目立たない男だった。

「今度の事件が公けになって、社会不安が起きた時、自衛隊がどんな高性能の兵器を持っていようが、警察官が何万人いようが、人質を守れないということで、軍備や、警察官の無用論が起きて来ないかねえ？」

「そんなことはない。日本国民はもっと賢明ですよ」

木村は、ついさっき、日本人は無知だからといったことなど、すっかり忘れてしまった顔になっていた。

副総理の井原は、

「とにかく、総理が電話に出たのは軽率でしたよ」

と、しつこくいった。

首相が、それに反論しようとした時、秘書官が入って来て、一枚のメモを、彼に渡した。

首相は、黒縁の眼鏡を、ちょっとずり上げるようにして、そのメモを読んでいたが、

「ついさっき、公邸に例の犯人から電話が掛かって来て、要求を容れなければ、また、人質を殺すといって来たそうだ」

3

翌日、新宿警察署に設置された特別捜査本部には、四十七人の刑事が集められて、事件の解決に当ることになった。

四十七人になったのは偶然だったが、矢部警部には、四十七士を思い出させて、縁起のよい人数に思えた。

新しく、この事件の捜査に加わった刑事もいたので、矢部は、四十七人に改めて、事件の経過を説明したあと、テープの声を、大きくして、部屋に流した。

「この犯人の声を、よく覚えて、頭に叩き込んでおいてくれ」

と、矢部は、四十七人の顔を見廻した。

「公開捜査にして、このテープを、ラジオやテレビで流して、市民の協力を得られれば一番いいんだが、社会不安を起こす恐れがあるので、それが出来ない。だから、君たちが耳をとぎすまして、この声の持主を見つけ出すんだ」

次に矢部は、黒板に、各自の名前を書き出し、全員を、三つの班に分けた。

「第一班の十五名は、引き続き、新宿西口の喫茶店『エトランゼ』の客を洗ってみてくれ。まず、死んだカップルの前に、十八番テーブルにいた、あごひげの男だ。この男が、シュガー・ポットに青酸カリを入れた犯人かどうかわからないが、たとえ犯人でないとしても、この男が見つかれば、その前にあのテーブルにいた人間が見つかるかも知れない。その線を、根気よく当ってみてくれ。また、他のテーブルの客や、店の従業員でも、不審な人間を見ている可能性がある」

第一班の刑事たちが、一斉に出かけて行った。

「第二班は、公安に協力して、過激派の線を洗って欲しい。首相公邸に、脅迫電話をして来たり、防衛費を寄越せといったりしているところをみると、過激派による新しいテロ行動という疑いもあるからね。公安から過激派のリストを貰って、都内のアジトを、片っ端から洗ってみてくれ。何か出て来るかも知れない」

第二班十五名が、部屋を出て行くと、矢部は、最後に残った十七名を、自分の周囲に集めて、

「君たちには、いろいろな仕事をやって貰わなければならない。昨日の午後二時に、犯人から電話があった時、都内の全ての公衆電話ボックスを、派出所の警官に見張らせておいた。その結果、この時間に、公衆電話ボックスから、電話をかけていた者は五十七人、その中、男は二十一人だった。この二十一人の住所は、ここにメモしてあるので、十人で、この男たちを洗って貰いたい」

矢部は、複写されたメモを、十人の刑事に渡した。

十人の刑事は、それぞれ、捜査すべき男たちの分担を決めてから、部屋を出て行った。

あとに残ったのは、七人の刑事である。

「君たちは、遊軍として、ここに残って、緊急の事態に備えて欲しい。というのは、犯人が、午後二時の電話で、要求を容れられない以上、新たに人質を殺すといって来たからだ。新たな殺人事件が起き次第、現地に飛んで貰いたい」

矢部の顔色は、やや、蒼ざめていた。緊張と、不安のためだった。

人質一億二千万。この中、まさか幼児や、小、中学生を殺しはしまいとは考えている。それに、自衛隊員や、警察官は、武器を携行していたり、或いは、集団生活をしているので、まず狙われる確率は少ないだろう。だが、彼等を除外しても、まだ、五千万人ぐらいの男女がいる。

彼等を守るのは、まず不可能だ。そのことが、矢部を不安にし、気持を重くするのである。

いつ、どこで、誰を殺すかは、犯人の意のままだ。それが、矢部をいらだたせる。これが、政府の要人を狙うテロならば、まだ、護衛のしようがあるのだが。

「主任」

と、残った七人の刑事の一人が、矢部に話しかけた。

「何だね？」

「テープの中で、犯人は、われわれと複数形を使っていますが、主任は、単独犯だと思いますか？　それとも、複数犯だと思われますか？」

「難しい質問だな」

矢部は、正直にいった。そのまま、すぐには、言葉を続けず、窓の外に眼をやった。

街には夕暮が近づいていた。

街灯が、一つ、二つと、点灯していくのが見えた。

通りを、いつものように車が行き交い、歩道を、若いカップルや、家族連れが歩いている。

考えてみれば、今日二十六日は、土曜日だったのだ。

歌舞伎町界隈は、オールナイトの映画館やバーなどで、夜おそくまで賑わうに違いない。

もし、その雑沓の中に犯人がいたら、誰かが、理由もなく、(犯人にとっては、人質を殺すという理由はあるにしろ）殺されることになるのだ。

いや、すでに、もう誰かが犠牲になっているかも知れない。

矢部は、振り返って、質問した刑事にというより、七人全部に向って、

「正直にいって、私にもわからん。四度かけて来た電話の声は、全部同一人だった。

そのことから考えると、単独犯と考えられるし、われわれと、いかにも仲間がいるようにいっているのは、カムフラージュの可能性が強い。しかし、その一方で、蒼き獅子たち(ブルーライオンズ)と自分たちのことを呼んでいることは、ある程度の人数のグループとも考えられるのだ」

「もし、仲間がいてですね。その仲間が、東京だけでなく、日本全国に散らばっているとすると、次の犠牲者は、東京とは限らなくなりますね」

「私が、今一番恐れているのも、そのことだよ」

と、矢部は肯いた。

矢部は、一度旅行したことのある北海道の千歳空港や、札幌の市街や、定山渓温泉などの景色を思い浮かべた。

また、矢部は、仕事で、去年の夏、九州の南端に近い桜島や、島原半島を歩いたこともある。

そうした、北や南で、次の人質が殺されるのだろうか。

4

新宿西口の超高層ビルの中にある、喫茶店「エトランゼ」に行った刑事たちは、

「来ていますよ」

と、支配人にささやかれた。

谷木刑事は、「え？」と、思わず、同僚の井上刑事と、店内を見廻した。

支配人は、小声で、

「例の若いカップルが死んだテーブルに、彼等の前にいた男です。窓際のテーブルにいる、長髪で、あごひげを生やした男がいるでしょう？　茶色のバルキーセーターを着た、あの男です」

「間違いありませんか？」

「ええ。ウエイトレスも、あの男だといっています」

「よし。行こう」

と、谷木刑事は、井上刑事を促した。

新聞に、この喫茶店での事件が出たせいか、客は、五分ぐらいの入りだった。

二人は、テーブルの間を縫うように両側から近づいた。

遠くで見た時は、あごひげのせいで、三十代に見えたのだが、近くで見ると、二十五、六歳の若い顔だった。

谷木刑事が、手帳を見せて、

「一緒に来て頂けませんか」

と、男にいった。

一瞬、男の顔に、戸惑いの色が浮かんだ。腰を浮かしかけてから、また、腰を下し、

「僕は、何もしてやしませんよ」

「わかっています。ちょっと、お聞きしたいことがあるだけです」

「それなら、ここで聞けばいいじゃないですか」

「それが、こみいった事件ですのでね。どうしても、署まで同行して頂きたいのですよ」

谷木刑事が、いくらか語調を強めていった。

店内の客の視線が、自然に、こちらに集ってくる。男は、そのことに、耐えられなくなったように、

「わかったよ」

と、ふてくされた顔でいい、牛皮製のショルダーバッグを持って椅子から立ち上った。

「まだ、コーヒーが飲みかけなんだけど、このコーヒー代は、あんたたちが払ってくれるのかね?」

「私が払いますよ」

谷木刑事が、苦笑した。

二人の刑事が、その男を連れて捜査本部に戻ると、矢部自身が、訊問することになった。部下を信頼しなかったからではなく、自分も何かしていないと、落着けなかったからである。

窓に鉄格子のはまった調べ室で、矢部は、男と向い合った。

「まず、名前を教えて貰おうかな」

矢部は、優しく微笑し、煙草をすすめた。

男は、その一本をくわえてから、

「何だか、気持が悪いな」

「何が？」

「そっちの態度が、馬鹿に優しいからさ」

「民主警察なんでね。ところで、名前は？」

「八木良平（やぎりょうへい）。二十六歳。自分じゃあ、ミュージシャンだと思ってるけど、世間がなかなか認めてくれないんでね」

「あの店で、一昨日若いカップルが死んだことは知っているだろうね？」

「ああ。おれだって、新聞ぐらい読むからね」

「その二人は、君が坐ったのと同じテーブルで死んだんだ。コーヒーを注文し、シュガー・ポットから砂糖を入れて飲んでだよ。その砂糖の中に、青酸カリが入っていたってわけだ」

「物騒な世の中になったもんだ。ねえ。刑事さん」

「おいッ」

と、急に、矢部は、ドスのきいた声を出して、相手を睨んだ。

「ヒヨコのくせしやがって、知ったようなことをいうんじゃねえ」

とたんに、青年の顔が蒼ざめた。怯(おび)えた眼になって、矢部を見て、

「おれは、何も――」

「いいか。人間が二人も死んだんだ。殺人(コロシ)だぞ。そして、お前さんが最重要容疑者なんだ。やさしくいやあ、犯人みたいなもんだ。二人も殺したとなりゃあ、十五、六年はくらいこむぞ。それでも、ニヤニヤ笑ってられるってのか。それなら、ご立派なもんだがな」

矢部の激しい見幕に、八木良平は、すっかり、縮みあがっていた。身体が大きく、立派なあごひげを生やしているが、根は小心なのだろう。

「おれじゃない」

八木は、泣きそうな声を出した。

「そいつを証明できるのか？　え？」

「おれは、砂糖の中に、青酸カリなんか入れやしないよ。本当だよ」

「それじゃあ、何の証明にもなりゃしないぞ。死んだ若いカップルの前に、あのテーブルに坐ってたのはお前さんなんだ。お前さんが、シュガー・ポットに青酸カリを入れる。すぐあとにやって来たカップルが死ぬってわけだ。誰だって、そう考える」

「とんでもない。おれに、そんなことが出来るわけがないじゃないか。第一、おれは、あの死んだカップルとは一面識もないんだ」

「誰でもいいから、殺して楽しみたかったんじゃねえのか？」

「そんな――」

「じゃあ、なぜ、お前さんは死ななかったんだ！　お前さんだって、コーヒーを注文したんだろう？」

「ああ。だけど、おれは、砂糖を入れずに、ブラックで飲んだんだ。前の日に友だちと飲み過ぎちまって、二日酔いを治したかったから、ブラックで飲んだんだ。二日酔いじゃなかったら、おれもコーヒーに砂糖を入れて、死んじまっていたさ」

八木は、蒼い顔でいった。今頃になって、恐ろしくなって来たのか。

「じゃあ、思い出すんだ」

「何を？」

「お前さんの前に、あのテーブルにいた客のことだ。どんな奴が、坐っていたか、それを思い出すんだ」

「確か、女子大生タイプの若い女が二人だよ」

「嘘じゃないだろうな？」

「おれだって、殺人犯なんかにされちゃあかなわないからな。必死だよ」

「他にテーブルに客はいなかったのか？」

「三つか四つ空(あ)いてたよ」

「じゃあ、なぜ、そっちに坐らなかったんだ？」

「あの窓際のテーブルが好きなんだ。だから、あのテーブルが空くのを待ってたんだ。だから、二人の女の子は、よく観察させて貰ったよ」

「二人が飲んでたのは？」

「一人がコーラで、もう一人はミルクセーキ。どっちも、砂糖はいらないから、あの二人も助かったんだ」

八木が、そういった時、谷木刑事が入って来て、矢部の耳元で、

「彼のショルダーバッグに、大麻が二百グラムばかり入っていました。それに、現金が二万六千円」

「ふーん」

と、鼻を鳴らしてから、「代ってくれ」といって、矢部は、調べ室を出た。

捜査本部になっている部屋に戻ると、本部長の松崎(まつざき)新宿警察署長が、

「どうだね？　あのひげ男は、犯人のようかね？」

　と、矢部にきいた。

「ありゃあ、違いますね。クスリを仲間に売って、小銭を儲けているケチな男です。日本人全部を誘拐して、首相に身代金を要求するようなことの出来る奴じゃありません」

「そいつは残念だな。ひょっとして、犯人たちの一人かと思っていたんだが」

「ただ、問題のテーブルに、彼の前に坐っていた二人の若い女の子のことを思い出してくれましたよ。あいつは、あの店のあのテーブルを、クスリの売買に利用していたんで、空くまで待っていた。そのおかげです。あとで、その二人の女の子のモンタージュ写真を作らせて下さい」

「その二人の女性が、犯人の一味で、シュガー・ポットに青酸カリを入れたと思うのかね？」

「そうであったら嬉しいですがね。多分、違うでしょう。その二人は、コーラとミルクセーキを注文してたそうですから」

「なぜそれが、犯人の一味でない証拠になるのかね？」

「シュガー・ポットに、青酸カリの粉末を入れること自体は、簡単な作業です。ポイッと投げ入れて、掻きまぜておけばいい。ただ、ああいう店では、それを自然にやらなければ、目立ってしまいます。人間というのは、意外に、他人のことを見ているものですからね」

「なるほどね。つまり、コーラやミルクセーキでは、砂糖を使う必要がない。それなのに、シュガー・ポットをいじれば、変に思われたろうということだな」

「その通りです。ですから、犯人は、コーヒーか、紅茶を注文し、まず、シュガー・ポットから砂糖を入れ、その時に、青酸カリの粉末をポットに投げ入れたんだと思うのですよ」

「それなら、なぜ、コーラとミルクセーキの女の子のモンタージュを作るのかね？」

「順ぐりにたぐって行きたいんですよ。出来ればですがね。その女の子たちが、自分たちの前に、あのテーブルにいた人間を覚えていてくれたら、次は、そいつを見つけ出す。しんどい作業ですが、今のところ、犯人を見つけ出す方法が、他に見つかりそうもありませんのでね」

「よし、やってみよう」

松崎警視は、すぐ、科研に電話してくれた。

科研の職員が、モンタージュ写真作成の道具一式を、捜査本部に運び込んで来たのは、三十分後だった。

空いている調べ室に道具を置き、そこへ、八木良平を放り込んだ。大麻が見つかったことで、大人しくなっているから、専門の技官を手子ずらせることもないだろう。

二枚の若い女のモンタージュ写真が出来たのは、三、四十分後だった。

「なかなか協力的でしたよ」

と、技官は、汗を拭きながら、矢部にいった。

「協力する代りに、大麻のことは眼をつぶるように、あんたを説得してくれないかといったりしてね」

「そいつはご苦労さん」

二枚とも、なかなか可愛らしい娘だった。

「これで、お前さんが見た二人の女の子にそっくりなんだな？」

矢部は、八木に念を押した。

八木は、眼をこすりながら、

「おれは、女を見る眼は確かなんだ。その通りの顔の女の子だよ」

「そうか」

と、矢部は、肯き、谷木と井上の二人の刑事に、そのモンタージュ写真を持たせて、もう一度、喫茶店「エトランゼ」に走らせた。彼女たちが、あの店の常連なら、マスターなり、ウエイトレスなりが、顔を覚えているかも知れなかったからである。

「モンタージュに、一時間近くも協力したんだから、大麻のことは、見逃してくれるんだろう？　アメリカじゃあ、こんなものを持ってたって、逮捕されやしないんだぜ」

「何だって？」

矢部は、怖い眼で、ジロリと八木を睨んだ。

「つまりおれは、警察に協力をしたから――」

「お前さんは、殺人事件の容疑者だってことを、よく覚えておくんだな。あのモンタージュ作成で、上手くいきゃあ、お前さんの容疑が消えるんだ。つまり、お前さんのためのモンタージュ作りなんだ。それをなんだって？　警察に協力したから、大麻のことは忘れてくれだって？」

「わかったよ」

と、八木は、気弱く、小さな声でいった。

「殺人犯人にされるよりは、大麻所持で起訴される方がましだよ」

「大麻所持とその売買だ」

5

刑事警察と公安警察とは、仲が悪いとよくいわれる。

思想関係の事件を追う公安は、資金も潤沢で、よれよれのレインコートがトレードマークの刑事警察の刑事と違い、ロンドン製のパリッとした背広を着ていたりする。刑事らしく見えてはいけないからだ。その代り、過激派学生の中にもぐり込むために、学生服を着たり、ジャンパーにＧパンにもなる。

刑事警察を陸軍、公安を海軍に譬える人もいる。片方が、靴をすり減らして歩き廻る泥臭さに対して、公安関係はスマートで科学的というわけである。

当然、お互いに張り合う恰好になる。

だが、今度の事件では、協力せざるを得なかった。

第二班から、最初の報告が入ったのは、午後七時近くだった。第二班十五人のキャップ役の松田部長刑事からで、

「公安も、なんだかんだといいながらも、われわれに協力してくれています」

「それで、公安の意見はどうだ？　過激派の線と見ているかね？」

「それが、どうも、七分三分で、違うんじゃないかというんです」

「理由は？」

「今、過激派の連中の最大の目標は、現在刑務所に入っている幹部連中の奪回にあるからだそうです。日本人全部を誘拐するというような、とっぴな計画を立てたとすると、まず、その幹部連中の釈放を要求する筈だというんです。金を要求したとしても、

それと同時に、幹部の釈放を求めるだろうと」

「なるほどな。あとの三分は？」

「五千億円の防衛予算を寄越せと要求しているのは、過激派らしいというのです。防衛庁も、過激派の連中の攻撃目標の一つで、よく、自衛隊の駐屯地に、火炎びんを投げ込んだりしますからねえ」

「公安じゃあ、現在活動中の過激派の連中を、正確に把握しているのかね？」

「現在活動中の者は、数十名と見ているようですが、全部地下にもぐってて、その所在は、つかめていないそうです」

「花の公安も、もたもたしてるじゃないか」

と、矢部が、遠慮のないところをいうと、松田は、電話の向うで、愉快そうに笑ってから、

「そんなわけで、これから、公安と協力して、この数十人を見つけ出したいと思っています。われわれの地道な捜査の力を見せてやりますよ」

「頼むよ」

と、矢部はいった。

昨日の午後二時に、都内の公衆電話ボックスから電話していた二十一人の男の捜査も、ゆっくりだが、着実に進行していた。

午後八時までに、この中の九人のシロが確認された。あの時間に、かけた相手が確認されたからである。

明日の午前中には、二十一人全部が、調べ終るだろう。

自分でいれたお茶を口に運んでいた松崎本部長が、窓の外に眼をやって、

「だいぶ、暗くなったね」

と、矢部にいった。

矢部は、アルミサッシの窓を開けた。とたんに、夜気と一緒に、車の騒音や、通行人の足音や、人声などが、わあッと、飛び込んできた。

空がやけに明るく見える辺りは、歌舞伎町周辺だろう。

「今日ほど、夜ってやつが怖いことは、生れて初めてです」

と、矢部は、遠い夜の闇を見すえて、小さい声でいった。

「君でも怖いかね？」

「ええ。今頃、この夜の中のどこかで、犯人が、何も知らぬ人間を殺そうとしているのではないかと考えると、恐ろしくて仕方がないのです」

「果して、ブルーライオンズと名乗る犯人は、新しい人質を殺すだろうか？」

「殺しますよ。間違いなく」

「しかし、どうも、わたしにはわからん。いくら殺したところで、国家予算が手に入

るわけもないのだし、財界から保守党への政治献金だって、手に入りはしないのにな」

「そうですね」

「そのくせ、君にいわせると、犯人は、殺人狂ではない」

「そうです。だから、私も、犯人、仲間がいれば犯人たちですが、今、いったい何を考えているのか、ぜひ、知りたいですねえ」

第三章　第二の殺人

1

同じ日、北海道にはいぜんとして頑固な冬が居すわっていた。

札幌市内も二日前の三月二十四日の大雪が、まだ、ところどころに、残雪の山を作っていた。

札幌の歓楽街は、東京の盛り場のようでもあり、大阪の盛り場のようでもある。ごちゃごちゃしていて特色のないということでもあり、どちらの面白さも持っているということでもある。

すすき野の辺りは、給料日直後ということもあって、いつになく賑(にぎ)わっていた。

すすき野には、現在三千軒を超すバーやキャバレーなどがひしめいているといわれるが、不景気のせいもあって、どの店も、サービスが派手になっている。

北二十四条の地下鉄の終点あたりの盛り場は、第二のすすき野といわれ、東京でいえば、浅草的な気安さのある歓楽街である。

ここに、Kという映画館がある。土曜日なので、オールナイト興行の看板をかけていた。

人気の「寅さん映画三本立」ということで、館内は、客で一杯だった。

午後九時に、二回目が終り、どっと、観客が吐き出されて来た。

そのまま、地下鉄で家路につく家族連れもいれば、キャバレーに飲みに行く者、ソープへ遊びに行く者もいる。

若い男ばかりの五人連れは、映画館を出てくると、しばらく、立ち止まって、ひそひそと話し込んでいたが、近頃、濃厚サービスで有名になったピンクサロンへ行くことに衆議が一決して、肩を組み合い、横一列になって、道路を占領するような恰好(かっこう)で、ネオンサインのまたたく方へ歩き出した。

二十メートルも歩いた時だった。

丁度、まん中にいた背のひょろりと高い青年が、ふいに、「あッ」と、悲鳴をあげて、道路に転倒した。

「おい。しっかりしろや」

と、友人たちは、両手をつかんで引っ張った。てっきり、凍りついた地面に足を滑らせたと思ったからである。

だが、起き上らせても、その青年は、また、ずるずると、地面に崩れ落ちてしまった。

「飲まない先に、酔っ払っちまったのかい?」

と、友人の一人が、ニヤニヤ笑いながら、相手の顔をのぞき込んだが、そのとたん、笑いは、凍りついてしまった。

倒れた男の身体の下になっている白い残雪が、みるみるうちに、赤く染まっていくのに気がついたからである。

「救急車だッ」

と、友人は、大声でわめいた。

2

その不運な青年、札幌市内の自動車修理工、岩田貢一(いわたこういち)(二二)は、救急車で、近くの病院に運ばれたが、その途中で死亡した。

死因は、出血多量だった。

三二口径の弾丸が、背後から貫通していたのである。

間違いなく殺人事件だった。

直ちに、捜査本部が置かれた。岩田貢一の身体を貫通した弾丸は、現場近くから発見された。

刑事たちを口惜しがらせたのは、最初、友人たちが、銃で射たれたとは考えず、一一〇番せずに、病院へ運んでしまったことだった。

病院からの連絡で、やっと、警察が動き出したのだが、その間、時間にして約四十分。犯人には、十分逃げる時間があったに違いなかった。

五人の青年は、高校時代の友人で、職業は、それぞれ違っていた。

刑事の質問に対して、四人は、異口同音に、銃声は聞こえなかったと証言した。

無理もなかった。昨日から、近くで、水道工事をしていて、その音がやかましかったからである。それに、犯人が、消音器(サイレンサー)を使った可能性もあった。

「岩田貢一君は、誰かに恨まれていたかね？」

刑事が、四人の顔を見渡してきくと、国鉄札幌駅近くの菓子店で働いているという太った友人は、

「あいつが、人を恨むことがあったとしたって、あいつが人に恨まれるなんてことは考えられませんよ」

「それは、人が好いということかね？」

「あんな人の好い奴はいませんよ」

その友人は、殺された岩田貢一の人の好さを、次々に並べ立ててみせた。

キャバレーの女に欺されて、虎の子の貯金を巻きあげられてしまったのに、いまだに、あの女は優しかったといっていたこと、友人に借金を頼まれると断り切れなくて、自分が他から借りて来て貸したこと、そんな話が、他の友人の口からも出た。

刑事たちは、四人の友人の言葉を鵜呑みにしたわけではなかった。死者をけなす者などめったにいないからである。

刑事たちは、その夜の中に、被害者岩田貢一の傭い主に会い、家族に会い、高校時代の教師に会って、話を聞いた。

結果は、四人の言葉を裏書きすることになった。

ちょっと気の弱い、底抜けの好人物の青年像しか浮かんで来ないのだ。姉が二人いるが、どちらも、すでに結婚していて、幸福な家庭を作っている。

ガールフレンドが一人。彼女との間も、まずくなってはいなかった。

刑事たちは、当惑した。どこを突ついても、被害者が殺されなければならない理由が、見つからなかったからである。

そこで、考えられたのは、こういうことだった。

五人の若者たちは、被害者岩田貢一を真ん中にし、肩を組み合い、横一列に広がって歩いていた。

犯人は、五人の中の別の男を殺す積りだったのに、弾丸が外れて、岩田に命中してしまったのではないかということだった。

あり得ないことではなかった。

拳銃というやつは、かなりの名手でも、なかなか命中しないものだ。それに、現場を検証した結果、かなり離れた場所から狙撃された様子だし、マイナス五、六度という寒さだったから、狙った男から外れて、何の恨みもない岩田貢一が射殺された可能性も、十分に考えられた。

翌二十七日の日曜日になると、捜査本部は、他の四人の周辺を、徹底的に洗ってみることにした。

四人の中には、岩田と違って、チンピラグループに入っていたり、婦女暴行の前科のある者などがいたから、彼等が狙われたと考えた方が良さそうに思えてきた。

しかし、その捜査は、午後二時に、中止されることになってしまった。

3

午後二時。東京。

矢部警部は、首相公邸にいた。

昨夜中に、東京都内で、殺人事件が一件、強盗傷害二件、放火が一件起きていたが、いずれも、犯人は、すぐ逮捕されていた。

殺人事件は、夫婦喧嘩がこうじて、夫が、木刀で殴り、打ちどころが悪くて、妻が死亡してしまったというもので、今度の誘拐事件と関係ありとは、とうてい考えられなかった。

強盗傷害は、一件がホテルで、もう一件が団地で起きたが、どちらも、犯人は、失業中の中年男だった。

放火は、病院を退院したばかりの若い女で、火をつけたあと、現場に放心状態で佇んでいるところを逮捕された。

どれも、誘拐事件と関係があるとは思えない。

それなら嬉しいが、と思ったとたん、けたたましく、電話が鳴った。

(とすると、犯人は、殺人を中止したのか？)

渡辺秘書官が、ちらりと矢部を見た。

「犯人だったら、なるべく、話を引き伸ばして下さい」

と、矢部は、小声でいった。

秘書官が、受話器を取ると、テープレコーダーが廻り始めた。これで五回目なのだが、やはり、緊張感が、室内を支配した。

秘書官以外の者は、息を殺した。

「私は、ブルーライオンズの一員だ」

という男の声が、拡声されて、室内にひびいた。

矢部の顔色が変った。

前の四回の男の声とは、明らかに違っていたからである。

前の男の声が、妙に甲高かったのに比べて、いま聞こえた声は、前の男ほどではなかった。

(いたずら電話か)

と、一瞬思ったが、そんな筈はなかった。

今度の事件のことは、マスコミには、まだ知らされていないし、普通の殺人事件として発表している。もちろん、脅迫電話のことは、テレビも、新聞も報道してはいない。

民間人として知っているのは、私立探偵の左文字夫妻だけだが、あの二人が、洩らしたとは思えなかった。

矢部は、左文字という男を、ある面では、アクが強くて嫌いだが、信用はしていた。

それに、今の電話の男は、いきなり、「ブルーライオンズ」と名乗った。

それは、事件の関係者しか知らないことである。
とすると、やはり、相手は、複数犯だったのか。
渡辺秘書官の顔に、一瞬、当惑の色が現われたのも、相手の声が違っていたからだろう。
第二の男―なぜ黙っている？　そっちは、首相公邸じゃないのか？
秘書官―首相公邸だ。私は、渡辺秘書官だ。前の男の声と違うので、当惑しただけだ。
第二の男―われわれには、仲間がいる。ブルーライオンズなのだ。われわれを、軽く見ないことだ。
秘書官―それで、今度は、何の用だね？
第二の男―われわれの要求は、わかっている筈だ。一億二千万人の人質に対する身代金として、防衛費に当る五千億円を要求する。或いは、一時的に、財界から保守党に献金される五百億円でもよい。その理由は、日本国民の安全が保たれるのなら、防衛費全額の身代金はふさわしいと思うからだ。
秘書官―先日、総理自身が答えられたように、そんな無茶な要求には、応じられない。

第二の男―その頑迷さのために、われわれは、新しく、人質を一人、また殺さなければならなかった。その責任は、われわれの要求を拒否するしか能のない首相と、現在の政府にある。

「ちょっと、代って下さい」

と、矢部が、渡辺秘書官から、受話器を奪い取った。

矢部―どこで、誰を殺したんだ？
第二の男―君は何者だ？
矢部―総理の私設秘書だ。名前は矢部だ。
第二の男―（笑って）嘘をいいたまえ。われわれは、首相に関することは、全て調べてある。矢部などという秘書はいない。多分、君は警察の人間だろう。だが、かえって、その方が、われわれは、楽しみだ。君も、今度の誘拐事件では、無力感にさいなまれるに違いないからだよ。
矢部―誰を殺したんだ？
第二の男―新聞を見ないのかね？ 札幌の北二十四条で、昨夜の九時七分頃、岩田貢一という二十二歳の自動車修理工が死んだ。われわれの人質の一人だ。首相と側近たちの頑迷さのために、彼は死んだのだ。

矢部―君たちが殺したんだ。君たちは、人殺しだ。

第二の男―そんなことといっていいのかね？　君は、一億二千万人が、われわれの人質だということを忘れたんじゃあるまいね？　われわれは、好きな時に、好きな場所で、好きな人質を、好きな人数だけ殺せるのだ。

矢部―わかったよ。

第二の男―わかったのなら、君からも、首相に、われわれの要求を受け入れるように忠告したまえ。

男の声は、落着き払っていた。忠告調といってもいいだろう。第一の男と同じように、自信満々にも聞こえる。

矢部は、渡辺秘書官に眼くばせして電話を代って貰ってから、別の電話に出ている部下の刑事に、

「逆探知の方は、どうだね？」

と、いらだった調子できいた。

「やって貰っていますが、まだです。どうも、東京以外から掛けて来ているようで」

「多分北海道だ。それも、札幌市内だろう。そのつもりで調べるようにいってくれ」

矢部が命令している間も、渡辺秘書官と、男との電話は続いていた。
秘書官―どうしたら、君たちは、無意味な殺人を止めてくれるのかね？
第二の男―無意味ではない。われわれは、止むなく人質を殺しているだけだ。人質を殺したくなければ、要求を受け入れるのが、誘拐事件の原則ではないかね？
秘書官―今、総理は、閣議に出ておられる。報告するまで、殺人は中止してくれないか。
第二の男―では、こちらから、そちらの取るべき方法を教えよう。もし、首相なり、現政府が、われわれの要求を受け入れる気があるなら、明日の午前中に、首相は記者会見を開きたまえ。
秘書官―記者会見だね。
第二の男―その席で、こう発表する。来年度の防衛費全額を、福祉予算に廻すことだ。それには、ブルーライオンズの要求によりと、付け加えるのだ。
秘書官―そんな無茶な……。
第二の男―それが不可能ならば、明日中に、財界の有力者に会って、五百億円を作りたまえ。選挙といえば、すぐ、二、三百億円の金が出る財界のお偉方たちが、日本国民の生命の代償に、五百億円くらいの金が出来ない筈はない。また、首相は、その就任演説で、日本を真の文化国家にしたいといい、真の文化とは、生命を大事にすることだといった筈だよ。その政治信条を、この機会に実践して貰いたいものだね。この場合にも、午前中に記者会見を開き、炉辺談話の形で、生命の重要さについて話したまえ。われわれは、そのニュースをテレビで見たら、オーケイのサインと受け取る。

秘書官──総理が拒否したら？

第二の男──われわれは、次の人質を殺さなければならない。一億二千万人の人質の中の一人をだ。もう一つ大事なことだから付け加えておこう。われわれブルーライオンズは、日本に在留している外国人をも、誘拐し、人質にしたことを確認しているから、次の犠牲者となる人質は、外国人かも知れない。そうなれば、国際問題に発展することも、考慮しておくことだな。

秘書官──もし、もし。おい。君──

4

渡辺秘書官にとって、ショックだったのは、電話の中で、男が日本にいる外国人も人質だといったことだった。

もし、外国の要人が、次の犠牲者にでもなったら、相手のいう通り、国際問題になりかねなかった。

渡辺は、後のことを警察に委せ、永田町の首相官邸に、報告のために急行した。

首相は官邸で、来日中のカナダ外相と、二時間近い会談を了えたばかりのところだった。

現在、両国の間の懸案になっている経済水域の問題について、相当突っ込んだやりとりがあったので、タフが売り物の首相も、疲れた顔をしていた。

彼の郷里であり、選挙地盤でもあるS県から贈られたハチ蜜入りの栄養剤を飲みながら、

「まさか、わたしを、いらいらさせるような話を持って来たんじゃあるまいね」

と、渡辺秘書官に、釘を刺した。

「さすがのわたしも、今日は疲れている。重要な会談が終ったんでね。総理大臣という地位は、まるで、外国人の接待役だと思うことがあるよ」

「実は、例の誘拐事件で、また、犯人から電話がありまして」

渡辺秘書官は、恐る恐る切り出した。

案の定、首相は、不快そうな顔をした。

「あんな狂人の相手は、君に一任した筈だよ。国家予算なんか絶対にどうにもならん

し、財界からの五百億円なんか、とんでもない話だ。こんなことで、金を出すほど、財界は甘くはない。それに、わたしのポケットマネーも出せん。一昨日の閣議で、井原君から、そのことで嫌味をいわれたんだよ」

首相は、小さな溜息(ためいき)をつき、気をまぎらわせるように、葉巻を取り出した。

渡辺は、ライターの火を差し出してから、

「あの方は、いつも、先生の足をすくおうとしておられますから」

といった。

首相は、苦そうに葉巻の煙を吐き出してから、

「政治家は、誰だって、首相になりたがるからねえ」

「それで、さっきの話なんですが」

「それなら、今もいったように、向うの要求は、絶対に呑めん。一つでも弱味を見せたら、井原君たちは、信念のない政治家、脅しに弱い首相、つまり、首相失格だと、いい立てるに決っている」

「私も電話でそういっておきました。犯人にです。犯人は、要求が入れられなければ、また人質を殺すといって来ました」

「それは、警察の仕事だよ。警察は、どうすることも出来んのかね？」

「今のところ、防ぎようがないといっています。ところで問題なのは、彼等が――」

「彼等？　犯人は一人じゃなかったのかね？」

「はい。今日電話して来た男は、声が違っていましたから、少なくとも、二人以上のグループと考えられます。その男が、要求が入れられない限り、今後も、人質を殺していくといっていましたが、その人質の中には、現在、来日中の外国人も入るというのです」

「何だと？」

首相は、別れたばかりのカナダ外相の顔を思い出した。なかなか手強い男だが、立派な男である。あのカナダ外相が、殺されでもしたら？

刑事局長の辞職ぐらいですめばいいが。

現在、アメリカのシークレット・サービスを真似て、ＳＰ（セキュリティ・ポリス）と名付けた特別の刑事がいる。

柔・剣道は三段以上で、拳銃の腕前は、二十五メートル離れた直径十センチの標的に、二十秒以内に五発命中させるだけの腕をもった刑事たちである。

彼等は、現在、首相をはじめ、政党役員などの重要人物の他、外国から来日した要人の警護に当っている。

それで十分だろうか。

さっきのカナダ外相にも、ＳＰがついている。

（しかし――）

首相の顔に、縦じわが寄った。ブルーライオンズと名乗る連中が、警備の厳重なVIPを狙うとは思えない。

「今、日本に、外国人は何人ぐらいいるのかね？」

と、彼は、渡辺にきいた。

「日本国籍を持たない南北朝鮮の人たちを含めたら、一千万人にはなるんじゃないでしょうか。それに、気候が良くなって来たので、羽田には、毎日、外国の観光客がやって来ています。ナイトクラブなどで、働いている外国の芸人たちの数は、まず不可能です」正確に把握できません。こうした人たちの一人一人に護衛をつけることは、

「観光にやって来た外国人が殺されでもしたら、日本は物騒な国だという評判が立つだろうな」

首相は、溜息をついた。昨日、アメリカ大使と会った時、東京のような大都会が、これほど安全なのは、奇蹟に近いと、賞められたばかりだった。

「警察は、なんといっているのかね？」

「全力を尽くすといっています」

「また全力を尽くすかね。もう五回も、犯人から電話がかかって来てるんだろうが、犯人の目星ぐらいつかんのかね？」

「なにぶんにも、前代未聞の事件なので、警察も、苦悩しているようです」

「もう一度、激励して来たまえ」

「外国人の人質のことは、どうしましょうか？」

渡辺がきくと、首相は、吸いかけの葉巻を、灰皿に押し潰し、青筋を立てて、秘書官を睨んだ。

「羽田や横浜や、神戸で、日本の観光にやって来た外国人たちに、今日本は危険ですから、お引き取り下さいとでもいうのかね。そんなことをしたら、日本の恥を世界にさらすようなものじゃないか。警察の責任者に、善処するようにいいたまえッ」

めったに大声で怒鳴ったことのない首相に叱り飛ばされて、渡辺秘書官は、ほうほうの体で、逃げ出した。

5

新宿署の捜査本部に戻った矢部は、遊軍にしておいた七人の中の二人を、すぐ、札幌に出発させることにした。

「わかっているだろうが、これは、簡単な捜査じゃない」

と、矢部は、二人の刑事に注意した。

「普通の殺人事件なら、まず動機を探せばいい。被害者を恨んでいた者、金を借りていた者、そんな者が見つかれば、事件は、八十パーセント解決したようなものだ。だが、今度は違う。犯人は、被害者が岩田貢一だから、射殺したのではなく、人質の一人だから殺したに過ぎない。五人並んで歩いていたそうだが、誰に弾丸が命中してもよかったんだ。ブルーライオンズの理論に従えば、その時の五人は全員、人質だったわけだからな。だから、被害者の身辺をいくら洗っても、犯人は、浮かんでは来ないぞ」

「わかっています」

二人の刑事は、どちらも、ベテランだったが、それでも、堅い表情で答え、羽田へ向った。

喫茶店「エトランゼ」で、コーラとミルクセーキを飲んだ二人の若い女の身元は、この日の夕方になって、やっと判明した。

八木良平は、女子大生のようだったといったが、二人とも新宿西口にあるS商事で働くタイピストだった。最近は、ＯＬも女子大生も、人妻も、外見からでは区別がつかない。

日曜日だったが、刑事たちは、彼女たちの住所を訪ね、事情聴取を行った。が、残念ながら、そこで、行き詰まってしまった。

二人は、三月二十四日の夕方、時々行く「エトランゼ」で、それぞれ、コーラとミルクセーキを飲んだことは認めたが、彼女たちが行った時、そのテーブルは空いていたというのである。二人が、嘘をついているとは思えなかった。

公衆電話ボックスの方も、壁にぶつかってしまった。

問題の午後二時に電話していた二十一人の男を、全部調べ終ったが、全て、シロだったからである。

犯人は、都内の公衆電話ボックスから、首相公邸に電話して来たのではなかったのだ。

矢部は、そうした実りのない報告を聞き終ったあと、捜査本部を出て、左文字を訪ねた。

超高層ビルの三十六階にある彼の探偵事務所に入ると、左文字は、ロッキングチェアの上で、暢気(のんき)に居眠りをしていた。

「暢気なものだねえ。左文字先生は」

と、矢部は、皮肉をいった。

史子の方は、申しわけなさそうに、「すいません」といい、コーヒーをいれてくれたりしたが、当人の左文字は、眼をこすりながら、

「春眠暁を覚えず」

「今は、暁どころか、夜の九時だがねえ」

「今日は、やけに突っかかってくるじゃないか」

左文字は、ニヤニヤ笑い、煙草に火をつけて、矢部を見た。

「察するところ、事件は壁にぶち当ったというところかな」

「新しい犠牲者が出たんだ」

「札幌で射殺された岩田貢一という自動車修理工か？」

「なぜわかるんだ？」

「今朝の新聞を検討したんだ。昨日、全国で、殺人事件は五件起きている。他の四件は、犯人がすぐ逮捕されるか、納得できる動機がある。ところが、札幌の殺人は、動機がわからない。その上、誰が死んでもいいような射ち方をしている。だから、彼等が、新しく人質を殺したとすれば、これだと考えたのさ」

「今日の午後二時に、犯人から電話が入った。新しい男だ。ブルーライオンズは、やはり、複数だったんだ」

矢部は、カセットテープと、紙袋を、テーブルの上に置いた。

「こちらは、今日の犯人との会話のテープだ。あとで聞いてくれ。それから、こちらには、二十万円入っている。一日一万円で十日分。それに、必要経費として、一応一日一万円と計算しておいた。他に金がかかったら請求してくれ。それから、この金の出所は聞かないでくれよ。警察が、金を出して、私立探偵を傭ったなんていわれると困るからな」

「わかっているよ」

左文字は、ニッコリと笑って見せた。

「ところで、君は、どんな具合に、調べ廻ってくれたんだ？」

矢部は、史子のいれてくれたコーヒーを、ブラックで口に運んでから、左文字にきいた。別に怖くはないのだが、この頃、砂糖を入れずにコーヒーを飲む癖がついてしまった。

左文字は、相変らず、ロッキングチェアに腰を下したまま、

「別に」

「別にというのは、どういうことだい？」

「言葉通りさ。ずっと、ここにいたということだよ。食事以外にはね」

「ここから動かなかっただって？」

矢部の声が大きくなった。

左文字は、肩をすくめて、

「そう怒りなさんな」

「あれから、新しい犠牲者が出ているんだぞ。それなのに、君は、そのロッキングチ

エアから、重い腰をあげなかったのか？　いつから君は、ネロ・ウルフになったんだ？」

「誰だって？」

「レックス・スタウトの創った探偵のことだよ。毎日ビールを飲んで、一歩も外に出ない安楽椅子探偵の典型だ」

「君も、なかなか物知りだねえ」

「私だって、探偵小説ぐらい読むよ」

「そいつは、お見それしたな。だが、僕は、ネロ・ウルフとは違う。第一に、彼みたいに法外な調査料は吹っかけない。一日一万円に必要経費というささやかなものだ。第二に、僕は女嫌いじゃない。第三に——」

「もういい」

と、矢部は、苦笑してから、

「しかし、われわれは、君に働いて欲しいから、金を払っているんだ。それを忘れて貰っちゃ困るよ。まさか、口止料だけに、二十万も払っていると考えているんじゃあるまいね？」

「わかっているさ。僕だって、今度の事件には、大いに興味がある。だが、僕が、警察と同じように歩き廻ってどうなるんだ？　今、捜査本部には、四十七人もの刑事がいるそうじゃないか」

「ああ。みんな、犯人を追って、走り廻っているよ」

「そうだろう。そんな中へ、僕がまぎれ込んだところで、邪魔になるだけだ」

「だから、ロッキングチェアにふんぞり返って、何もせずにいるというわけかね？」

「いや。考えている」

「何をだね？　左文字君」

「犯人のことさ。貰った報酬だけの働きはするから安心したまえ。それに、この犯人に会ってみたいんだ。きっと見つけ出して、どんな男か、話し合う積りだよ」

「ぜひ、そう願いたいもんだね」

矢部は、史子に、コーヒーの礼をいってから立ち上り、ドアの所まで行ってから、左文字を振り返って、

「君の国籍は、アメリカだったかね？」

「今度、日本の国籍も取ったよ。だから、両方の国籍を持っている。それが、どうかしたのかね？」

「アメリカ人だから、殺される心配はないと、君が安心しているといけないと思ってね。犯人は、テープの中で、日本にいる外国人も、人質の一人に過ぎないといっているよ」

6

矢部が、捨てゼリフを残して帰ってしまうと、左文字は、クスクス笑いながら、

「ミスター・矢部も、相当、頭に来たらしいね」

「当り前だわ」

史子は、ガチャガチャと、わざと音を立てて、コーヒー茶碗を片付けた。

「何を怒ってるんだい？」

「あたしだって、腹が立っているわ」

「おや、おや」

「昨日と今日、あなたがやった事といえば、ロッキングチェアに、大きな身体を沈めて、窓の外を眺めているだけじゃない。双眼鏡でも買って来ましょうか？」

「双眼鏡をどうするんだい？」

「犯人が歩いているのが見えるかも知れないわよ。私が犯人ですって書いた紙を、胸にぶらさげた犯人が」

「今度の事件は、普通の事件とは違う」

「そのくらいのことは、あたしにだってわかってるわ」

「いや。本当には、わかっていないんだ。あの矢部警部にもだよ。だから、奇妙な事件だと口ではいいながら、やはり、捜査の常道をふんでいる。そういうやり方では、壁にぶつかることは、眼に見えているのにね」

「だからといって、ロッキングチェアでのんびりしていていいわけはないわ」

「別にのんびりはしてないさ。考えている」

「馬鹿の考え休むに似たり」

「いやしくも、僕は君の亭主だよ」

と、左文字は笑ってから、

「とにかく、矢部警部の置いていったテープを聞かせて貰おうじゃないか」

史子は、テープレコーダーを持って来て、カセットをはめ、スイッチを入れた。

左文字は、眼を閉じ、眠っているような顔で聞いている。左文字は、必要以外には、あまり動かない男である。外見は完全にアメリカ人なのに、妙に亭主関白なところがある。史子は、時々、欺されたと怒る。

テープが終り、史子が、スイッチを切った。

「もう一回、聞いてみる？」

「いや。もういい」

左文字は眼を開け、手を伸ばして、煙草をくわえた。

「マッチ」

と、いうので、史子は、手元のマッチを、ポンと投げてやる。

「札幌へ飛んでみる？」

「行っても、まず無駄骨だね」

「じゃあ、相変らず、ロッキングチェアで居眠り？　それこそ、矢部警部にどやされるわよ」

「今度の事件では、被害者と犯人は、何のつながりもない。犯人側は、人質を殺したと宣言しているが、殺された方にその意識がないのだから、無関係と同じだ。だから、従来のような捜査方法では、すぐに行き詰まってしまう。だから、札幌へ行っても、意味がないんだよ」

「じゃあ、どうすればいいの？」

「考えるんだ」

「何を？」

「ブルーライオンズと名乗る連中のことだよ。どんな連中だろうかということだ」

「それなら、最初の男の声を、科研で分析したのがあるじゃないの。ちょっと待ってよ」

史子は、愛用の手帳を持って来て、

「こう書いてあるわ。この男は、声や話し方から分析して、次のような人物と考えられる。年齢二十歳から三十代後半。訛りがないことから東京生れまたは東京育ち、粘り強く、自己顕示欲が強い。そして、かなり高い教育を受けている」

「意味がないね」

「何ですって？」

「その分析は、専門家がやったんだから、間違ってはいないだろうさ。だが、何の役にも立たないよ。年齢が二十代から三十代、東京生れで自己顕示欲が強く、高等教育を受けている。こんな人間は、何万、何十万といるんじゃないかね。まるで、そいつは普通の男だといってるのと同じだよ」

「あたしに怒ったって仕方がないわ」

史子は、頬をふくらませた。

「別に、君に怒っているわけじゃないさ。まあ、科研の専門家は、専門家馬鹿というやつで、想像力を発揮できないんだ。つまり、わかることしかいえないということだよ。だが、それでは、姿を見せぬ犯人たちを見つけ出すことは難しい。間違うかも知れないが、冒険をしてみることが必要だ。そうした方法を取らない限り、地道な捜査では、今度のような事件は、解決できないと、僕は思っている」

「どうするの？　ブルーライオンズについては、何もわからないわけでしょ？　名前も、住所も、前科者かどうかも」

「いや、そうでもないさ。二人の犯人が電話をかけて来ている」

「でも、自分の名前も、住所もいってやしないわ」

「わかってる。だがね。人間というやつは、ベラベラ喋(しゃべ)っている中に、無意識に、自分のことを語っているものなんだ。自己顕示欲の強い人間なら、尚更だよ」

「何か、手掛りになるようなことを、テープの中で、犯人たちは、いっていたかしら？」

史子は、記憶力のいいのが自慢だった。

映画を一度見ただけで、その主題歌を唱うことが出来る。

だから、五回聞いた犯人と秘書官、或いは首相との会話は、全て覚えている。だが、あの中に、犯人自身の特性を示すような言葉があったろうか？

どうも、そんなものが、あったような記憶がない。

「僕は、このロッキングチェアにゆられながら、そのことを考えていたんだよ」

と、左文字はいった。

「それで、何かわかったの？」

「わかっていれば、今頃、ここにのんびりしてはいないよ。僕は、アメリカじゃ、ハードボイルド派の私立探偵だったんだからね。だから、ここで、君と一緒に検討してみたいんだ。メモは持っているね」

「はい。所長さん」

史子は、ちょっとおどけていった。

左文字は、椅子から立ち上って、部屋の中をゆっくりと、行ったり来たりしはじめた。

「第一に」

と、歩きながら、史子にいう。

「彼等は、自分たちを、ブルーライオンズと名乗っている。それを書き止めてくれ」

「でも所長さん。これは、いわば符丁みたいなものだから、彼等の正体を解き明かす鍵にはならないと思うけど」

「ノー」

左文字は、ガラス窓を背にして、立ち止まり、大きく、首を横に振った。

「人間は、自分にふさわしいニックネームなり、何等かの意味で関係のある符号をつけるものだよ。一見、何の関係もないように見えても、幼児体験が核になっていたり、フロイト的願望が現われていたりするものなのさ。特に、今度のようなグループの場合、そのニックネームには、必ず、何等かの意味がある筈だ」

「それにしても、ブルーライオンズというのは、ちょっと変なニックネームね。普通なら、勇ましく、キングライオンズとか、新鮮さを強調して、ヤングライオンズとかつけるものでしょう？　或いは、出身地を入れて、東京ライオンズだとかね。それを、ブルーとつけたのは、どういうことかしら？」

「そこが興味のあるところさ。それに、二人の犯人とも、蒼き獅子たちを、英語でブルーライオンズだといっている」

「それが、どうかしたの？」

「日本語の蒼は、普通、深い青色の意味だ。若々しいという意味もある。若く、どこか稚いという感じがね。蒼き獅子たちという場合、日本語の方が、さっそうとしている。それなのに、わざわざ、英語でいっている。英語のブルーの場合、青いという意味の他に、憂鬱なという意味がある」

「そうね。女の子がよく使うわ。ブルー・デイって」

「その通りさ。――look blueといえば、物事が思わしくないの意味だし、Blue Mondayといえば、アメリカでは、憂鬱な月曜日の意味になる」

「彼等が、そういう意味で、自分たちに、ブルーライオンズとつけたというの？　それにしては、電話の態度は、自信にあふれているんじゃないかしら」

「自信の裏側に、何か暗いものがあるとも考えられる。彼等は、自分たちの強さを誇示して、獅子たちとつけた。獅子は百獣の王だからね。その上に蒼きという形容詞をつけた彼等の心理が解ければ、どんな連中かもわかって来ると思っている。これは、大きな宿題だ。次に行こう」

左文字は、また、部屋の中を歩き出した。

史子は、足を組み、メモを膝の上にのせて、眼の前を行ったり来たりする夫を眺めている。

何かを考え、苦悩している時の左文字の横顔が、史子は好きだ。

左文字の顔は、整い過ぎているので、ぼんやりしている時は、間が抜けて見えることがある。だから、考えている時の顔が好きなのだ。

「僕はね。テープの会話の中で、一番興味を感じたのは、第一の犯人が、ふと口走った一言なんだよ」

「どんな一言？」

左文字は、今度は、窓から夜の景色に眼をやっていった。

「二日目の電話の中に、次のような会話があった」

秘書官──君は、狂っている。

男の声──いや。私のＩＱは一五〇だ。われわれは──

「この箇所だ。普通、『君は、狂っている』といわれた場合、『いや、正常だ』とか、『馬鹿にするな』という答え方をするのが自然だよ。それなのに、犯人は、『いや。私のＩＱは一五〇だ』と答えている。知能指数が高いから、狂人じゃないというのは、一見、正しいようで、論理的にはおかしい。ＩＱがいくらあろうと、異常者がいないわけじゃないからね。それなのに、なぜ、犯人は、こんなトンチンカンな答え方をしたのか？　君なら、どう考えるね？」

「そうね。犯人は、いつも、それを自慢したいんじゃないかな、ＩＱ一五〇を。だから、ふっと、そのことが、口を突いて出てしまった」

「君も、私立探偵になれるよ」

と、左文字は、嬉しそうに笑ってから、

「しかも、この犯人は、現在、不遇な立場に置かれていると見ていいと思う。彼が、天才的な頭脳の持主で、例えば、若くして、数学なり、科学なりの権威者として認められていたら、第一、こんな誘拐事件は引き起こさないだろうし、『君は、狂っている』といわれても、笑って聞き流す筈だ。自分に対して、絶対の自信があれば、人間は、冷静になり、寛容になるものだからね。ところが、天才的な頭脳の持主なのに、世の中に入れられず、その上、『変り者』といわれたらどうだろう？　『君は、狂っているる』といわれた時、自然に、『私のＩＱは一五〇だ』といった返事になるんじゃないかね。狂人じゃなくて、おれは天才なんだという方にだよ」

「それに、あたしも賛成だわ。ところで、ＩＱ一五〇というのは、相当高い知能指数のわけでしょう？」

史子がきくと、左文字は、部屋の書棚から、横文字の本を抜き出して来て、

「これは、Ａ・ビネーの分類だがね。ノーマル（正常）で九〇～一〇九で、これは、全体の約四七パーセントだ。正常の中でも、少し高いスーペリアーが一一〇～一一九。これは約一六パーセント。ベリースーペリアー（優秀）は一二〇～一三九で、九・九パーセント。次が天才と呼ばれるもので、これは一四〇以上で、〇・六パーセントに当る」

「あなたのＩＱはいくつだったの？」

史子がきくと、左文字は、鼻をこすりながら、

「さあ、いくつだったかなあ。天才でなかったことだけは確かだがね」

「一五〇というと、素晴しい頭の良さというわけね」

「そうだ。矢部警部にもいったけど、アメリカでは、一四五以上の人間が集って、メンタル・ソサエティというグループを作っている。天才クラスの人間だけが参加する団体だ。何となく薄気味悪い団体だがね」

「ブルーライオンズの連中も、ＩＱ一四五以上の人間たちなのかしら？」

「僕は、その可能性を考えているんだ。しかも、恵まれない天才たちのグループじゃないかとね」

「だから、ブルーライオンズかしら？」

「かも知れないな。自分たちは、秀れた獅子だ。しかし、今は、意に反して恵まれていない。それを、ブルーライオンズという名前に表現したのかも知れない。いや、間違いなくそうだろう。恵まれない天才たちにふさわしい名前だよ」

「もし、そうだとしたら、恐ろしい相手ね」

史子の顔が、いくらか蒼ざめている。

左文字は、窓の外に広がる美しい夜景に眼をやった。点々と続く自動車の尾灯が、赤いルビーのようだ。それに、青白い街灯の長い帯。この美しい夜景の中に、犯人たちは、息をひそめているのだろうか。

「確かに、恐ろしい相手だよ。一億二千万人の誘拐なんか、狂人と紙一重といわれる天才しか考えつかないことだろう。それに普通の人間なら、考えついたとしても、実行はしないね。だが、彼等は実行した」

「それに、絶対に手に入る筈のないような五千億円なんて金額を要求しているのも、常識外れだわ」

「そうなんだ。しかし、彼等が天才の集りだとすれば、成算なしに、電話してくる筈がない。第二の男の話し方も、自信に満ちていた。いったい、何を考えているのだろうか？」

左文字の顔が厳しさを増した。彼は、アメリカの探偵事務所で働いている間に、さまざまな事件にぶつかった。

誘拐事件もあった。

だが、たいてい、犯人の行動は予測できた。犯人が、一つの目的のために動いているからだ。誘拐犯は身代金入手のために、殺人犯は逃亡のために。

だが、今度の犯人たちの行動が読めない。

なるほど、彼または彼等は、一億二千万人を誘拐したと称し、その身代金として五千億円か、一時金として五百億円を要求している。表面的に見れば、誘拐の一つのパターンだ。だが、払われる筈のあり得ない身代金である。そのくらいのことを知らぬ筈がない。それにも拘（かか）わらず、執拗（しつよう）に要求してくる本当の目的は、いったい何なのだろうか？

そこが、どうも読めない。

「これから、どうするの？」

史子がきいた。

「日本で、一番英才教育に熱心な教育機関がどこか調べてくれ。明日、そこに出かけて、話をしてみることにする」

第四章　福岡空港

1

渡辺秘書官は、眠れぬ夜を過ごし、朝になると、すぐ、矢部警部を、首相公邸に呼んだ。

矢部の顔を見ると、まずきいたのは、捜査の進み具合だ。

「正直いって、かんばしくありません」

矢部は、正直にいった。

窓の外の空は、いまにも雨になりそうに、どんよりと重い。そのことが、一層、矢部の心を重苦しくしていた。

「札幌からも、手掛りがつかめないのですか？」

渡辺は、やたらに煙草を吸った。こんな嫌な事件は、早く解決して貰いたかった。

矢部は、暗い眼で、

「札幌には、うちの刑事を二名派遣して、地元と協力させていますが、なにぶんにも、被害者と犯人との間に何の繋がりもないので、犯人の割り出しに苦労しているようです」

「目撃者も見つからずですか？」

「ええ。犯人が、岩田貢一という修理工を狙って殺したのなら、慎重に銃を構えなければならず、目撃される可能性もあったと思うのですが、犯人は、誰が死んでも構わなかったわけですからね。五人並んで歩いている背後から、消音拳銃で、でたらめに射ったと思うのです。狙う必要がないわけですから、周囲の人間だけを気にすればいい。車で通りかかって、いきなり射って、逃げてしまう。多分、犯人は、そんな行動をとったんだと思われます」

「拳銃の線からも、何も出て来ませんか？　三二口径の弾丸ということは、わかっているわけでしょう？」

渡辺は、いらだちをかくさずに、矢部を見た。

今の首相の地位は、安泰とはいえないだけに、どんな小さな傷がついても困るのだ。今度の事件が、首相の地位をおびやかすかどうか、今のところ不明だが、少しでも、首相の地位にひびくとわかれば、野党はもとより、与党内からも、ゆさぶりをかけてくることは眼に見えていた。

だから、一刻も早く、解決に持っていって貰いたいのだ。

「使われた拳銃は、恐らく、ハーリントン&リチャードソンのM一八九五拳銃と思われますが、確定はしていません」

「その拳銃は、手に入りやすいんですか？」

「アメリカ国内では、市民用護身用拳銃で、広く出廻っています。値段が安く、素人でも使いやすい拳銃ですので、アメリカ兵が持ち込んで、犯人が買ったものと考えているのですが、まだ、その線を洗い切れておりません」

「しかしねえ。矢部警部。今日中に解決しないと、彼等は、また、新しい人質を殺すといって来ているのですよ。しかも、二言目には、総理と政府が頑迷だから、人質を殺すのだと、広言している」

「総理は、どうしておられます？」

「箱根の別荘へ静養に行かれました」

「まだ、雪があるんじゃありませんか？」

「かも知れませんが、東京にいて、妙な事件に悩まされるよりはましだと、おっしゃっていましたよ。それから、警察も、もう少しがん張って欲しいものだとも」

「どうも、申しわけありません」

矢部は、頭をかいた。一番、自分に腹を立てているのは、矢部だったろう。四十七人の優秀な刑事たちがいながら、まだ、犯人の名前さえつかめずにいるのである。

「総理に芝居をして頂くわけにはいきませんか？」

矢部が、思い切って切り出すと、渡辺秘書官は、眼を剝いた。

「総理に芝居ですと？」

「そうです。誘拐事件で、犯人を逮捕できるチャンスは、身代金の受け渡しの時です。それで、もし、総理に、犯人側の要求を呑むような芝居をして頂けたらと思ったんですが」

「しかし、矢部さん。犯人たちの要求は、五千億円の防衛費を、福祉に廻せというんですよ。いやしくも、一国の首相が、たとえ芝居にしろ、そんな発表を記者団に出来るわけがないでしょう。それに、これでは、身代金の受け渡しがないことになって、犯人に点数を稼がせるだけで、逮捕には役立たないんじゃないですか？」

「私のいっているのは、犯人たちが要求している二番目の線です。財界から金を集めたと、総理が犯人たちにいって下されば、われわれに犯人逮捕のチャンスが出来ると思っているのですが」

「いいですか。矢部さん」

と、渡辺は、声を大きくして、

「この際、申しあげておきますが、総理は、一度でも犯人の電話に出たことを後悔しておられるんです。ですから、今後は、絶対に、犯人とは、お話はなさらん筈です」

「では、あなたが、芝居を打ってくれませんか？　総理の命令で、一億二千万人の人質を助けるために、財界から浄財を集めたと、犯人に話して頂けませんか？」

「矢部さん、昨日の犯人の言葉をお忘れですか？　記者会見をして、その旨発表しろといっているんですよ。ブルーライオンズの要求を呑むという発表をですよ。芝居にしろ、犯人たちの要求に屈服するような発表は、絶対に出来ません。絶対にです」

「そうですか」

矢部は、予期していたことだったから、さほど失望はしなかった。しかし事件解決への一つの道が閉ざされたことだけは、確かだった。

ブルーライオンズの要求は、今日の午前中の回答だった。それが不可能だとすると、彼等は、どんな行動に出るだろうか？

（どこで、誰を殺す積りなんだ？）

2

その日の午後の福岡空港は、どんよりと曇っていた。

風はなく、時々、雲の切れ間から春の陽が射し込んでくる。飛行には、何の支障もない。

全日空の東京行417便も、定刻の午後二時四十五分に出発が予定されていた。乗客定員三百二十名のロッキード・トライスターは、すでに、そのずんぐりした特徴のある機体を、滑走路の端に見せ、給油を終った車が離れて動き出している。

今日の客は、百八十五名だった。

その中に、戦前美人女優として売り、戦後は、ナツメロ歌手として、根強い人気を保ち続けている石崎由紀子がいた。

一週間にわたる九州巡演を終え、東京へ帰るところだった。

薄いサングラスをかけ、ワイン色のサンローランのドレスを着た彼女は、とても五十九歳には見えなかった。

色白で、背が高く、日本人離れした彫の深い顔立ちは、どちらかといえば、冷たい感じを与える。事実、石崎由紀子は、「大衆と共に四十年」という自伝を書きながら、心の底では、大衆を馬鹿にしているようなところがあった。

空港には、十五、六人の熱心なファンが、彼女を見送りに来ていた。いずれも中年の女性である。その中から、小柄な、白いマスクをかけた女が、遠慮勝ちに、由紀子の前に進み出た。

平凡な、というよりも、どちらかといえば見栄えのしない顔立ちだった。

「確か、今日は、先生のお誕生日だったと思うんですけど」

「ええ。この齢(とし)になると、あんまり嬉しくないんだけどね」

由紀子は、付け人の女と顔を見合せて笑った。

「それで、私が、丹精こめて、先生のためにお作りしたケーキなんです。受け取って頂けませんか」

女は、紫の風呂敷包を差し出した。

「ありがとう。頂くわ」

石崎由紀子は、事務的に受け取ると、それをすぐ、付け人に渡してしまった。すでに、ファンから、いろいろな贈り物を貰っていたし、ケーキは、あまり好きではなかったからである。二年前から、今の体調を維持するために、ヨガを始めたし、甘いものをなるべく控えるようにしていて、そのことは、何度か芸能記者に話し、週刊誌に載った。ファンのくせに、この女は、それくらいのことも知らないのだろうかと、由紀子は、ちょっと腹を立てたくらいだったが、相手が大事なファンでは、突っ返すわけにもいかなかった。

搭乗が始まると、送りに来たファンたちは、由紀子に握手を求めたが、ケーキの主は、どこかに消えてしまっていた。

由紀子たち百八十五名の乗客をのせたロッキード・トライスターは、うす曇りの空へ向って、轟音を残して飛び立って行った。

それから一時間後、大阪空港管制塔（コントロールタワー）に、417便から、連絡が入った。

——こちら全日空417便、現在高度二万一千フィートで、羽田に向い飛行中。現在地点、潮岬沖三十キロ。

——全日空417便へ。了解。

——やや気流が悪いが、万事順調。異常なし。

——了解。

その直後である。

突然、何かが、417便に起きたらしい。

大阪空港の管制官は、緊急事態発生を告げる「メイデイ！　メイデイ！」の叫び声を耳にしたのである。

それは、絶叫に近かった。

管制官は、必死に、417便を呼んだ。が、応答はなかった。417便を追いかけていたレーダーも、その機影を見失ってしまったのである。

3

航空自衛隊浜松基地の管制官も、４１７便の「メイデイ」を耳にした。

直ちに、二機の哨戒機が、遭難現場と思われる潮岬沖に向って飛び立った。

海上保安庁の巡視艇も、要請を受けて、現場海域に急行した。

幸い、海はおだやかだった。

先に到着した哨戒機二機は、海面をなめるように往復している中に、薄い油膜と、飛行機のものと思われるいくつかの破片が海面に浮いているのを発見した。

一時間後に、同海面に到着した巡視艇は、多量の油と、木片を見つけた。その木片は、明らかに、飛行機の椅子がこわれたものであった。

更に、全日空のマークの入ったライフジャケットが浮いているのも見つかった。

今や、４１７便の遭難は確実になった。

当時、その海域には、何隻かの漁船が出漁していたが、漁師たちは、頭上で、

「どーん」

という爆発音を聞いたと証言した。

その時刻は、大阪空港の管制官が、４１７便の「メイデイ」を聞いた時刻と、ほぼ、

一致していた。

漁師たちの証言は、重要だった。

トライスターが、何等かの原因で空中爆発を起こし、海中に墜落したという可能性が考えられるからである。

飛行機らしいものが、白煙をあげながら、海に墜落するのを見たという漁師も現われた。

テレビやラジオは、臨時ニュースを流し、羽田空港に設けられた対策本部には、乗客の家族が駆けつけた。

新たに、もう一隻の巡視艇が、現場に到着した。

現場は、水深約九十メートルで、普通のエアボンベを使っての潜水は、無理だった。

巡視艇では、水中テレビを、九十メートルの深さまで下し、それで、沈んだと見られる機体を探すことにした。

作業を始めて一時間半後に、船上のモニターに、ぼんやりと、機体の一部らしきものが映し出された。

水中テレビには、もちろんライトがついているのだが、それでも、九十メートルの深さでは、鮮明な像は、なかなか得られなかった。

その中に、はっきり、尾翼とわかる像が、モニターに現われた。全日空のマークも確認された。

主翼は、片方が付け根の辺りから吹っ飛んでおり、胴体には、上部に大きな穴があいているのが確認された。それは、機内で、爆発があったことを想像させた。

機体の引き揚げは、サルベージ船が現場に到着するまで不可能だった。

午後六時三十分になって、羽田の対策本部で、全日空の責任者は、次のような発表をした。

「本社の417便、ロッキード・トライスターは、潮岬南方約三十キロの海中に墜落したことが確認されました。乗客、乗員計百九十六名は、全員死亡したものと推定されます。原因については、目下鋭意調査中であります」

4

その頃、左文字と史子は、文京区にある日本英才教育センターで、理事の柳沼博士に会っていた。

柳沼博士は、六十七、八歳で、痩せて、白髪の老人だったが、二人の待つ応接室に入って来るなり、

「ジェット旅客機が墜落したそうですよ」

と、早口でいってから、

「それで、何のご用ですかな？」

と、二人を見た。

左文字は、一瞬、ジェット旅客機墜落ということに引っかかったが、

「僕は、いわゆる天才児といわれる子供たちの教育に興味がありまして」

「アメリカで、その方面の研究をなさっておられたんですか？」

柳沼は、左文字を、その容貌から、日本語の上手なアメリカ人と考えたようだった。

否定するのも面倒なので、左文字は、「ええ」と、肯いた。

「こちらでは日本全国の天才児についての資料があるとかで」

「ええ。ここに集めてあります。ＩＱ一四〇以上の児童についてです。その教育は、ここではなく、国立のＵ大学でやっていますが、その経過や、成果は、全て、このセンターに報告されることになっています」

「日本のどこの児童でも、ＩＱ一四〇以上なら、Ｕ大学に集めて教育されるわけですか？」

「一応そうなっているのですがね。一方では、教育の自由という問題もありますので、地方の学校へ行きたいという者を、無理にＵ大の附属へ入れるわけにもいきません。しかし、その場合でも、追跡調査は、うちでやっています」

「その天才児たちですが、当然、大学を卒業して、社会に出てからも、各分野で活躍しているんでしょうね？」

「そうですね。ただ、彼等の場合、男女とも、大学の研究室に残ることが多いです。知能指数の高さと、人間の管理能力とはあまり関係がないようです。会社に入っても、研究部門に進む者が圧倒的です」

「その中に、人生の敗北者というのもいますか？　天才が敗北するというのは、ちょっと考えられないのですが」

「それは、当然おりますよ」

と、柳沼理事は、笑って、

「ＩＱ一四〇以上の天才といっても、所詮は人間ですからね。人間の弱さは、十分に持ち合せているわけです。ですから、異性関係に失敗して駄目になる者もいれば、事業に失敗する者もいる。一般の人たちと同じですよ」

「しかし、頭がいいだけに、そんな時の挫折感は、一層、強いんじゃありませんか？」

「それはいえるかも知れませんね。ＩＱ一六〇で、Ｕ大を卒業し、教授になってから、現代社会に絶望したといって自殺してしまった人もいましたね」

「犯罪に走った人もいますか？」

と、左文字がきくと、柳沼は、一瞬、当惑の表情を作ったが、すぐ、笑顔に戻って、

「一般の人と同じだと申しあげた筈ですよ」

「なるほど。U大学以外に、天才児を集めて教育しているところがありますか？」

「いや。特別のクラスを設けて教育しているのは、U大だけです」

「そこで、附属小学校、中学校、高校、大学と、彼等のための特別のクラスを設けて教育していくわけですね？」

「その通りです」

「卒業者名簿は、ここにありますか？」

「ことと、U大学にありますが？」

「それを見せて頂くわけにはいきませんか？」

「理由がなければ、お見せできませんな」

柳沼理事は、おだやかだが、きっぱりと拒否した。

左文字は、当惑した。事件のことを話すわけにはいかなかったからである。矢部に、事件の口外を禁じられている。

「電話をお借りできますか」

と、左文字はいい、その電話で、矢部に聞いた首相公邸の渡辺秘書官を呼び出して貰った。

「まだ、事件の目星がつかないのですか？」

と、渡辺が、電話の向うで、疲れた声でいった。

「今、僕は、日本英才教育センターに来ています」

「なんでそんな所に？」

「ここの名誉会長は、確か首相でしたね？」

「ええ。それが、どうかしたのですか？」

「それなら、僕のために口添えして貰いたいのです。今、ここに、理事の柳沼さんがおられます。僕のために、便宜をはかるように、いってくれませんか？」

「なぜです？」

「理由はいえませんが、お願いしたいのです」

左文字は、強引に頼み、受話器を、柳沼に渡した。

それが、効を奏したらしく、柳沼理事は、電話を切ると、

「お見せしましょう」

と、左文字にいってくれた。

U大学の特別クラスの卒業生は、毎年三十人から五十人前後だった。

その人数は、多いようでもあり、少ないようでもあった。考え方によって、感想も違って来るだろう。

名簿というよりも、カード方式になっていて、柳沼理事がいうように、その個人が、

職業や住所を変わると、その都度、訂正してあった。しかし、それが、完璧かどうかはわからなかった。

（住所不明）

と書かれているカードも眼に入ったからである。

史子は、キャビネットに詰まっている厖大なカードを見やりながら、

「この中に、今度の事件の犯人がいると思うの？」

「いると思って調べてみるのさ。いなかったら、また別の方面を調べてみればいい」

「でも、柳沼理事もいってたけど、ＩＱ一四〇以上の天才児は、Ｕ大学で、特別教育を受けるとは限らないわけでしょう？　もし、犯人が、Ｕ大学以外の出身だったら、この中に入ってないことになるわ」

「いや、この中に入っている筈だ」

「なぜ、そう確信できるの？」

「僕もコロンビア大学時代、クラスの中に猛烈な天才児がいてねえ。そいつを、つくづく観察したんだが、ああいう天才は、周囲が馬鹿に見えるのか、それとも、周囲が敬遠するのか、孤独になりがちだし、狷介だ。友情も生れない。天才同士でもそうじゃないかな。ところが、蒼き獅子たちは、グループを作っている。こんな事件を引き起こして、尻尾を出さないところをみると、団結も固そうだ。離ればなれで大きくな

り、成人してから知り合ったとすれば、天才同士で反撥し合うだろう。とすれば、恐らく、長い間一緒に生活して来たのだ。つまり、U大学で、子供の頃から一緒に教育されてきた仲間だと思うわけさ」

「そして、卒業してから挫折した連中？」

「そうだ」

「そして、卒業後も、グループを作って何かしている連中ということ？」

「多分、そうだな」

左文字は、柳沼理事に、

「この中で、U大を卒業したあとも、仲間でグループを作り、何かしているというのもありますか？」

「何かといいますと？」

「事業なり、社会運動なりです」

「そういう意味なら、二つほど、グループを知っていますよ」

「そのグループについて、話して貰えませんか」

「一つは、『日本再生研究会』というグループで、昭和二十五年の卒業生七人で構成されています」

「昭和二十五年卒業というと、現在は、五十歳に近いですね？」

「四十七、八歳じゃありませんか」

「どんなことをしているんです？　そのグループは？」

「経済や法律を勉強した人たちでしてね。昭和二十五年というのが、朝鮮戦争が始まった年で、同時に、日本の経済復興の第一歩が始まった年でもありますのでね。将来の日本のあり方といったことで、歴代の首相に、助言を与えてきたグループですよ」

「じゃあ、成功者ということですね？」

「でしょうな。今では、赤坂の大きなビルの最上階全部を占領して、職員も五、六十人いるそうですからね」

（違うな）

と、左文字は思った。

喫茶店のシュガー・ポットに青酸カリを混入して、無差別殺人を行う犯人たちが、そんな成功者、体制的な人間である筈がない。

「もう一つのグループのことを話してくれませんか？」

「こちらは、昭和四十五年の卒業生たち五人のグループです」

「すると、年齢は二十七、八歳ぐらいですね？」

「ええ」

「グループの名称は？」

「社会構造研究会――だったと思いますね」

「左翼的なグループですか？」

「私も最初はそう思ったんですが、前に、宣言文みたいなものを貰って読んだら、どうも、今の左翼運動も軽蔑しているようですな。もちろん、今の社会構造にも、政治体制にも反対だとはいっていますが」

「その宣言文は、今ありますか？」

「いや。なくしてしまいました。若い連中なので、大変気負った文章だったのは覚えていますよ」

「現在、目立った活躍をしているんですか？」

「いや、金がなくて困っているんじゃありませんか。ああいう反体制的な研究グループに、財界が金を出す筈がないし、現在の左翼のことも厳しく非難していますから、そちらからのカンパもないでしょうしね」

「そのグループに加わっている五人の名前がわかりますか？」

「カードに書いてある筈ですよ」

と、柳沼理事はいった。

左文字は、史子と、昭和四十五年度卒業生のカードを一枚ずつ調べていった。

柳沼理事のいった通り、カードの隅に、「社会構造研究会」の書き込みのあるものが、五枚見つかった。

左文字と史子は、その五人の名前を、手帳に書き抜いた。

佐藤　弘

菅原明平

高橋英夫

森　誓子

村山朋子

いずれも二十七歳か八歳だった。専攻はさまざまで、英文学もあれば、法律もある。

「この五人が、ブルーライオンズだと思うの？」

と、史子が、自分の書き抜いた名前を見ながら、左文字にきいた。

「わからないが、調べてみる価値はあると思うね」

左文字は、電話帳を借りて、「社会構造研究会」を引いてみた。

出ていた。

住所は、中野の「青葉マンション三〇五号室内」となっていた。

「行ってみようじゃないか」

と、左文字は、史子を促した。

5

その五階建の古びた建物を見上げたとき、マンションにもいろいろあるものだという気がした。

これは、明らかにキリの方だった。壁には亀裂が入っているし、玄関のプラスチックの看板は、三分の一くらいが欠け落ちていた。

誰かが、日本のマンションは、現代の長屋だといったが、これなど、まさに、現代の長屋というにふさわしい。

もちろん、エレベーターなどなく、左文字と史子は、薄暗いコンクリートの階段を、三階まで登って行った。

三階の中央に、廊下があり、その両側に六つの部屋がある。陽が射さず、昼間なのに、廊下には、蛍光灯が青白い、不健康な光を投げている。

三〇五号室のドアには、「社会構造研究会」の大きな看板が下がっていた。

史子は、いくらか蒼ざめた顔になっていた。ひょっとすると、無差別殺人の犯人かも知れないのだから、当然かも知れなかった。

左文字は、わざと、煙草を取り出し、火をつけてから、ドアの傍についているベルを鳴らした。

ドアが開いて、ジーパンに、トックリセーターの若い男が顔を出した。

長髪を掻きあげながら、青年は、強い眼で左文字と史子を見た。

「何だい？　君たちは」

「TK出版という会社を知っているかな？」

左文字は、微笑を浮かべて、相手に話しかけながら、その青年の肩越しに、すばやく部屋の中を一瞥した。

台所の向うが八畳ほどの和室になっている。一DKのマンションというわけらしい。襖が細目に開いているので、八畳の部屋に、雑然と積みあげられている書籍と、若い女の背中が見えた。

「そんな出版社は知らないな」

青年はぶっきら棒にいった。

左文字は、微笑を消さずに、

「社長が株で儲けてね。まあ道楽で出版事業に手を出そうという会社なんだ。その第一歩として、若者向きの雑誌を考え、すでに、スタッフも揃えてあってね。雑誌の名前は、『TOMORROW』明日に希望を持とうといった意味なんだ。来月の二十日に、創刊号が出る予定なんだが、それで、明日の日本を背負うと思われる個人や、グループを紹介したい。その紹介したいグループの中に、君たちの社会構造研究会も入れてみたいんで、いろいろと話を聞きたいんだがね」

左文字は、肩書きのない名刺を、相手に渡して、

「僕が編集長で、こちらは、記者の藤原君」

と、史子を旧姓で紹介した。

史子も、左文字の芝居に合せて、

「藤原です。よろしく」

と、青年にいった。

だが、青年は、警戒するような眼の色になって、

「僕たちのことを、誰に聞いたんだ？」

「日本英才教育センターでね。ぜひ、話を聞かせて貰いたいんだが」

「しかし、われわれは忙しいんだ」

「二、三十分でいいんだ。時間を割いてくれないかね？　それとも、この研究会は、公表できないような危険なことを研究しているのかな？」

左文字は、わざと、棘のあるいい方をした。

案の定、男の目つきが険しくなった。が、しばらくの間、黙って考えていたが、

「じゃあ、二、三十分だけ」

と、断って、二人を部屋にあげてくれた。

八畳の部屋にいた女は、眼鏡越しに、左文字と史子を見た。化粧をしていない顔は、男のように見えた。

テーブルの上には、雑誌や、パンフレットなどが、乱雑に置かれ、その端にのせられた七インチの白黒テレビが、墜落した全日空機引き揚げの模様を映し出していた。

「何か出版社の人らしい」

と、男は、女に、左文字たちを紹介した。そのいい方は、左文字の話を、信じていない感じだった。

部屋一杯に積み重ねてある本の間に坐る感じで、左文字と史子は、腰を下した。女は、軽く頭を下げただけで、別に、お茶をいれるでもなく、テレビの画面に眼をやっている。

左文字は、おもむろに手帳を取り出した。

「まず、あなた方の名前を教えてくれないかな。佐藤さんかな？　それとも菅原さん？」

「僕は菅原明平で、彼女は森誓子だ。だが、あんた方は、グループとしてのわれわれに用があるんじゃないのか？」

菅原明平は、とがめるようにいった。

左文字は、落着き払って、

「もちろん、社会構造研究会自体に興味があるんだが、構成員の一人一人についても興味があってね。君たちは、五人だと聞いたんだが、他の三人は？」

「今、旅行中だ」

「北海道と九州？」

「なぜ？」

「いや、当てずっぽうに北と南をあげてみただけだよ。ところで、君たちのグループの目的はどんなことなの？」

「名前の通りさ。現代日本の社会構造の研究だ」

「しかし、若いんだから、研究だけでは我慢できないんじゃないかな？」

「いったい、何をいいたいんだい？」

菅原は、机の上のケントの箱を取りあげたが、一本も残っていないと知ると、腹立たしげに、空箱をくしゃくしゃに潰して、部屋の隅のクズ籠に投げ捨てた。

左文字が、自分の煙草をすすめたが、菅原は、首を横に振った。

「思い切ったことを実行できるのは、若者の特権だからね」

左文字がいうと、菅原の眼が、キラリと光った。

「われわれは、もう若くない」

「いや、若いよ。三十歳を過ぎた僕なんかから見ると、羨ましいぐらいに若いね。若くて、人並以上の頭を持っている君たちだ。日本の現状について、いろいろと不満を持っているんじゃないのかな？」

「そりゃあ、不満はある」

菅原は、立ち上って、本棚の隅から、五、六本入ったケントを見つけ出すと、それをくわえて火をつけた。

森誓子も、手を伸ばして、煙草をくわえた。そんな何気ない二人の様子に、左文字は、同棲の匂いを嗅いだ。

「どんな不満があるのかな？　よかったら、それを話してくれないかね」

「不満というより、絶望といった方がいい」

菅原は、吐き捨てるようにいった。

「ほう」

「最初、日本の現代社会をバラバラにして研究していた頃、われわれには、希望があった。変革によって、理想社会が現出する可能性も、ゼロではないと思っていたからさ。もちろん、われわれのいう変革は、既成左翼が選挙目標にかかげているような安易な革命のことじゃない。現代の左翼が主張している革命によっては、社会は絶対に良くならない。資本と官僚機構が支配する社会が、権力と官僚機構の支配する社会になるだけの話だ。官僚機構は、かえって強固になる」

菅原は、急に雄弁になった。

さして真新しくもないし、面白くもない理論だったが、左文字は、「なかなか面白い考え方だね」と、感心して見せた。

「現代が、金と官僚機構の支配する世の中なら、大金を掴(つか)んだ者が、権力も握るということにならないかな？」

「かも知れないが――」

「どうだね。五千億円もあったら、権力の中枢に坐ることが可能だとは思わないか？そうすれば、自分の好きなように、現代社会を変えられるんじゃないかね？」

左文字は、五千億円というところに力を入れて、菅原と、森誓子の反応を見た。

菅原は、黙って煙草の煙を吐き出し、森誓子は、「五千億円ですって」と、眼鏡の奥の眼を光らせた。

「そんな大金、どうやったら手に入るというの？」

「それは、あなた方みたいな天才の集りなら、奇抜な方法を見つけられるんじゃないかしら？」

史子が、誓子にきき返した。

誓子は、クスクス笑って、

「残念ながら、ぜんぜん思いつかないわねえ」

「君はどうかな？」

左文字が、菅原を見ると、彼は、ぶすッとした顔で、

「そんなこと、考えたこともなかったね」

「それは、金なんか欲しくないということかね？」

「そうはいってない。ただ、それ以上に、現代の日本社会への絶望の方が強いということだよ。現代そのものが、すでに悪であるとさえ、僕は考えている」

「それは、原始社会へ戻りたいということかな？」

「もう時間だよ。二十五分たった」

「他にも、いろいろと聞きたいことがあるんだがね。雑誌にのせるには、君たち一人一人の簡単な紹介が必要なんだ。まず、君のことから聞こうかね」

「お茶が欲しいな。お茶をいれてくれよ」

と、菅原が誓子にいった。

誓子が立ち上って、台所へ消えた。

菅原は、煙草の煙を吐き出してから、

「何を聞きたいんだって？」

「君たちのことさ。他の三人、ええと、佐藤弘、高橋英夫、村山朋子の三人とは、いつも連絡が取れてるわけだね？」

「まあ、同じ研究をしている仲間だからね」

「この研究会の財源はどこなの？　失礼ないい方だが、あまりはやっているようにも見えないしね」

「みんな、それぞれに働いているよ」

「例えば君は？」

「僕と彼女は、翻訳の仕事をしている」

「君たちは、ＩＱ一四〇以上の天才だ。それなのに、グループの研究は世に容れられなくて、つまらんアルバイトで生活している。時には、馬鹿らしくもあるし、自分たちを受け入れない社会に怒りを感じることもあるんじゃないの？」

「まるで誘導訊問だな」

と、菅原は、小さく笑った。

左文字は、構わずに、

「社会をあッといわせたいと思うようなこともあるんじゃないかね？　それも、天才的な方法で」

「あんたがいうほど、僕は頭が良くないよ」

菅原が、ぼそッとした声でいった時、森誓子がお茶を運んできた。

左文字は、それを口に運んでから、

「他の三人は、今どんな仕事をしているのかね？」

「いろいろだよ。僕みたいに、翻訳の仕事をしている者もいるし、肉体労働をしている者もいる。一致しているのは、現代の日本に絶望しているということだ」

「その三人の中に、病院で働いている人か、メッキ工場でアルバイトをした者はいないかな？」

「なぜ？」

「それは――」

ふいに、左文字は、頭の回転が鈍くなるのを覚えた。

なにか、暗い闇の中に、ぐいぐい引きずり込まれていくような気がする。

（やられた）

と、思いながら、左文字は、身体がいうことをきかず次第に深い眠りに落ち込んでいった。

6

左文字は、夢を見ていた。

幼い頃の夢だった。ロスアンゼルスの芝生のある家で遊んでいる夢だった。

しかし、目覚めた時、左文字は、その夢を忘れていた。

頭が、鈍く痛む。

腕時計に眼をやると、すでに、午前五時に近かった。

彼の横では、史子が、正体を失って、畳の上に倒れている。

左文字は、ふらつく足で立ち上ると、台所へ行き、冷たい水道の水で、何度も顔を洗った。少しは、しゃきっとしてきた。そのあと、ハンカチを水にひたし、史子のところに戻って、濡れたハンカチを彼女の額に当てた。

しばらくすると、史子が、眼を開けた。手を頭にやりながら、

「あたしたちは、どうしたの？」

「薬だよ。強い睡眠薬を飲まされたらしい。大丈夫か？」

「ええ。少し頭が痛いけど」

史子は、ゆっくり坐り直して、

「あの二人は？」

「消えたよ。もう、ここへは戻って来ないだろう。他の三人と、どこかで落ち合うんじゃないかな」

「彼等が、今度の事件の犯人かしら？」

「十中、八、九、そうだと思うね。そうでないのなら、僕たちを眠らせて逃げる必要はない筈だ」

「それはそうだけど、なぜ、あたしたちを殺さなかったのかしら？」

「それは多分、彼等が天才だからだろう」

「どういう意味？」

「彼等は、計画どおりに動いている。そして自分たちの計画に絶対の自信を持っている。だから、必要以外の殺人はやらないんじゃないかな。それが、彼等の自負でもあり、エクスキューズでもあるような気がするんだ」

「矢部警部に知らせた方がいいかしら？」

「いや。まだ話さない方がいいと思うね。僕は、社会構造研究会の五人が、ブルーライオンズだと思うが、証拠はない。警察は、推測だけじゃあ動いてくれないからね」

第五章　プラスチック爆弾

1

翌二十九日の潮岬周辺は、快晴に恵まれた。海も凪いでいる。

午前十時を廻った頃、大阪港から、大型サルベージ船が二隻、現場の海域に到着した。

特別機で、大阪空港に着いた遺族たちは、特別にチャーターされた船で、早朝から、現場に来ていた。

上空には、各新聞社の飛行機が飛び廻っている。

巡視艇は、昨日から、現場にとどまり、引き続き、水中カメラで、海面下九十メートルに沈む機体を監視していた。

引き揚げ作業は、正午過ぎから、遺族の見守る中で開始された。

海面は、潮の流れはゆるやかだが、海底付近は、流れが早く、引き揚げ作業は、のろのろとしか進行しなかった。

その頃になると、政府が委嘱した事故調査団も到着した。彼らは、巡視艇に乗り移ると、モニターテレビに映る機体を注視した。

調査団に随行して来た記者たちは、写真を撮りまくりながら、

「なにせ、問題の飛行機だから、事故原因が、機体の欠陥だなんてことになったら、トライスター導入に動いたお偉方は、それこそ、真っ青だな」

などと、無責任な会話を交わしていた。

午後一時半頃、まず、右主翼が引き揚げられた。

遺族は、まず遺体をと希望したが、遺体の閉じこめられている胴体部分が、海底の裂け目に入っているので、最初に、比較的楽な位置にあった右主翼が、引き揚げられたのである。

吊り下げられていた大型エンジンは、吹きとんでいて、主翼も、大きくねじ曲っていて、事故のものすごさを示していた。

「どうも、爆発事故のようだねえ」

と、調査団の中から、ささやきが洩れた。

飛行機は、想像以上に頑丈なものである。海中へ突っ込んだとしても、主翼がもぎ

取られるようなことは、まずあり得ない。それが、もぎ取られているのは、空中で、すでに、バラバラになってしまっていたのではないかというのが、調査団全員の意見だった。

続いて、いよいよ、遺体の収容が開始された。

五名の潜水夫は、ひと休みしたあと、九十メートルの海底におりて行った。

胴体に辿(たど)りつくと、上部に大きな穴があいているのがすぐ眼に入った。部厚いジュラルミンが、外側に向ってめくれあがっているのだ。何か強い力が働いたとしか考えられなかった。

更に、その穴から胴体内部に入った潜水夫たちは、顔や手足を吹き飛ばされている何人かの遺体を見て驚愕(きょうがく)した。

他の座席の遺体は、破損していないのに、その穴の近くの遺体だけが、破損しているのである。

今や、機内で何かが爆発し、それがトライスター墜落の原因であることは、動かしがたくなった。

2

午後二時きっかりに、また、首相公邸の電話が鳴った。

渡辺秘書官が受話器を取ると同時に、テープレコーダーがまわり、逆探知装置が作動した。

「私は、ブルーライオンズの一員です」

受話器を通して聞こえたのは、また甲高(かん)いが今度は、若い女の声だった。

(女もいるのか)

と、渡辺は、驚きながら、

「今度は、何をしたんだ？」

「愚かな首相と、政府の頑迷さのために、止むなく、人質を殺しました」

「いつ、どこで？」

「潮岬沖で、百九十六名の人員が死にました。あなた方の頑迷さが殺したのです」

「百九十六名——というと、昨日の飛行機事故か？」

「そうです」

「君たちがやったという証拠があるのか？」

「使用した爆薬は、プラスチック爆弾です。私の言葉の正しさは、機体を引き揚げて調査すればわかる筈です」

「君たちは、百九十六名も殺したのか？」

「私たちの要求は、前と同じです。明日の午前中に、記者会見をして、首相が、五千億円の防衛予算を、福祉に振り向けると約束するか、一時金として、財界から五百億円を集め、われわれに、一億二千万人の人質に対する身代金として、引き渡すかのいずれかです。拒否すれば、更に多くの人質が死ぬことになります」

女の声は、怖いほど冷静だった。百九十六名もの人間が死んだことを話すのに、少しも震えていない。

「もし、もし、君たちは――」

いいかけて、渡辺は、がっくりと肩を落してしまった。相手は、とっくに電話を切ってしまっていたのだ。

一緒にいた矢部警部が、蒼い顔で、

「逆探知は?」

と、怒鳴った。

「東京以外から掛けていることだけはわかりましたが、その先はどうも」

という頼りない返事がかえってきた。

矢部は、渡辺と顔を見合せた。

「昨日の飛行機事故が、彼等の犯行だというのは、本当でしょうか?」

と、渡辺はかすれ声で、矢部にきいた。

「多分、本当でしょう。それだけはっきりというからには」

「どうしたらいいんです？」

「総理にお願いして頂けませんか」

「例の芝居の件ですか？」

「そうです。先日もお話した通り、今度の事件は、形は奇妙ですが、誘拐事件であることに変りはありません。誘拐事件解決の決め手は、身代金の受け渡しです。ですから、総理が、彼等の要求を受け入れたふりをして、財界から金を集めたと電話で答えて頂けませんかねえ。その金は見せ金でも構わない。彼等が受け取りに来たところを必ず逮捕して見せますよ」

「彼等が、総理自身が持って来いといったらどうするんです？」

「それは、どうにでもなるでしょう。閣議で多忙だからといって、あなたが持って行くとか、私が、秘書官に化けて持参してもいい。われわれに、逮捕のチャンスを作って頂きたいのですよ」

「私が芝居したのではいけませんか？」

「駄目ですね。彼等は、そこも計算して、総理に、記者会見で約束しろといって来ているんです。総理が芝居を打って下さらなければ、彼等は信用しないでしょう」

「それは無理ですよ」

「なぜです？」

自然に、矢部の声が大きくなり、それにつれて、答える渡辺の声も大きくなっていった。どちらも、相手に対してでなく、事件が拡大するばかりで、いっこうに解決に向わないことに腹を立てていた。

「総理は、慎重な性格なんだが、それを、弱腰と、批判する人々が党内にいましてねえ。記者会見で、芝居にしろ、ブルーライオンズのような無頼のやからに屈服して見せたら、それこそ、総理の引き下し運動が起きますよ」

「しかし、あとで芝居とわかり、おかげで多くの人命が救われ、犯人たちが逮捕されたとわかれば、国民に感謝されて人気があがりますよ」

「総理、総裁の椅子を追われてから、国民に感謝されても仕方がないでしょう。それより、警察の力で、何とかならんのですか？　今度は、飛行機を爆破して、百九十六人も殺したんだから、犯人の手掛りがつかめるんじゃありませんか？」

「もちろん、すぐ、部下を現地と、福岡空港に派遣しますが、保険金目当ての爆破と違いますからねえ。乗客全員を洗ってみたところで、犯人が浮かんでは来んでしょう。それに、過激派の線も洗っていますが、どうも、彼らは、過激派とは、何の関係もないようです」

矢部の声は、明らかに疲れていた。

今までのところ、完全に、犯人たちに振り廻されているからだ。

犯人たちの輪郭がつかめないだけでなく、次の行動が予測できないことが、矢部を疲労させていた。

今度も、彼等のいう「人質」を、どこかで殺すだろうという予想はしていた。だが、前と同じように、一人か二人と考えていたのだ。

それが、ジェット旅客機を爆破し、一瞬に、百九十六名もの「人質」を殺すとは。

彼等の要求が入れられないので、いらだって、大量殺人に踏み切ったのだろうか。それとも、三回目に大量の人質を殺すことは、最初からの予定に入っていたのだろうか。

3

矢部は、捜査本部に戻ると、すぐ二名の刑事を、トライスターの墜落現場である潮岬へ、他の二人を、問題のジェット旅客機が出発した福岡へ差し向けた。

札幌に派遣した刑事からは、定時に連絡が入っていたが、芳しいものではなかった。

「人質」岩田貢一を射殺した犯人の目撃者は、いぜんとして見つからずにいる。

拳銃入手の経路を知るために、札幌周辺の暴力団関係を、北海道警の協力を得て洗ってみたが、思わしい結果は出なかった。

どうやら、ブルーライオンズは、暴力団とも、極左勢力とも無関係の組織らしいと、矢部は結論した。

(だが、どんな連中の集りなのだろうか?)

それがわからない。

狂人の集りなのか。最初は、相手が殺人狂でないことが、唯一の救いと思っていたのだが、今度の百九十六名もの死にぶつかると、結果は、殺人狂かも知れないと思えてくる。

もし、殺人狂の集りだったら、今後、どんな恐ろしいことを仕出かすかわからない。

翌三十日の朝になって、初めて、手掛りらしきものが、福岡空港に派遣した二人の刑事から届いた。

爆弾の主らしい人間が浮かんで来たというのである。

こんな時、指揮官の決断が事態を左右する。

矢部は、自分が福岡へ行く決心をした。捜査本部長に、あとのことを頼み、午前九時五分羽田発の全日空機で、福岡へ発った。

事故の直後だけに、機内はがらがらだった。

スチュワーデスが、「事故のお詫び」というパンフレットを、乗客に配って歩く。

矢部は、羽田で買った朝刊を広げた。まるで、事故特集だ。

一面、十三面、十四面と、三頁が、トライスター事故にさかれている。
海中から引き揚げられた右主翼の写真にかぶせて、
〈大惨事発生！〉
〈無惨！　百九十六名が海底に〉
といった刺戟的な言葉が並んでいる。
矢部も、死んだ乗客の名前を見ていった。
外国人も五名含まれている。
犯人の宣言は、嘘ではなかったのだ。

アメリカ大使館員一名（参事官）
西ドイツの貿易商一名
フィリピンの音楽家二名
カナダからの留学生一名

それほどの大物がいないのが、救いだと思った。生命に軽重はないといっても、影響力が違うからである。
しかし、日本人乗客の名前の方に眼を移していって、矢部は、当惑した。

曽根崎裕介（六五）

の名前を見つけたからである。

曽根崎は、経済界の大物で、前に、通産大臣をつとめたこともある。今でも、経済界はもちろんだが、政界にも、隠然たる力を持っている。

有名人ということでは、芸能人も二人乗っていた。

石崎由紀子（歌手）

加地邦也（テレビタレント）

石崎由紀子は、広いファン層を持つ歌手だし、加地邦也は、二十五歳と若いが、このところ、急に人気の出て来たテレビタレントで、若い娘たちに熱狂的なファンが多い。

この二人の死は、特に、芸能週刊誌や、女性週刊誌が、大々的に取りあげるだろう。

その影響が怖いのだ。

そして、多分、同じ歌手やタレント仲間が、週刊誌やテレビで、「恐ろしいことだ。

恐ろしいことです」といった談話を発表することだろう。

〈恐怖に青ざめるタレントたち〉

〈あたしたちも、ひょっとしてと、歌手仲間は、怯えて語る〉

そんな芸能週刊誌の大見出しが見えるようだった。

犯人たちの目的が、日本中に恐怖を撒き散らすことだとしたら、飛行機爆破は、もっとも効果があるということができる。

定刻の午前十時四十五分より、十五、六分遅れて、矢部の乗ったトライスターは、花曇りの福岡空港へ到着した。

ここにも、417便で死亡した乗客の名前が貼り出されていた。

空港には、先に派遣していた山下、黒田の両刑事が迎えに来ていた。

矢部は、福岡署へ行く前に、話が聞きたくて、二人の部下を、空港内のレストランに誘った。

コーヒーを注文してから、

「わかったことを話して貰おうか」

と、二人を見た。

「まだ、確かというわけではありませんが」

と、小柄で、実務派タイプの山下刑事は、慎重に前置きしてから、

「われわれが注目したのは、417便の出発間際に、歌手の石崎由紀子に、手製のケーキを贈った女です」

「そのケーキの中身が、プラスチック爆弾だったというわけかね？」

「ではないかと思っているわけです。もちろん、他の乗客の手荷物の中に入っていたということも考えられますが、首相公邸にかかって来た電話が、女の声だったというので、この女が、どうしても、引っかかるのです」

「その女の目撃者はいるのかね？」

「幸い、石崎由紀子を十五人ばかりのファンが見送りに来ていて、この人たちが、その女を見ています」

「それで、どんな女なんだ？」

「年齢は三十二、三歳。小柄で、見栄えのしない顔立ちだったといっています。ただ、カゼをひいているのか、大きいマスクをかけていたので、顔立ちは、はっきりわかっていないのです」

「マスクは、多分、顔をかくすためだろう」

「服装も流行おくれの、茶色のやぼったいワンピースだったそうです」

「一見、長屋のカミさん風か？」

「ええ」

と、山下刑事は、笑ってから、十五人の証言から作ったというモンタージュ写真を、矢部に見せた。

髪をひっつめにした、三十二、三歳の女の顔が、そこに浮かんでいた。

口には、白い大きなマスクをしているので、口元や、鼻の辺りはよくわからないが、細い眼や、薄い眉(まゆ)は、確かに、冴えない中年女という印象を受ける。

「それで、この女は、なんだといって、石崎由紀子に、ケーキを贈ったんだい？」

「あの日が、石崎由紀子の五十九回目の誕生日だったそうです」

と、黒田刑事が、代って答えた。

「彼女は、五十九歳だったのかね。女は、確かに化け物だな」

「それで、この女は、石崎由紀子に向って先生のお誕生日に手製のケーキを作って持って来ましたといって、差し出したそうです」

「手製のケーキか」

それが、本当にプラスチック爆弾だとしたら、ブラックユーモアの見本みたいなものだなと、矢部は思った。

矢部は、モンタージュ写真を、コーヒーを飲みながら、何度も見直した。

「どうも、ぴったり来ないな」

「どこがですか？」

「私は、女からかかってきた電話を聞いた。その時の女の声や語調から感じられたのは、シャープな女という感じだった。ところが、この写真の女は、愚鈍な感じがする」

「すると、別人とお考えですか？」

「いや、そうはいっていない。ただ、もし、この女が犯人だとしたら、わざと、冴えない女に見せかけたのかも知れないと思うのさ。美しく見せる化粧があるとしたら、逆の化粧もあり得るだろう。或いは、犯人は別にいて、この女は、使いだけ頼まれたのかも知れない」

「女は、化粧で、がらりと変りますから」

「それで、このモンタージュ写真の反応はどうなんだね？」

「この写真を、全員で持って、空港内の聞き込みをやったわけですが、奇妙なことに、全く目撃者が出て来ないのです」

と、山下刑事が、小さな溜息（ためいき）をついた。

「この写真作りに協力した十五人は、これが、よく似ているといっているんだろう？」

「ええ。よく似ているといっています」

「おかしいじゃないか。この顔は、かなり目立つ顔だよ。ひっつめ髪なんて珍しいし、この白い大きなマスクは、特に目立つからね」

「われわれも、空港事務員や、タクシーの運転手の中に、きっと、この女を見た者がいる筈と、意気込んで聞き込みをやったんですが、全く目撃者が出ません。こんなことは、初めてです」

黒田刑事が、肩を落とした。

矢部は、そんな部下を励ますように、

「別に、力を落とすことはないさ。多分、こういうことだよ。このモンタージュの女は、ケーキを渡した直後、化粧室にかくれたんだ。そこで、全く別人のように変装して出て来たに違いない。ドレスは、派手なものに代え、白いマスクも外し、眉ももっと濃く描く。頭には帽子でもかぶったろう。そして、眼には眼ばりを入れれば、全く別人に変る筈だ」

「すると、このモンタージュ写真は、何の役にも立たないことになりますね。役に立たないどころか、犯人に、引っかかったことになりませんか」

「そうでもないさ。犯人は、こういう恰好をすれば、こう見えるんだ。それだけでも役に立つ。とにかく、三月二十八日に、犯人と思われる女が、ここにいたことだけは、確かなんだ」

矢部は、二人の部下に、慰めるようにいった。それは、彼自身への励ましの言葉でもあった。わざわざ、矢部自ら、福岡へ来た以上、なんとしてでも、今度の事件の突破口を見つけ出さなければならないと、心に誓っていた。

レストランには、入れ代り立ち代り、客が入って来たが、三人のテーブルの周囲(まわり)は、人が寄りつかなかった。矢部たち三人の眼付きが鋭いので、なんとなく敬遠しているのだろう。

「ところで、プラスチック爆弾というのは、どういうものなんですか？」

山下刑事が、頭をかきながら、矢部にきいた。無理もなかった。過激派は、普通の時限爆弾や、火炎びんは使っているが、まだ、プラスチック爆弾は、使用していなかったからである。

矢部は、手帳を取り出して、

「私も、よくわからないんで、ここに来る前に、科研に電話して、聞いてみたよ。今、一番新しいプラスチック爆弾は、アメリカで作られているもので、『C4』と呼ばれるものだそうだ。コンポジション4の意味らしい。コンポジションは、成分とか合成物の意味だから、四種類の成分で出来ている爆弾という意味かな。色は白だ」

「その成分というのは、どんなものですか？」

「ヘキソーゲンRDX九一パーセント。ポリイソブチレン二・一パーセント。モーターオイル（軽油）〇・一パーセント。その他六・八パーセントの混合物だ。この一つ一つがどんなものかは、モーターオイルを除いて、私もよく知らん。ただ、出来あがったものは、白色の粘土状で、どんな形にもなるところが、プラスチック爆弾の特徴だ。板状にもなるし、花びんの形にだってなる。だから、発見しにくい。ベトナム戦争で、ベトコンが、ゲリラ戦で使用したのも、この特徴のためだろう」

「すると、ケーキの形にもなるわけですね？」

「もちろんなるさ。ただ、C4自体では爆発しない。起爆装置が必要だ。つまり雷管がね。それで、犯人が、この福岡を、犯行の場に利用したわけがわかったような気がするんだ」

「といいますと？」

「調べてみて驚いたんだが、ここ福岡には、火薬工場が多いんだな。日本の三大火薬製造会社は、全て、福岡に工場を持っている。もちろん、雷管も作っている。つまり、福岡は、雷管が入手しやすいということだ」

「さっそく、地元の警察と協力して、火薬工場を当ってみましょう」

「他にも、犯人が、福岡を選んだ理由があるとお考えですか？」

山下刑事がきいた。

矢部は、新しい煙草に火をつけてから、

「他にも、理由は二つあると思う。一つは、自分たちの仲間が、全国にいることを誇示するためだろう。だから、脅迫電話も、女にかけさせている。もう一つは、警察の特性を利用したとも考えられる。広域捜査に踏み切ったといっても警察は、事件が起きないと動かない。東京と札幌の間には、合同捜査本部が設けられたが、事件の起きていなかった九州では、当然、捜査は行われていなかった。その空白を突いたとも考えられる」

「すると、次は、大阪あたりで、新幹線を狙うんじゃありませんかね」

黒田刑事が、つい、口を滑らせたのへ、矢部は、激しい口調になって、

「そんな真似をさせてたまるか。次は、彼等が人質を殺す前に、われわれの手で、彼等を捕えるんだ。石にかじりついてもだ。もう絶対に、飛行機も、新幹線も爆破させはしない。そんなことをさせたら、警察の威信にかかわるんだ」

4

福岡県警は、東京から矢部警部がわざわざ出向いたことで、事の重大さを再認識したようだった。

もちろん、合同捜査が、行われることになった。

県警捜査一課のほとんど全ての刑事が動員され、県下の火薬工場が、一つ残らず、徹底的に調査された。

雷管について、帳簿と、現品が一つ一つ照合される。県下に、工場は大小合せて七つあったが、一つの工場に、三人から四人の刑事が押しかけて行った。

不良品として、廃棄されたものも、その数量が数えられ、チェックされた。だが、なかなか、雷管紛失の報告は、県警本部で待っている矢部のところに届かなかった。

七つの工場を調べ終っても、とうとう、雷管紛失はなかった。

すると、犯人は、他の県の火薬工場から雷管を盗み出したのだろうか？

福岡県警から、他の県警へ捜査依頼が出された。

矢部は、福岡県下で最大といわれるＮ火薬ＫＫの工場を訪ね、工場長に会ってみた。

「個人が、雷管を入手するには工場から盗み出す以外に、どんな方法がありますか？」

矢部がきくと、この道三十年という技師あがりの工場長は、ちょっと考えてから、

「ここでは、工業用雷管を作っています。これは、当然、建築会社などへ売却していますから、建設現場なんかから盗み出すことも出来ますね」

矢部は、現物を見せて貰った。長さ約三十五ミリ、直径七・五ミリという小さな鋼管で、中に、起爆薬の雷汞（らいこう）（雷酸第二水銀）と、添装薬（テトリル、四硝酸ペンタエリスリット、トリメチレントリニトラミンなど）を詰めたものである。

「個人が買いに来るということはありませんか？」

「それはありませんね。売却先は、全部決っています」

「この雷管を、個人で造ることは不可能ですか？」

「そうですねえ」

工場長は、慎重な性格らしく、しばらく考えていたが、

「素人には無理でしょう。下手をすれば、点火が上手くいかず、自分が怪我をしますからね」

「元ここで働いていた工員だったらどうですか？」

「それなら、造れるかも知れませんね。しかし、部品がないと難しいでしょうね。また、電気的点火装置を取りつけるとすると、その部品も必要となりますね」

「電気的点火装置というと？」

「普通、この雷管に導火線をつないで、それに火をつけるわけですが、それを、電気的にやろうとする場合は、雷管に電気的点火装置も取りつけるわけです。これを電気雷管と呼びます」

工場長の話から、火薬工場から雷管を購入している建設会社なども、調べることになった。

だが、夜になっても、紛失の報告はなかった。

九州の他県からの報告も同じだった。

九州では、雷管は、一つも紛失していなかったのである。

5

この日も、潮岬沖では、引き揚げ作業が継続されていた。遺族たちは、チャーターした観光船に泊り込んで、引き揚げ作業を見守っている。どの顔も疲れ切っていた。

運輸大臣も、作業の監督と激励のために、駆けつけて来て、巡視艇から、約二時間、作業を見守った。

遺体と機体を収容するために、新たに、大型平底船二隻が、曳き舟で、現場に曳航されて来た。

幸い、前日に引き続いて、海はおだやかだった。陽光が、海面にキラめき、九十メートル下に、百九十六名の遺体が沈んでいるのを知らなければ、平和で、おだやかな海だった。

遺族の投げ入れた花束が浮かんでいる海へ、五人の潜水夫がもぐって行った。

乗客、乗員の遺体が閉じ込められている胴体部分は重く、三つに切断しなければ、引き揚げられないと判断された。

まず、その前に、遺体の収容である。慎重に、一体ずつ、引き揚げられていった。

最初の遺体が、三人の潜水夫によって引き揚げられた時、見守る遺族の間から、悲鳴と、すすり泣きが起きた。

ファーストクラスの女性客だったが、右手がもぎとられ、顔の半分ぐらいが吹き飛んでいたからである。

上にいた海上保安庁の職員が、用意してあった毛布で、その無惨に破損された遺体を蔽(おお)った。

何しろ、九十メートルの海底である。二、三十分に一体の割合いでしか、遺体の収容は不可能だった。そのスピードをあげるために、新しく、五人の潜水夫が、東京から呼ばれてやって来た。

遺体が、平底船に、五体、六体と並べられるにつれて、素人の眼にも、今度の事故が、単なるエンジン故障などでないことがわかって来た。遺体の破損が、ファーストクラスの一部で、特に激しかったからである。そのあたりで、何かが爆発したのだ。

6

警察は、すでに、ブルーライオンズからの電話を知っていたが、慎重を期して、事故調査団には、通告していなかった。だが、それでも、事故調査団は、計画的な爆破事故ではないかという疑問を抱きはじめていた。

箱根の別荘で、首相は、東京に残して来た渡辺秘書官から、憂鬱(ゆううつ)な報告を聞いた。

「今、事故現場からの報告が届きましたが、それによりますと、何者かが、爆弾を機内に持ち込んだことは、明らかなようです」

と、渡辺秘書官の方も、報告が辛いとみえて、声が沈みがちだった。

「すると、ブルーライオンズを名乗る女からの電話は、正しかったことになるのかね?」

首相は、いまいましげにいった。

「そうなります。もちろん、まだ、全く別の個人が、乗客の一人の保険金目当てに、417便を爆破したという可能性も否定できませんが」

「警察は、まだ、ブルーライオンズなる連中を、割り出せずにいるのかね?」

「今のところ、まだのようです。矢部警部は、すぐ、自ら福岡へ飛んで調査に当っているようですが」

「トライスターの遭難者の中に、曽根崎君がいた」

「はい。ご遺族に、総理のお名前で、お見舞いの電報を差しあげておきましょうか?」

「いや、わたしが、直接、お見舞いの電話を差しあげておいたよ。それより君は、アメリカ大使館員が一人亡くなっているが、その方へ、わたしの名前で、哀悼の意を表しておいてくれ」

「わかりました」

「トライスター事故が、ブルーライオンズの仕業らしいということを知っているのは、今のところ、誰と誰なんだ？」

「総理と法務大臣、それに国家公安委員長には、新しいテープをお聞かせしました。特別捜査本部の刑事たちは、もちろん知っておりますが」

「運輸大臣は今、引き揚げ作業を激励しに現場へ行った筈だが、テープは聞かせたかね？」

「いえ。運輸大臣にも、事故調査団にも、予断を与えてはいけないと考えまして、お聞かせしておりません。それでよろしいですか？」

「ああ。しばらくは、そうしておきたまえ」

「井原副総理には、いかがしましょうか？　お知らせしておいた方がいいでしょうか？」

「彼には、当分知らせない方がいい。きっと、わたしに電話して来て、わたしが最初に、彼等の電話の相手をしたので、つけあがらせたのだというように決っているからだ。他の閣僚も同様だ。二、三日は、ここで静養していたいからね。次に電話してくる時は、ブルーライオンズという卑劣な連中を逮捕した話を聞きたいものだな」

「また、彼等から電話が掛って来たらどう致しましょうか？」

「決ってるじゃないか。わたしは総理大臣だ。どんな脅迫にも屈することは出来んのだ。ブルーライオンズという馬鹿な連中も、わたしが絶対に脅しにのらんとわかったら、詰らんことはいって来なくなるだろう。君は、それを、相手にわからせるようにしたまえ」

首相は、不機嫌に、荒っぽく電話を切った。彼は、全てに腹を立てていた。もたもたしている警察にも、ブルーライオンズという連中に対しても。

7

左文字と史子も、三十六階の事務所で、全日空機事故のニュースを、テレビで見ていた。

この事故が、ブルーライオンズの仕業であることは、すでに、矢部から、電話で知らされていた。

「ひどいことをするわね」

史子が呟（つぶや）いた。画面には、死亡した百九十六名の氏名が、何度も、繰り返して流されている。

「確かにひどいが、ブルーライオンズの連中にしてみれば、計画どおりの犯行なんだ

「でも、わけがわからないわ」

「何が?」

「人が死ねば死ぬほど、政府は硬化するに決ってるわ。新しく、百九十六名も殺され て、犯人たちにお金を払ったら、そんな政府は、国民の非難の的になるだけよ。それに、予算は、いくら首相だって自由にならないし、どこから考えたって、身代金なんか取れる筈がないのに、ブルーライオンズの連中は、なぜ、また、こんな大量殺人をやったのか、そこがわからないわ」

「確かにそうだが、彼等が天才の集りなら、何か、僕たちの気がつかないような計画を持っているんだろう。考えもなしに、百九十六名も殺したりはしないと思うね」

だが、それが、どんな計画なのか、左文字にもわからない。

左文字は、一昨日会った菅原明平と、森誓子の二人の顔を思い出した。まだ、若い顔だ。あの二人と、他の仲間三人が、この全日空機事故も演出したのだろうか？

夕刊が来たので、左文字は、ロッキングチェアに腰を下して、眼を通した。

一面も、三面も、全日空機事故の報道で埋められている。警察と総理秘書官が押えているので、ブルーライオンズのことは、どこにも出ていなかった。

三面の方を読んでいた左文字は、突然、「あッ」と、大きな声をあげた。

「どうしたの？」

と、史子がきくのへ、左文字は、新聞を広げたまま渡して、

「読んでみろよ」

と、いった。

その顔色が蒼ざめている。

史子は、首をかしげながら、三面に眼を通した。

〈若い天才たちが、伊豆で集団自殺〉

「あッ」

と、史子も声をあげ、あわてて、記事の方を読んでみた。

〈二十九日午前九時二十分頃、伊豆天城山の近くを散歩中の前田憲吉（まえだけんきち）さん（六〇）は、佐藤弘さん所有の別荘から、しきりに犬の鳴声が聞こえるので、不審に思ってのぞいたところ、五人の男女が、居間で死んでいるのを発見し、警察に届け出た。

調べによると、この五人は、佐藤弘さん（二八）、菅原明平さん（二八）、高橋英夫さん（二七）、森誓子さん（二八）、村山朋子さん（二七）で、いずれも、青酸カ

リによる服毒死だった。

居間には、五人の連名になる遺書があり、覚悟の自殺と見られている。

佐藤さんたちは、いずれも、ＩＱ一四〇以上で、Ｕ大学の特別教室で学んだ同窓生であり、卒業後は、「社会構造研究会」を作り、現代日本の病根に、鋭いメスを入れてきた。

遺書には、現代日本の社会に対する絶望と、警告が書かれている〉

史子は、新聞を置くと、黙って左文字を見た。

「わかっているよ」と、左文字は、暗い顔でいった。

「僕たちは間違ったんだ。あの二人が、僕たちに薬を盛って眠らせたのは、自分たちの自殺の邪魔をされたくなかったからだったんだ」

「壁にぶつかったわね」

「いや」

と、左文字は強く首を横に振った。

「でも――」

「もう一度、日本英才教育センターに行ってみようじゃないか」

左文字は、ロッキングチェアから立ち上った。

「でも、あたしたちは間違ってたのよ」

「ああ。しかしね、日本国民全部を誘拐するなんていう途方もないことは、普通の人間には考えられないことなんだ。それと、犯人の電話での言葉も考えれば、やはり、ブルーライオンズは、天才たちの集りとしか考えられない。挫折した天才たちのね」

「でも、U大学を卒業したあとも、一緒に働いているグループは、二つしかなかったわ」

「だから、今度は、グループでない人間たちを調べてみるんだよ」

8

左文字と史子は、再び、日本英才教育センターに行き、柳沼理事に会った。

まず、自殺した五人のことでお悔みをいうと、柳沼理事は、眼をしばたいて、

「あの五人は、人一倍、純粋な精神の持主でしたから、絶望感も深かったんでしょう。ところで、今度は、何のご用ですか？」

「もう一度、U大学の卒業生のカードを見せて頂きたいのです」

と、左文字はいった。

二人は、また、カードを一枚ずつ見ていった。挫折した天才を見つけ出すためであ

る。

M重工生産研究所長などというのは、きっと、今の仕事に満足しているだろう。T大哲学科教授などというのも、除外してよさそうである。外国の大学で講義をしている連中も多い。

その中には、左文字が知っている名前も何人かいた。アメリカの大学で、ノーベル物理学賞に等しいような発見をした物理学教授の名前も見えた。

さすがに、知能指数一四〇以上の天才児ばかりだけに、カードに記入されている経歴も華やかなものが多かった。

だが、経歴の欄が全く空白のカードも混っていた。

「これはどういうことですか？」

と左文字は、柳沼理事にきいた。

「卒業後、全くどこにも就職しなかったということとも違うようだし」

「話さなければいけませんか？」

「ぜひ、話して頂きたいですね」

「実は、彼は、卒業直後に、事件を起こしましてね。刑事事件です」

「それで、刑務所へ入ったわけですね？」

「そうです」

「どんな事件だったのですか？」

「殺人です。彼に、好きな女性がいましてね。彼としては、当然、彼女が自分を好きになる筈だと思っていたんですね。ところが、彼女は、平凡なサラリーマンと結婚してしまった。人一倍自尊心が強かった彼には、それが我慢がならなかったのでしょうな」

「それで、女を殺したんですか？」

「いや、殺したのは、男の方です」

「なるほど。天才的な頭脳の持主が、自分より頭脳の劣る男に敗北したことが、我慢がならなかったのかも知れませんね。それで、まだ刑務所ですか？」

「いや、あの時は、やはりU大学出で、同じく特別クラス出身の優秀な弁護士が弁護しましてね。おかげで、懲役八年という比較的軽い刑でしたから、四年前に出所しているはずです」

「前後の住所は、不明ですか？」

「ええ。住所も、今、何をしているかも不明です」

「要注意人物ね」

　と、史子が、その男の名前を書き止めた。

牧野英公（三五歳）

住所も、現在の職業もわからない。カードには、写真が貼ってあったが、それは、十二年前の、U大学を卒業した時のものだった。

まだ、前途がバラ色に輝いていた時のものだから、まっすぐに正面を見つめ、眼を輝かせている。額の広い、鋭角的な感じの、いかにも秀才という顔をしている。四年前に、八年の刑期を了えて出て来てからも、こんな輝きに満ちた顔をしているだろうか。

更に百枚近く、カードをめくったところで、二番目の注意人物にぶつかった。

今度は、女性だった。

双葉卓江（二九歳）

それが、彼女の名前だった。

U大学での専攻は化学。大学院に進み、二十六歳で博士号を取得している。

しかし、カードに書かれたその後の略歴は暗いものだった。

二十七歳　結婚。
二十八歳　離婚。同時に松江精神病院に入院。
二十九歳　退院。その後の行先不明。

「大学院生時代の彼女には、私も会ったことがありますよ」

と、柳沼理事が、重い口調でいった。

「どんな女性でした？」

史子が、同性ということで強く興味を持ったのだろう。カードを見ながら、柳沼にきいた。

「女性に珍しく、というと、女の方に叱られるかも知れないが、理論的に物事を考える娘でしたね。だが、彼女の場合は、それが悲劇につながってしまったわけです」

「といいますと？」

「むしろ、独身を続けて、学問だけに熱中していたら、彼女は幸福だったかも知れませんが」

「しかし、恋愛して、結婚した――？」

「ええ。そこに相手の名前は書いてありませんが、ある大手の電機メーカーの技術者です。不幸だったのは、その男が俗物で、その俗物に、彼女が惚れてしまったということでしょうね。そこに、彼女の写真があるでしょう。お世辞にも美人とはいえない。だが、理知的で、素晴しい女性でしたよ。夫は、彼女の知性に敬意を払うべきなのに、馬鹿で可愛らしい女になれと強制したんです。従順で、夫のいうことなら、何でも、はいはいいうような女にね。彼女の方も、夫の気に入るようにと努力したらしいんですが、所詮は無理な話ですよ。彼女みたいに頭の切れる女性が馬鹿な女になれる筈がない。ノイローゼになって、離婚。それも、男の方が一方的にやったことでしてね。かわいそうに、彼女は、精神病院に入院という悲惨な結果になってしまいました」

「今は、退院しているわけですかね?」

「ええ。退院したという噂は聞きましたが、その後どうしているか。これほどの才女を、本当に惜しいと思いますねえ。埋もらせておくのは」

柳沼理事の言葉には実感がこもっていた。

9

三人目は、前の二人より、もう少し複雑だった。

最初、そのカードに接した時、あやうく、見過ごすところだった。

串田順一郎(くしだじゅんいちろう)(三四歳)

U大医学部卒業。

国家試験に合格後、城北病院外科に勤務。

その後、瀬戸内海のK島診療所に単身赴任。

一見して、どうということのない略歴である。

大病院に勤めていたが、思うところあって、瀬戸内海の小さな島の診療所に赴任する。むしろ、美談に類することだが、変だと、先にいったのは、史子の方だった。

「この間、テレビのルポルタージュ番組を見ていたら、このK島のことをやっていたわ。東京から来てくれたお医者さんが、何の予告もなく、急にいなくなって、また、元の無医村になって大弱りだということだったわ」

と、史子が、いったのである。

「その時、医者の名前をいっていたかい？」

左文字がきくと、史子は、しばらく考えていたが、

「そういえば、串田先生といったような気もするわ。とにかく、内科と外科の両方を専攻したそうなんだけれど、変な先生で、患者を放り出して、ぷいっと、海へ釣りに行ってしまうようなことが、たびたびあったらしいわ。村長は、どんな先生でもいいから、誰か来て欲しいって、無医村の不安を訴えていたけど」

史子のいう通りなら、この串田という医者は、使命感などに燃えて、瀬戸内海の小

島に行ったわけではないのだ。

「この人ですが」

と、左文字は、カードを柳沼理事に見せて、

「城北病院を辞めた理由を、ご存知ですか？」

「私は、高い正義感から、恵まれた環境を捨てて、無医村の悩みを持っていたK島へ赴任したと考えていたんですがねえ」

「串田医師に会ったことが、おありですか？」

「一度だけね。K島へ赴任するというので、羽田へ見送りに行きましてね。その時に会いました」

「その時の印象は？」

「ちょっと神経質そうな青年だという印象を受けましたね。それから寒そうにしてましたよ。十二月だから仕方がありませんが」

この三人の他には、左文字と史子の注目を引く人物のカードは見つからなかった。犯罪に走りそうな経歴が見当らなかったわけではないが、年齢が合わなかった。彼等が、獅子たち（ライオンズ）を名乗る以上、六十歳とか七十歳の老人の筈がなかったからである。

柳沼理事に礼を述べて、センターを出ると、三人目の串田順一郎のことを確かめたくて、タクシーに乗り、城北病院に行ってくれるように頼んだ。

運転手は、二人に向って、

「ひどい事故になりましたねえ」

といい、ラジオのボリュームをあげた。

アナウンサーが、ジェット機事故のニュースを伝えている。

遭難した乗客の名前を、次々に読みあげていく。そのあとで、

「海中からの機体の引き揚げは、明朝からになる予定ですが、水中カメラによる機体の破損状態を見た専門家の中には、爆破説を唱える人も、何人かいる模様です」

と、興奮した口調でいった。

「爆弾を仕掛けたんだとすると、やっぱり保険金目当てですかねえ」

話好きらしい運転手が、そんなことを、左文字と史子に向っていう。

「まあ、そんなところだろうねえ」

と、答えながら、左文字は、別のことを考えていた。

二人、一人と、殺して来た彼等が、何故、急に、大量殺人に踏み切ったのか、それがわからなかった。

あれこれ考えているうちに、城北病院に着いた。

五階建の大きな綜合病院だった。

すでに、診察時間は過ぎていたが、左文字は、ここでも、総理大臣秘書渡辺の名前

を使って、事務長に会った。

この城北病院にすでに二十年勤めているというベテランの事務長だったが、左文字が、串田順一郎の名前を口にしたとたんに、その穏やかな顔が険しくなった。

どうやら、この病院では、串田順一郎の名前は、タブーらしい。

「串田さんが、何故、この病院を辞めたか、その理由を教えて頂きたいのです」

と、左文字が切り込むと、事務長は、

「それはですね。僻地（へきち）の無医村に行くということで」

「それは、あくまでも、表向きの理由でしょう。僕は、串田医師が辞めた本当の理由を知りたいんですがね」

「本当も何も、串田さんは、瀬戸内海のK島の診療所へ行かれたんですよ」

「それは知っています。しかし、理由は違う筈ですよ」

「違いませんよ。無医村へ行ってみたいと、K島へ行かれたんで」

事務長は、あくまでも、それで押し通す腹のようだったが、相手が、そういえばいうほど、左文字は、かえって、串田医師の過去に、暗いものを感じないわけにはいかなかった。

「ねえ。事務長さん」

と、左文字は、相手の顔を、まっすぐに見つめて、

「串田さんは、今、大変な事件に巻き込まれている可能性があるのです。これは、脅しでいっているのじゃない。殺人事件です」

「殺人？　本当ですか？」

事務長の顔色が変った。それは、殺人という言葉に驚いたというよりも、その言葉と、串田医師が結びつく何かが、過去にあったからのように思えた。

「本当です」

と、左文字は、押していった。

「それを、是が非でも、防がなければならないのです。そのためには、串田医師のことを知る必要があるのです。このままいくと、大量殺人に発展しかねないのです。協力して頂けませんか」

「――――」

事務長は、しばらくの間、黙って考え込んでいた。

五、六分も、沈黙が続いたろうか。

「秘密は、守って頂けますか？」

と、事務長は、真剣な眼で、左文字を見、史子を見た。

「もちろん、僕たちは、総理の意向を受けて動いているのですから、秘密は、絶対に守ります」

「この病院の名前が出るようなこともないでしょうな?」

「絶対に出しませんよ。誓います」

「実は——」

事務長は、急に肩を落して、話し出した。

「串田先生は、ここに来られた時から、少し変っていらっしゃいましてね。大変に頭のいい、医師としての技術も秀れたものをお持ちなんですが、奇矯なご意見をお持ちでしてね」

「奇矯なというと、どんな?」

「これは、秀れた医師が、陥りがちな考え方なんですが、医学の進歩のためならば、何をやっても許されるという——」

「目的のために、手段が正当化されるという考え方ですね?」

「そうです。五百人の病人を救うためならば、二、三人を殺しても構わないという危険な考え方です」

「日本の医師が、中国で生体解剖をやった時にも、その理論が使われましたね」

日本の七三一部隊に属した医師が、中国で、中国人の囚人に生体実験を行ったことは有名である。その時の医師の何人かは、今でも、日本の医学界で活躍しているが、彼等の唯一の釈明は、そのために、医学が進歩したということである。そこには、殺された側の視点が、完全に欠如している。

「串田医師も、生体解剖に類したことをやったのですか？」

「確か昨年の十月の中旬でした。深夜に、交通事故で瀕死の重傷を負った青年が、救急車で運ばれて来ましてね。頭蓋骨骨折で虫の息でした。その時、ここにいたのは、当直の串田先生と看護婦だけでしてね」

「すぐ、手術をしたわけでしょう？」

「串田先生は、その患者を、放射線治療室に運んだんですよ」

「放射線治療室？　それは、ガンや肉腫に、放射線を当てて治療する方法でしょう。外科手術が必要な患者をどうしてそんなところへ運んだんです？」

「放射線治療で難しいのは、患者にどのくらいの強さの放射線を、どのくらいの時間当てたらいいかということです。それに、正常な皮膚なり、臓器に当てたら有害です。それが難しいし、危険なところです。串田先生は、その限界を、知ろうと思ったと、あとでいわれました」

「――――」

「瀕死の重傷者ですが、肝臓などは、健康でしたから、そこへ、リニア・アクセルレーター（直線加速器）を使って、強いX線を当てたわけです。赤く、ただれるまで。その時間と、X線の量を、串田先生は、測られたんです」

「臓器が、X線によって破壊されるまでかけたんですか?」

「ええ」

「それじゃあ、殺人じゃあないんですか?」

「串田先生にいわせると、その青年は、もう絶対に助からなかった。しかし、自分の実験によって、放射線治療に関する貴重なデータが得られたのだから、自分は正しいことをしたのだといわれましてね」

「遺族には、なんといったんですか?」

「もちろん、脳内出血による死亡という診断書を出しました」

「しかし、脳内出血で死ぬより先に、肝臓へのX線照射によって死亡したんじゃないんですか?」

「その辺は、串田先生しかご存知でないので」

「それで、ここを辞めさせたということですか?」

「その時、一緒にいた看護婦が、知合いの週刊誌の記者に洩らしてしまいましてね。もちろん、当方は事実無根で押し通し、記事になりませんでしたが、院長が心配しましてね。串田先生に、一時、瀬戸内海のK島の診療所で、のんびり過ごして来いといわれたわけです。ところが、こちらに断りなしに、串田先生は、姿を消してしまわれて。みんなで、心配しているんですが」

「串田医師は、自分のとった行動を、反省しているようでしたか？」

「さっきも申しあげたように、一風変った方でしてね。自分は、医学界に貢献する実験をしたのに、何故、非難されなければならないのかと、最後まで、怒っておられたようでしたね」

「じゃあ、串田医師が、今、何処で何をしているか、全くわからないわけですか？」

「ええ。それで、当方としても、弱っているのですよ。K島の診療所には、二年の約束で行って頂いたのに、四カ月で、姿を消してしまわれたのですからねえ」

「串田医師に、家族はいないのですか？」

「広島にご両親と、弟さんが居られますが、そちらにも、何の連絡もないそうです。今までお話したことは、くれぐれも、内密にお願いしたいのですが」

「わかっています」

と、左文字は肯いた。

第六章　意外な展開

1

トライスター事故から三日たった三月三十一日の各紙の紙面も、いぜんとして、この事故に、多くの頁を割いていた。

海底に沈んでいた機体は、流出したと思われる尾翼の一部をのぞいて、全て、引き揚げられた。

百九十六体の遺体も引き揚げられ、遺族と悲しみの対面をした。

事故調査団は、最終結論は、まだ先としながらも、機体と遺体の破損状況から、爆弾を仕掛けられた可能性が強く、その場所は、主翼の付け根付近の座席であると発表した。

その衝撃的な発表が、マスコミに火をつけた。

〈不安の時代〉

〈狂気の時代〉

といった言葉が、新聞にも、テレビにも氾濫した。

警察の態度のあいまいさが、人々の不安をかきたてる結果になった。

事故調査団が、爆弾を仕掛けられた可能性があると発表した以上、警察が動き出すのが当然なのに、何故か、警察当局は、事故調査団の調査結果が判明してからと逃げた。

実際には、すでに、捜査を開始していたのだが、ことが、「誘拐事件」だけに、パニックを恐れて、あいまいにしたのである。

警察当局自体、いつの間にか、意に反して、今度の一連の事件を、「誘拐事件」と、決定しつつあったのである。

夕刊の締切りは、どの社でも、だいたい午後二時である。

午後一時丁度に、東京八重洲口にある中央新聞社会部宛に、一つの小包が届けられた。

アタッシェケースの半分ぐらいの大きさで、油紙で梱包されたその小包の表には、新聞あるいは雑誌から切り抜いたと思われる活字を貼りつけて、

「中央新聞社会部殿」

とあり、差出人のところには、同じように、切り抜かれた活字を貼り合せて、

「ブルーライオンズ」

と、あった。

社会部のデスクも、記者たちも、その小包を前に、蒼ざめた。飛行機事故の直後であり、しかも、その事故が、爆弾によるものらしいと、噂されていたからだった。

それに、連日、紙面に、「不安」とか「恐怖」の文字を書きつらねてきたのは、彼等だった。

「まさか、時限爆弾じゃあるまいな」

と、デスクは、真面目とも、冗談ともつかぬ顔で、まわりを取り囲んだ記者たちにいった。

「カチカチ音がしていないから、時限爆弾じゃないでしょう」

若い記者が、小包に耳を押し当ててから、したり顔でいった。

「この小包は、どうやって届けられたんだ？　切手が貼ってないから、誰かが、下の受付へ持って来たんだろう？」

デスクが、また、みんなの顔を見渡した。

「受付の女の子の話じゃあ、知らない中(うち)に、置いてあったということです」

「知らない中に？　頼りない受付だねえ」

「無理もありませんよ。三人で受付をやってるんですからねえ。ひっきりなしに、いろんな人がやって来るんで、誰が、それをカウンターの横に置いていったか覚えていないそうです」

中央新聞では、受付に、マスコットガールを三人置いている。

オレンジ色のユニフォームを着た可愛らしい女の子たちだが、仕事は大変だ。

面会者が来れば、カードに記入させ、電話で、その旨を社内に知らせなければならない。その他、社内の案内から、チビッ子の質問にも答えなければならない。

そんな仕事に忙殺されている間に、カウンターの横に、小包を置かれても気がつかないだろう。また、受付を、一時預かりと間違えるのか、ちょっと預かっておいてくれと、物を頼んでいく人も多い。

「とにかく、開けてみようじゃないか」

と、デスクがいった。

「大丈夫ですかねえ。蒼き獅子たちなんて、過激派みたいな名前だし、うちは、過激派の行動を、手厳しく非難していますからねえ」

「うちより、アカハタの方が、厳しく批判しているよ。怖かったら、離れていたまえ」

デスクは、机の引出しから、鋏(はさみ)を取り出してきて、包みをくってある紐(ひも)を切り、い。

小包を広げていった。

記者たちは、さすがに、逃げずに、その作業を見守っている。

油紙の中から出て来たのは、大型の弁当箱といった、プラスチック製の箱だった。

隅に、値段表をはがした痕がついているところをみると、市販されているものらしい。

ふたを開ける時は、デスクも、一瞬、身体をそらせるような恰好になった。しかし、爆発は起きなかったし、鼠も飛び出して来たりはしなかった。

中に入っていたのは、八つのカセットテープだった。

そのカセットテープには、①から⑧まで、ナンバーが大きく書いてあったが、手紙や写真の類は見当らなかった。

「これを、順番に聞けということだろうねえ」

デスクは、①のカセットを手に取った。

「悪質ないたずらで、例のあの時の声でも入ってるんじゃないですか?」

「それならそれで面白いよ」

デスクは、テープレコーダーを持って来させ、①のカセットから聞くことにした。

2

聞こえてきたのは、落ち着き払った男の声だった。

妙に甲高く、よく通る声である。しかし、記者たちを驚かせたのは、声の性質ではなく、話の内容だった。

——記者諸君。これから私が話すことは、全て事実である。その証拠は、②から⑦までのテープを聞けばわかる筈である。そして、納得したら、⑧のテープを聞きたまえ。

私といったが、正確には、われわれである。その人数は公表できない。

われわれは、三月二十一日、日本国民一億二千万人を誘拐した。この中には、在日中の外国人も含まれる。

多分、このわれわれの宣言を、君たちは、馬鹿げていると笑うだろう。しかし、よく考えてみたまえ。

われわれが、誘拐を宣言した瞬間から、人質である一億二千万人の安全は、われわれの手に握られたのだ。たかだか二十万人の警察官に、一億二千万人の人質をガードできる筈がないし、自衛隊を動員したとしても、一億二千万人の人質の誰が狙われるかわからぬ彼等は、ただ、おろおろするだけである。

われわれの前に、二十万人の警察も、年間五千億円もの巨費を投じている自衛隊も無力であることが証明された。

それにも拘わらず、一国の責任者である首相も側近たちも、われわれの要求に答えようとせず、無責任に逃げ廻っているだけである。

よって、われわれは、仕方なしに、人質を殺さざるを得なかった。われわれにとっても、それは辛い、悲しいことだったが、彼等が、この事件がまぎれもなく誘拐なのだということを、事態の深刻さを認めようとしないために、われわれは、人質を殺して見せざるを得なかったのである。

その経緯は、②から⑦までのテープを聞けば、一目瞭然である。

では、②から順番に、⑦までのテープを聞きたまえ。

しかるのち、われわれの要求であり、同時に主張でもある第八番目のテープを聞くがよい。

なお、テープの中に出てくる首相の声は本人のものである。もし、疑うのであれば、声紋その他の科学的調査を行いたまえ。

3

この時点では、まだ、デスクも記者たちも、半信半疑だった。悪質ないたずらと思った者も多かった。日本人全部を、誘拐したと広言するなど、頭がどうかしているのではないかと考えたりもした。

だが、とにかく、他のテープも聞いてみようということになり、番号の順番に、テープをかけていった。

テープが、掛けかえられる度に、記者たちの眼の色が違ってきた。

そして、第七番目の、トライスター事故に関する電話のやりとりを聞き終った後、彼等は、いちように顔を見合せた。

「もたもたするなッ」

と、デスクが、怒鳴った。

「一人は、首相公邸の渡辺秘書官に電話して事実の確認だ。もう一人は、警察が動いているかどうか調べて来い。他の者は、最後のテープを聞いてみようじゃないか」

一人の記者が、電話に飛びつき、一人が、桜田門に向って、部屋を飛び出して行った。

残りの連中は、デスクを中心に、八番目のテープを聞くことにした。

第一のテープと同じ男の声だった。相変らず、妙に甲高い声である。

——第二から第七までのテープを聞いた感想は、聞くまでもない。

君たちにとって、ショックだった筈だ。そして、われわれが嘘をついているのではないことがわかった筈だ。

多分、君たちは、秘書官に問い合せるか、或いは、警察の動きを調べようとするだろう。だが、秘書官も、首相の周辺も、言葉を濁すだろうし、警察も、そんな調査はしていないというだろう。彼等は、ひたすら、国民大衆が騒ぎ出すのが怖いから、この重大な誘拐事件を、秘密裡に解決しようとしているからだ。

だが、彼等に、解決できるだろうか？

この誘拐事件は、普通の誘拐とは違うのだ。

前にもいったように、人質が多すぎて、警察にも、自衛隊にも、人質を守ることが不可能だということだ。彼等も、うすうすはそれに気付き始めているのに、まだ、自分たちの威信に拘わっているのだ。そして、われわれの要求を、かたくなに拒否し続けている。となれば、われわれは、人質を殺さなければならない。その不運な人質は、今、このテープを聞いている君たちかも知れないのだ。

われわれの周囲は、人質であふれていて、なんの選択も必要がない。真っ暗闇の中で、でたらめに銃を射ったとしても、人質の一人が死ぬだろう。

その重大さが、いぜんとして、当局者には理解できないのだ。彼等は体面に拘わり、自分たちで、一億二千万人の人質を守れると錯覚している。いや、守れると信じたがっているというべきだろう。

だが、守れはしないのだ。彼等は、無力だ。どんなに素晴しい武器を持ち、どんなに厖大な予算を持っていようと、彼等には、たった一人の人質も守れない。

これは厳然たる事実だ。が、彼等は、あくまで、われわれの要求を拒否し、身代金を払うまいとするだろう。

なぜなら、われわれの要求通りに身代金を払えば、自分たちの権威が、音を立てて崩れるのではないかと、それが心配なのだ。自分たちが、無用の存在になり下がるのが怖いのだ。

しかし、彼等の愚かしさを、いくら並べたてたところで仕方がない。

われわれは、無力、無策な、首相をはじめとする当局者を無視して、人質自身に、身を守るチャンスを与えることにした。

そのために、この八つのテープを貴社に送り、その公表をお願いする。

われわれは、人質である一億二千万人に、二通りのチャンスを与えることに決定した。

第一は、一人当り五千円の身代金を、われわれに支払うこと。もし、五千円の身代金で安全を買いたかったら、つまり人質の境遇から解放されたかったら、M銀行江東支店の普通預金口座ナンバー１０７２９２８『三神徳太郎（みかみとくたろう）』宛に五千円を振り込むこと。三人家族なら一万五千円になる。その送金が届き次第、美しい平和のワッペンが送られてくる。それを胸につけていれば、われわれは、身代金と交換に解放した人質とみなして、何もしないことを約束する。

第二は、身代金を払いたくない人たちは、自らを、自分で守ってみることである。自分自身を守ることを忘れていた日本人には、よい訓練になるだろう。ただし、われわれは、身代金の支払を拒否した者として、容赦はしない。歩いている時も、車に乗る時も、飛行機に乗る時も、注意した方がいい。

記者諸君。

このテープの公表について、当局と相談するのは、無意味だから、止めたまえ。彼等には、何の方策もないからだ。

われわれは、身代金の支払について、猶予期間を設けない。明日にも、われわれは新しく人質を殺すかも知れない。その前に一刻も早く、安全を買いたまえ。

4

デスクは、テープを抱えて、部長の部屋へすっ飛んで行った。あまりにも重大過ぎて、自分一人では決断しかねたからである。

老練な部長も、デスクの報告に眼を剝(む)いた。

「それで警察なんかの反応はどうなんだ？」

「それとなく当らせたんですが、どれも、キナ臭いです。このテープは本物ですよ」

「首相の声も本物のようだねえ」

「私は、記事にすべきだと思います。こんな大ニュースを押さえる事はありませんよ」

「しかし、誘拐事件だが」

「部長。これは、普通の誘拐事件とは違います。普通の誘拐事件では、公表することが、人質の安全をおびやかすので、押さえて来たわけですが、今度の誘拐の場合は、公表した方が、人質の安全が保たれるんです。それに、もし、犯人たちが、他の社にも、同じテープを送ったとすると、わが社だけが、抜かれることになります」

「夕刊の締切りまで、あと何分ある？」

「あと九分です」

「よし。一面トップだ。刺戟的な、あッと驚くような見出しを使うんだ」

「考えました。『前代未聞の誘拐事件に、日本列島震えあがる!』いかがですか?」

「いいだろう」

部長は、ニッと笑った。

面白い事件になりそうだ。

デスクは、部屋に戻ると、部下の記者たちに、原稿を書けと命じる一方、本間記者に向って、

「この、三神徳太郎という人物を調べてくれ」

「この人物が犯人でしょうか?」

若い本間記者は、眼を光らせてきく。

デスクは、「うーん」と、うなってから、

「わからんよ。これが犯人だったら、あっけなく事件は解決しちまうじゃないか。警察が、この三神徳太郎を逮捕して、それで終りだ。しかしねえ。テープを聞く限り、ブルーライオンズと名乗る連中は、頭が切れて、冷静で、計画的だ。そんな、すぐ警察に捕まるようなことはしないだろう」

「じゃあ、この三神徳太郎は、架空名義の普通預金だというわけですか?」

「架空だったら、誰がどうやって、振込人にワッペンを送るんだい？」

「そうですねえ。そうなると、わけがわからなくなりますが」

「わからないから、調べて貰いたいんだよ」

デスクは、ポンと、若い記者を押し出した。

本間は、隅田川を渡った、向島にあるＭ銀行江東支店にやって来た。

小さな町工場が集っている地域の真ん中に、三階建の大きな銀行が見つかった。

本間は、記者証を見せて、支店長に会った。

「この銀行に、三神徳太郎という人が、普通預金をしていますね？」

本間がきくと、支店長は、眼鏡の奥の細い目を、当惑した様子で、パチパチさせてから、

「当行では、お客様の秘密は守るのが規則になっておりましてね」

「わかっていますよ。だから、いくら預金があるかなんてことを聞こうというんじゃありません。じつは、うちの社が、三神さんと取引きをすることになりましてね。それで、僕が、取引きしても大丈夫な人かどうか、調べに来たんです。どこに行けば、三神さんに会えるか、それさえ教えて頂ければいいんです」

「新聞社が、三神さんと取引きですか？」

「三神さんは、確か、ワッペンを作っていらっしゃる人でしょう？」

「ええ」

「うちの社で、近く、ある行事を主催することになったんです。それに使うワッペンを、三神さんに注文することになったんです。三神さんは、なかなか、良心的な仕事をなさるという噂なので」

「なるほど。それならわかります。三神さんの家は、この前の通りを右へ百五十メートルほど行くと、交番があります。その横の細い路地を入って行くと、すぐわかりますよ。三神製作所という看板がかかっているから」

本間は、礼をいい、教えられた道を歩いて行った。

下町特有の匂いみたいなものが感じられる通りだった。魚屋の隣りに、小さな空地があり、そこに、お稲荷さんが祀(まつ)ってあったりする。交番脇の細い路地を入って行くと、支店長がいった通りの看板が眼に入った。

黒いコールタールを塗ったブリキ屋根の、これぞ町工場の典型といった感じの工場だった。すすけた窓ガラスを、手でこすって、中をのぞいてみたが、人の働いている気配はなかった。

工場に付属して二階建の住宅があり、その玄関に、「三神」の表札がかかっていた。

下町の家らしく、家の前には、植木が並べられ、小さい池が作ってあって、二、三十センチの鯉が泳いでいる。しかし、いくら案内を乞うても、家の中から返事はなかった。

「三神さーん」

と、もう一度大声で呼んだ時、背後から、

「三神さんは留守だよ」

と、声をかけられた。

下駄ばきで、禿頭の老人が立っていた。

「あなたは？」

本間がきくと、

「わしは、隣りで、自動車の修理をやってるもんさ。三神さんは、一週間前から夫婦そろって旅行に出て、まだ帰らんよ」

「どこへ行ったかわかりませんか？」

「珍しく、行先をいわずに出かけたからねえ。だが、ちゃんと帰ってくるよ」

「なぜ、わかります？」

「わしに、その間、植木に水をやるのと、池の鯉に餌をやるのを頼んでいったからね」

老人は、池の前の日溜りに腰を下すと、鯉に餌をやり始めた。

本間は、ばしゃばしゃと、水音を立てて餌に集ってくる鯉を見ながら、

「三神さんというのは、どんな人ですか？」

「あんたは誰だね？　見かけん顔だが」

「今度、三神さんと取引きしようと考えているんですが、その信用度を知りたくて伺ったんですがね」

「それなら大丈夫だ。あれくらい義理がたい男はいないよ」

「いくつぐらいの人ですか？」

「わしと同じ年だから、六十五かな」

「奥さんと旅行に行ったんでしたね？」

「ああ、いい夫婦だ。つき合って損のない夫婦さ」

「お子さんはいないんですか？」

「年とってから出来た息子が一人いた。四十歳を過ぎて出来た子だ」

「その子は？」

「それが、二年前に家出をしちまって、未だに行方不明さ。あの時の夫婦の悲しみようったらなかったねえ。ようやく、立ち直ったみたいだが」

「四十歳を過ぎてから出来た男の子というと、今は、二十歳ちょっとぐらいですね？」

「二十二、三歳だ。いい息子だったが、若い者は、気持がわからんねえ。急に、飛び出しちまって、それっきりってんだから」

「そうですねえ」

「ところで、あんたはいくつだい？」

5

その日の夕刊は、各紙とも、「恐るべき誘拐事件」が、一面トップを飾った。

ブルーライオンズは、やはり、各社に、同じテープを送りつけていたのである。

左文字と史子は、その記事を、例の「エトランゼ」で、コーヒーを飲みながら読んだ。

左文字の信条の一つに、雷は、同じ場所に二度落ちないというのがある。純粋に確率論でいけば、全く意味がないのだが、信条などというものは、えてして非科学的なものである。だから、この店で、平気でコーヒーに砂糖を入れて飲む。

「とうとう彼等、しびれを切らして、公表という手段に出たわね」

と、史子がいうのへ、左文字は、首を横に振って、

「それは違うよ」

「どう違うの？」

「しびれを切らしたんじゃなく、これが、ブルーライオンズの最初からの予定だった

んだ」

「最初からの予定ですって？」

「そうさ」

「でも、最初は、何度も何度も、首相公邸へ電話してたじゃないの。五千億払えとか、一時金として五百億でもいいとか。それが駄目だったんで、今度は、みんなから、少しずつ捲(ま)きあげる気になったんじゃないかしら？」

「相手は、天才の集りだよ」

と、左文字は首を横にふって、

「そんな行き当りばったりの計画は立てんな。今度の事件は、最初から綿密に計画され、計算されていたんだよ。防衛予算五千億円を寄越せとか、財界から保守党への寄付五百億円を一時金に出せとか、絶対に不可能な見込みのない要求を出したのも、最初から計算していたんだと思うね。つまり、あの時、相手が呑むような要求は、最初から出す気はなかったんだ」

「なぜ、そんなことをしたのかしら？」

「テープだよ。彼等がだね、われわれは一億二千万人を誘拐して、人質を何人殺したと新聞社に通報したところで、それだけで、新聞社が受け入れる筈がない。今度のトライスター事故だって、ただ何もなく、ブルーライオンズが、あれはおれたちが爆破したんだといったところで、誰も信用しなかったに決まっている。だから、彼等は、まず、奇妙な誘拐について、首相公邸に電話し、その応答をテープにとる。首相公邸でテープにとっていたが、犯人側もテープにとっていたんだ。次に、二人殺して、また電話し、テープにとる。今度は、上手に首相まで電話に引っぱり出した。三度目には、予定どおり大量殺人をして、また電話をかけ、渡辺秘書官に応答させて、テープにとった。つまり、彼等は、何度もテープをとることによって、自分たちの存在と、自分たちの行為を、社会に認知させてしまったんだ。普通なら、犯人は、犯行をかくすものだが、彼等は逆なんだ。ブルーライオンズの連中は、自分たちが、恐るべき誘拐犯であり、大量殺人の犯人であることを、認めさせたがっている」

「そして、それに成功したわけね？」

「それだけテープがあれば、新聞社だって信じざるを得ないだろう。しかも、首相の声まで入っていればね。そして、彼等は、今までの見せかけの要求を捨てて、本物の要求を持ち出して来たんだ」

「一人当り、五千円の身代金ね」

「そうさ。単純に一億二千万人を掛ければ、六千億円。警官や自衛隊員なんかは、意地でも払うまいから、そのロスを二千万人とすると、残り一億人で、五千億円。ぴったり、最初の要求額と一致する」

「でも、払うかしら？」

「彼等は、払うと計算したんだろう。天才たちの予測が正しいかどうか、僕は、大いに興味があるね。人々が、五千円で安全が買えれば安いと考えるかどうかだよ」

「だけど、上手く考えてあるようで、彼等の計画は、成功しないんじゃないかしら。この新聞に出ている三神徳太郎という人間を、警察が押さえてしまったら、連中は、どうしようもなくなっちゃうんじゃないの？　そこが、なんだか、子供っぽくて仕方がないんだけどなあ」

「うーむ」

と、左文字は、眼をあげて、しばらくの間、店の天井を見あげていたが、

「僕はね。僕たちが相手にしている敵を、そんなに甘くは見ていないんだ。僕たちは、英才教育センターで、犯人かも知れない三人の男女を見つけ出した。しかし、彼等が本当の犯人かどうか確信はないし、彼等の住所もわからない」

「きっと、その三人が犯人よ」

「多分ね。ところで、三人とも、ＩＱは一四〇以上だ。一六五というのもいる。僕は別に、ＩＱ万能主義じゃないが、頭のいい連中だということは確かだよ。それに、大事なことだが、三人の中の一人、串田順一郎は、生体解剖をやった医者だ。冷酷で、目的のためにはどんな手段も許されると考えている。天才にありがちなエゴイズムだ

が、冷酷さと、頭の鋭さは三人に共通している筈だ。甘さなんか、爪の先ほどもない人間たちだよ。そんな連中が、すぐ、警察に捕まるような真似をするとは思えないんだがね」

「それはそうだけど――」

「誘拐で、一番難しいのは、身代金の受け渡しだから、犯人は、これに様々の工夫をこらす。金を飛行機で投下させたり、一枚何億円という高価な切手に代えて送らせたりね」

「つまり、三神徳太郎名義の口座に振り込めというのが、普通の誘拐の場合の身代金の受け渡しに当るわけでしょう？」

「その通りさ。だから、彼等が、それに工夫を凝らさない筈はないんだ」

「でも、別に、工夫したようにも見えないけどな。この三神徳太郎というのが、犯人たちの一味で、彼に、身代金を振り込ませるというんじゃ芸がないし、といって、他に、何かあるようには見えないし。この三神徳太郎という人に会ってみようじゃないの。会ってみれば、ブルーライオンズについて、何か手掛りがつかめるかも知れないわよ」

「僕たちが行く必要はないね。今頃、警察が、新聞を見て、おっ取り刀で駆けつけているだろう。そして、三神徳太郎という人物について、警察力を総動員して調査する筈だから、いやでも、矢部警部が、そのうちに、僕たちに教えてくれることになるだろうさ」

「そうかも知れないわね」

史子も同意した。身上調査なら、警察の方が、素早く、徹底的にやるだろう。

隣りのテーブルに、あらたに腰を下した若いカップルが、盛んに、新聞記事のことを話している。

声が大きいから、自然に、左文字の耳にも入ってくる。この若い男女が、今度の事件に、どんな反応を示すか興味があったので、煙草に火をつけて、黙って聞くことにした。史子を見ると、彼女も、聞いているようだった。

「怖いなあ」

と、実感を籠めていったのは、男の方だった。

「これからは、安心して、飛行機にも、新幹線にも乗れないぜ。こいつらは、なんでもやる気みたいだからね」

「警察は、彼等を捕えられないのかしら？　明日にでも、この連中が捕まってしまったら、五千円損しちゃうわ」

と、現実的なことをいったのは、女の方だった。

「馬鹿だな。その時には、この新聞に出ている三神徳太郎って人にかけ合って、五千円返して貰えばいいじゃないか」

「そりゃあ、そうね。それにさ。どんなワッペンを送ってくるのかわからないけど、犯人が捕まったら、かえって値がついて売れるかも知れないわね」

「あんまり、そんなことは、大声でいわない方がいいぜ。彼等は、どこにいるかわからないんだから、最初、殺されたのは、この店だったんだから」

「知ってるわよ。だからコーヒーを、砂糖を入れずに飲んでるんだわ。それで、身代金を払う積り？」

「仕方がないよ。おれは払う積りだよ。来月、二人で大阪へ行くことになってるだろう。新幹線で行くにしろ、飛行機で行くにしろ、今度のトライスターみたいにやられたら、それでおしまいじゃないか」

　若いカップルは、コーヒーを飲み終って出て行った。

　左文字は、史子を見て、

「これで、少なくとも、一億二千万人の中の二人は、身代金を払う気になったわけだ」

「あたしたちも、五千円で安全を買う？」

　史子は、冗談のような、真剣のような、どちらとも取れる表情で、左文字にきいた。

「僕たちは、安全を買うことは出来ないよ」

と、左文字は、いった。

「なぜ？　この間、矢部警部が料金を前払いしてくれたから、二人の身代金を払うぐらいのお金はあるわ。どんなワッペンかも、見てみたいしね」

「いやでも、すぐ見られるよ」

「みんなが、争って、五千円でワッペンを買うと思ってるの？」

「ああ、買うと思っている。現代は、いろいろといわれているが、いい時代だということは確かだ。かなりのぜいたくも出来る。車も持てるし、海外旅行も可能だ。こういう時代は、命が惜しいものさ。だから、かなりの人間が、買うと思うね。また、買ってくれないと困る」

「どうして？」

「彼等が、また、大量殺人に走りかねないからだよ。それが怖い」

「そうね。ところで、あたしたちが、身代金を払っても、安全は買えないというのは、どういう意味？」

「僕たちは、三人の男女をマークした。もしこの三人が、ブルーライオンズだったら、彼等にとって、僕たちは、邪魔な存在だ。五千円払ったって、こっちが捜査を続ける限り、狙われるさ」

「でも、まだ、狙われている実感がないわ」

「それは、僕たちが、まだ、彼等に近づいていない証拠だろう。マークした三人が、どこで何をしているかさえわからないんだからね。今のところ僕たちを消す必要がないわけだ」

左文字は、笑った。が、いつもの明るい笑いではなかった。自嘲とも取れる笑い方だった。

今、彼等が、新幹線を爆破しても、左文字には、それを防ぐ手だてがないからである。

「この三人のことだけど――」

史子が、いった。

「何だい?」

「あなたは、天才は、孤立しがちだ。それが、グループを作ったとすれば、どこかに共通点がある筈だ。それが、U大学卒という共通点だといったわね」

「それが、どうかしたのかい?」

「もう一度、あの三人の年齢を調べてみたのよ」

史子は、自分の可愛らしい手帳を広げて、

「八年間刑務所に入っていた牧野英公は三十五歳。人体実験した医者の串田順一郎は三十四歳。女性の双葉卓江は二十九歳よ。牧野と串田は、三十五歳と三十四歳だから、同じ時期にU大にいたということが考えられるけど、二十九歳の双葉卓江は、年齢的にいって、この二人と、U大で一緒だったことは考えられないわ」

「うむ」

「それに、牧野と串田の二人にしても、牧野は、U大を出てすぐ殺人を犯して、刑務所に入ってしまったわけでしょう。とすると、この二人が、親しかったということは、ちょっと考えられないわ。つまり、この三人は、ばらばらみたいな気がするんだけど」

「うーん」

と、左文字は、うなり声をあげていたが、

「行こう」

と、急に立ち上った。

6

左文字は、さっさと立ち上ると、先に店を出て行く。

史子は、あわてて、夫の後を追った。こんな時の左文字は、何も説明しないで、いきなり行動するので困る。

史子が、追いついた時、左文字は、通りに立って、タクシーに向って、手をあげていた。

(この人も、ひょっとすると、天才かも知れない。少なくとも、身勝手に行動するところだけは天才なみだ)

と、史子は、内心、苦笑しながら、左文字と一緒に、タクシーに乗り込んだ。

「文京区の日本英才教育センター」

と、左文字は、タクシーの運転手にいった。

「また、あそこへ行くの？」

史子がきくと、左文字は、青い眼を、キラリと光らせて、

「君のいう通りなんだ」

「三人が、ばらばらだということ？」

「そうだ。天才は、奇矯(ききょう)な行動に走りがちだが、あの三人は、その中でも、性格、行動ともにエクセントリックだ。その三人が、今度の事件で、妙に沈着冷静に行動しているのが、気に食わなかったんだ。別人かも知れないとも思った。だが、この三人のまとめ役がいるとすれば別だ。彼等三人が心服している人物で、統率力も、行動力もある人物がね。その人物を通して、三人は、結ばれているんだろう」

「でも、あの卒業者カードの中には、あの三人以外には、人生の挫折者はいなかった

わよ。みんな、社会の各部門で活躍している人ばかりだったわ」

「その通りさ。ボスは、人生の挫折者なんかじゃないんだ。だが、心のどっかが、ねじ曲っている人間。それが、今度の誘拐事件の首謀者にふさわしいと思うね」

二人が、英才教育センターに着くと、先日の柳沼理事が迎えてくれたが、今日は、その表情が、堅く、こわばっているのが、すぐわかった。

夕刊のニュースを見て、それと、左文字たちの来訪とを結びつけて考えていることは、はっきりしていた。

「あなた方は、U大学で教育された英才児の中に、この恐ろしい事件の犯人がいると、お考えなのですか?」

と、柳沼は、真剣な語調で、左文字にきいた。

左文字は、一瞬、迷った。これまでは、あくまでも、彼の推測であって、確信はなかったからである。だからこそ、矢部警部にも、話していない。

「いるかも知れないと考えているだけですよ」

と、左文字は言った。

そんなあいまいない い方でも、柳沼理事には、応(こた)えたようだった。

「U大の卒業生は、みんな、いい人間ばかりだと考えたいんですが」

「その気持はよくわかります。だから、僕たちも、慎重に行動しています。証拠もなく極めつけるようなことはしませんよ。ところで、殺人罪で刑務所に入った牧野英公のことですが、確か、優秀な弁護士がついたんで、八年の刑ですんだということでしたね」

「そうです。野上君には、ずい分、お世話になりました」

「なるほど、野上という弁護士ですか」

「若いが優秀な弁護士ですよ」

「その人も、U大の特別クラスの卒業生ですか？」

「ええ。第九期生です」

「病院の事務長さんに伺ったのですが串田順一郎が、生体実験で問題を起こした時に、野上弁護士が、仲に入って、K島行にしたんじゃありませんか？」

「さあ。そうかも知れませんな。とにかく、野上君は、若いが、面倒見のいい弁護士だから」

「双葉卓江さんが、精神病院に入れられましたね。出る時には、保証人が必要だったと思うんですが、その保証人になったのも、野上弁護士じゃありませんか？」

「そういえば、そうだったような気もしますねえ。確かじゃありませんが。彼は、このセンターの顧問弁護士でもあるんです」

「どこに行けば、会えますか？」

「銀座のKビルに事務所がありますから、そこへ行けば、会えると思いますが、とにかく、忙しい人ですからねえ。電話しておきましょうか？」

「いや。いきなり行ってみます」

7

銀座のKビルの入口に、いろいろな事務所の看板が掛っていて、その中に、「野上法律事務所」の看板もあった。

小さなエレベーターに乗り込んだ。

「いよいよ、敵のボスとご対面ね」

史子が、頬を紅潮させていた。

「可愛いよ」

「え？」

「君は、興奮すると、眼がキラキラ光って可愛いよ」

左文字は、緊張をほぐすように、わざとふざけた調子でいった。

八階の事務所に着いた。

「僕達の事務所より、はるかに立派だねえ」

左文字は、そんなことをいいながら、ドアを開けて、中に入った。

受付には、若く美しい女性がいて、ニッコリと、左文字と史子に微笑みかけた。

「野上さんにお会いしたいんですがね」

と、左文字は、奥に眼をやりながら、受付嬢にいった。

若い弁護士が三人ほど、事務所の中で、張り切って仕事をしている。電話に向って、大声で話している者。来客と話している者。さまざまだが、とにかく、活気のある事務所だった。

「ご予約は？」

と、受付嬢がきいた。

「ありませんが、わざわざニューヨークから来たので、ぜひ、お会いしたいのですがね」

左文字は、わざと英語でまくしたてた。こんな時には、青い眼という彼の外見が役立つ。だから、問題がこじれると、左文字は、英語を使うことがある。そうすると、不思議なことに、日本では、スムーズに事が運ぶのだ。

予想どおり、受付嬢は、当惑した表情になってから、奥に消えたが、戻って来ると、

「どうぞ。一番奥の部屋です」

と、二人にいった。

左文字と史子は、奥のドアを開けて、中へ入った。

広い部屋に、大きな机が置いてあり、その向うに、四十五、六歳ぐらいの瘦身の男が腰を下していた。

左文字は、部屋に入ったとたん、アメリカのエグゼクティブの機能的な事務室を思い出した。

そこで、坐っている男も、部屋にふさわしい切れる感じだった。

「野上知也です」

と、男は、椅子から立ち上り、手を差しのべてきた。

左文字は、軽く握手してから、

「なかなか活気のある事務所ですね」

「若い者がよく働いてくれますから、私は、何もせずに、こうやって椅子に坐っているだけです」

と、野上は、微笑してから、

「アメリカの方とうかがいましたが、そちらは、奥様ですか?」

「家内です」

「秘書でもありますわ」

と、史子が、つけ加えた。

「それは、羨ましい。ところで、どんな依頼ですか？」

「僕は、ニューヨークで英才教育の研究をして来ました。来日したのを機会に、日本における英才教育も調べたいと思いましてね。先日は、文京区にある日本英才教育センターをお訪ねしたんです」

「なるほど」

「そこで、日本ではU大学で、ＩＱ一四〇以上の者を集めて、特別に教育しているのを知りました。野上さんも、その特別クラスの卒業生だそうですね？」

「ええ。私など、成人すると凡人になる典型みたいなもので、英才教育の研究には、何の役にも立ちませんよ」

野上の声は、あくまで穏やかだった。口元に、微笑が浮かんでいる。

史子は、テープで聞いた犯人たちの声を思い出し、眼の前の男の声と比べていた。どうも、似ていない。

「僕の研究テーマの一つに、天才の挫折というのがありましてね」

左文字は、野上の顔を見ながらいった。

「ほう。それは、面白そうですな」

「天才の場合は、自己に頼むところが人一倍強いので、ちょっとした挫折でも、手ひどくこたえる。その結果、非常に、社会や、他人に対して、攻撃的になるのではないかと考えたのです」

「それで、結論は、出たんですか?」

「出つつあるといった方がいいでしょう。一種の復讐心がわいてくるんですね。彼等は、自分たちだけに通用する理論を組み立てる。例えば、目的のためには、いかなる手段も許される。何故許されるか? それは、自分たちが、天才であるからだといったような理論です。いかなる手段という中には、殺人も含まれるのです」

「アメリカにも、そんな事例があるわけですか?」

「シャロン・テート事件など、その典型的な例でしょうね。ところで、僕は、日本にも、そんな例がないかと、英才教育センターで調べさせて頂いたわけです。まず、U大学で、英才教育を受けながら、挫折した人間を見つけ出すことから始めました」

「それで、見つけ出したわけですか?」

「ええ。男女三人の名前が見つかりました。殺人を犯した牧野英公、人体実験をして綜合病院を追われた串田順一郎、精神病院に入ったことのある双葉卓江の三人です。野上さんが、この三人をご存知だというので、今日、こうして伺ったのです」

「誰がそんなことをいったのですか?」

野上は、ちらりと、窓の外の銀座の夜景に眼を走らせた。

「英才教育センターの柳沼理事ですよ」

「迷惑ですねえ」

と、野上は、苦笑して見せた。

「何故です？　この三人を知らないといわれるんですか？」

「いや。知らんとはいいませんよ。牧野君が殺人を犯した時は、私が弁護士になりたてでしてね。弁護したのは覚えています。しかし、現在の彼については、何も知りませんね」

「串田医師についてはどうですか？」

「城北病院で何かあって、K島へ行ったことは知っていますが、それだけですよ。別に、彼は、起訴されたわけじゃありませんから、弁護士の出る幕はなかったわけです」

「双葉卓江さんは、いかがですか？」

「さあ。よく知りませんねえ。私がこの三人を知っていると、どういうことになるわけですか？」

野上の顔は、笑っていた。が、左文字は、相手が、逆襲に出て来たのを感じた。この男は、左文字がアメリカで英才教育の研究をしていたなどとは、頭から信じていないのだ。

左文字は、一瞬、迷った。

こちらの考えを、全てさらけ出して、相手の反応を見た方がいいだろうか？　それとも、あくまで恍けて見せたほうがいいだろうかと考えて、前者を取ることにした。相手は、日本有数の英才教育を受けた人間なのだ。芝居はとうに見破られているとすれば、単刀直入の方が、相手は、ひょっとすると狼狽するかも知れない。

「今日の夕刊は、ご覧になりましたか？」

「もちろん。読みましたよ」

野上は、クスッと笑った。やっと本題に入ったなという笑い方だった。どうも、こういう風に、先廻りされる相手は、苦手である。

（お前の考えていることぐらい、何もかもわかっているぞ）

野上の眼は、そんな眼だった。

だが、この男の落し穴も、多分、そこにあるだろうと、左文字は考えた。自己の才能に対する過信だ。

「じゃあ、奇妙な誘拐事件のことは、ご存知ですね？」

「どうも、廻りくどいおっしゃり方ですねえ。アメリカ人は、もっとフランクに話されると思っていましたが」

野上は、皮肉な眼つきをした。

「じゃあ、アメリカ式に行きましょう。あの事件のブルーライオンズというのは、僕がさっきいった三人プラス1ではないかと思っているのですよ。つまり、彼等自らの理論による社会への復讐というわけです」

「そりゃあ、面白い考えだ」

「面白いと思いますか？」

「思いますよ。それで、その三人が犯人だと確認されたわけですか？」

「三人プラス1です」

「そのプラス1というのは？」

「あの三人は、確かにIQ一四〇以上の天才かも知れません。しかし、経歴からみて、情緒がかなり不安定です。素晴しいアイデアは出すでしょうが、協同作業には向かないと思われます。だから、彼等のまとめ役が必要です。ボスとして、彼等を統率していく人間です。それが、プラス1というわけです」

「まさか、私が、そのボスだというんじゃないでしょうな？」

「アメリカ流にというご希望ですから、素直に申し上げましょう。あなたが、ボスだと思っています」

8

どんな反応を示すか、左文字は見つめていた。笑って、誤魔化すだろうか。それとも、わざと怒って見せるだろうか。どちらにしろ、これは、クロの反応だ。

野上は、笑いも、怒りもしなかった。

まじめな顔でじっと左文字を見つめた。

「なぜ、私だという結論に達したのか教えて頂けますか?」

まるで、学問上の疑問を問いただすようないい方だった。予期しなかった相手の出方に、左文字の方が、逆に軽い狼狽を感じながら、

「この三人は、年齢も違うし、U大学を卒業した時期も、当然違っています。特に、牧野英公は、八年間も刑務所に入っていて、他の二人と、知り合ったり、事件を計画したりすることは出来なかった筈です。とすると、三人を結びつける鎖が必要です。つまり三人に共通の人間であり、同時に、冷静で、計画性がある人間です。そこで、あなたが浮かんでくる。あなたは、牧野英公の弁護士だった。否定はされたが、あなたは、串田医師が、病院を追われることになった時、それとなく、弁護されたんじゃありませんか。それに、双葉卓江さんが、精神病院から退院する時、あなたが口をき

いたんじゃないか。そうなれば、あなたを鎖にして、三人が結びつく」

「弱いですよ。弱いなあ」

急に、野上知也は、クスクス笑い出した。虚勢を張っているという感じではなかった。左文字の推理を面白がっているという感じだった。左文字も、ニヤッと笑って、

「弱いですか？」

「弱いですよ。それじゃあ、法廷では絶対に勝てませんねえ。どうやら、あなた方は、今度の事件で、警察に協力されているようだが、そうすると、新聞に出ていたテープは聞かれたわけでしょう？」

「聞きましたよ」

「そのテープの中に、私の声がありましたか？」

「なかったわ」

と、史子が、小声で、左文字にささやいた。

野上は、それを、鋭敏に聞き取ったらしく、

「では、あなたがあげた三人の男女はどうでしょうかね。三人は行方不明でも、U大学のクラスメイトは何人もいる筈だから、テープを持って行って、聞かせてごらんなさい。そのくらいのことをしないと、あなた方の話には、全く説得力がありませんねえ」

と、教えさとすような調子でいった。

先刻の受付嬢が、ドアをノックして入って来て、野上の耳元で、何かささやいた。

「急用が出来ましたので」

と、野上は、立ち上って、二人に向って微笑した。

「また、ぜひおいで願いたいですね。あなたと話をするのは、なかなか楽しいですよ」

「僕も、ぜひ、お会いしたいですね」

左文字も、笑っていい、史子を促して、「野上法律事務所」を出た。

いつの間にか、小雨が降り出している。街灯に照らし出された舗道が黒く濡れていた。その上を、いつものように、車が走り廻り、歩道を人々が歩いている。ただ、その歩き方が、いつもよりせわしく見えるのは、雨が降り出したせいだろうか？　それとも、日本中を巻き込んだ誘拐事件のせいだろうか？

「少し歩かないか」

と、左文字がいった。

春雨というのか、濡れても妙に温かい。

「いいわ」

史子は肯き、小雨の歩道を、背の高い左文字と、肩を並べて歩き出した。

「何か、考えがまとまらないみたいね」

「うん」

「あの野上という弁護士が、犯人だと思えなくなったの？」

「わからない。会ってみて、彼がボスだとは思うが、まだ、確信は持てない。ただ彼は、冷静に話し過ぎた。自信があったからだろうが、不自然だよ。特に、牧野英公、串田順一郎、双葉卓江の三人のことを話すとき、冷静すぎた。この三人は、彼の後輩だし、特に、牧野は、彼が必死に弁護した後輩なんだ。その三人を、僕たちは、誘拐犯に違いないと決めつけたんだよ。当然、先輩として、不安になり、三人のことを心配するのが自然じゃないかね？　ところが、彼は、平然としていた。狼狽してはいけない、不安がってはいけないと、自分にいい聞かせたんだろうが、これは、あまりにも不自然だったね」

「じゃあ、問題はないじゃないの。あとは、彼等の尻尾をつかまえるだけだわ」

「その尻尾が問題なんだ。現在、ブルーライオンズが、ただ一つ残している尻尾といったら、なんだと思う？」

「声ね」

「そうだ。声だよ。普通の誘拐事件でも、犯人の声を、テレビやラジオで流して、警察が市民の協力を求めることが多い。それに、今度のテープの声は、妙に甲高くて男女ともかなり特徴のあるものだ。それなのに、野上は、むしろ、僕たちをけしかけるように、テープの声を、三人の声と比べてみろといった。確かに、今のところ三人の行方はわからないが、友人はいるわけだから、テープの声を聞かせて、確かめることはできる。それなのに、なぜ、野上は、あんなに自信満々なんだろう？」

「考えられる理由は、二つあると思うわ」

雨に濡れて歩きながら、史子がいう。

「一つは、声が似ているという証言が出たって、それだけじゃあ、逮捕されることはないし、タカをくってるんじゃないかしら。もう一つは、電話は、全く別人に掛けさせたかね」

「後者は感心しないな。人数を増やせば、それだけ危険が増すことぐらい、頭のいい彼等が知らない筈がないよ」

「じゃあ、前者ね。それに、声が似ているという証言があっても、行方がつかめる筈がないという自信があるんじゃないかしら」

「かもしれないが、どうしても、野上のあの自信が気になるんだ」

「でも、一応、三人の知人にテープを聞かせてみましょうよ。これは、あたしがやるわ。女のあたしの方が、相手が、気軽く協力してくれると思うのよ」

それで決まったというように、史子は、小雨の中で、可愛らしい笑顔を作った。

第七章　安全を買う

1

誘拐事件の報道を、警察と違った意味で、強い関心を持って受け止めたのは、M銀行江東支店だったかも知れない。

問題の三神徳太郎名義の普通預金口座を持っていたからである。

口座番号0729２8には、現在七十六万五千二百円の預金高があった。

新聞、週刊誌などの大々的な報道によって、果して、この口座に全国から振込みがあるだろうかについて、銀行内でも、意見が二つに分れた。

全紙が、これだけ大きく事件を報道し、それに負けてなるものかと、週刊誌が、書き立てた。特に、歌手の石崎由紀子と、テレビタレントの加地邦也の二人が、トライスターの事故で死んだため、芸能週刊誌と、女性週刊誌が、競争で事件を書き立てた。

有名なプロダクションの社長は、

「うちには、現在百三十名のタレントと、社員八十三名がいる。彼等のために、すぐにもワッペンを買う積りだよ。五千円で安全が買えれば安いものだ。何しろ、うちには、一日百万、二百万と稼ぐ歌手がゴロゴロしているんだからね。ブルーライオンズをどう思うって？　悪人は悪人だわな。だが、一億人を誘拐したから、身代金を払えなんて、規模壮大でいいじゃないの。それにしても、いざとなると、警察なんて、当てに出来ないもんだとわかったよ。こういう、まあ、いってみればデタラメな事件に、警察は弱いんだねえ」

という談話をのせた。

バーのマダムや、ソープの経営者も、揃って、従業員の安全のために、五千円でワッペンを買うと、記者に答えている。

どうやら、彼等は、従業員や社員の安全を買うというより、高価な商品の安全を買うというような気のようだった。

こうした情報を、みんなが、どう受け取るか。面白いことに、行員の中の若い連中が、振込みが殺到するだろうといい、中高年齢の行員が、首をかしげた。

しかし新聞に記事が出た翌日から、猛烈な勢いで、三神徳太郎の口座宛に、振込みが始まり、若い行員の予測が適中した。

午前　八十二件　百九十六万円。
午後　三百六件　七百二十万円。
その他、この銀行に、三神徳太郎の住所を教えてくれという電話も殺到した。直接、三神徳太郎宛に現金為替を送りつけ、ワッペンを買うつもりなのだろう。
銀行は、三神徳太郎への連絡に忙殺された。どこの誰から、いくらの振込みがあったかを報告しなければならなかったからである。いちいち、電話で報告したのでは、一日中、電話が一つふさがってしまうので、振込人の住所と名前を一覧表にして、三神徳太郎に渡すことにした。
二日目は、更に金額が多くなった。
新聞やテレビが、前日の振込金額を、詳細に報道したことも、拍車をかけたようだった。
午前　七百九十六件　千六百五万円。
午後　千三百二十五件　三千二百四十九万円。
三神徳太郎宛へ直接送られて来た現金書留の数は、次の通りだった。
午前　二百五通　三百九十万円。
午後　四百六十二通　千百二十四万円。
まさに、札束が、三神徳太郎宛に殺到したのである。

2

新聞で、事件が公表された翌日、矢部警部は、福岡から急遽(きゅうきょ)、飛行機で、東京に舞い戻った。

福岡では、何の収穫もなかった。爆弾犯人と思われる女性は、とうとう見つからなかったし、九州全土を調査したが、雷管を犯人が買うか、盗むかした証拠は見つからなかった。もちろん、引き続き、調査は行われることになったし、そのために、二人の部下を置いて来たのだが、羽田空港へ降り立った時の矢部は、苦り切った顔をしていた。

何の収穫もなかったこともあったが、それ以上に、犯人の出方が予測できなかった自分に腹を立てていたのである。

犯人側が、全てを公開するというのは、矢部の予測を、はるかに超えていた。

誘拐事件に限らない。事件と名がつくものは、たいてい、犯人側が、犯行そのものを隠そうとするものだ。

誘拐事件では、特に、犯人側が、警察の介入を嫌う。警察に知らせれば、人質を殺すぞと、脅かすのが常道だ。

もともと、今度の誘拐事件そのものが変っていたが、それにしても、犯人側から、全てをぶちまけるとは、考えても見なかったことだった。

それが、矢部を打ちのめすと同時に、やり場のない怒りを燃え立たせる理由でもあった。

捜査本部に帰ると、部下の刑事たちも、さすがに、意気のあがらない顔で、矢部を迎えた。

「本部長が、今、首相官邸に呼ばれています」

と、近眼の井上刑事が、眼鏡の奥の眼を、しょぼつかせていった。

「官邸の方へ、呼ばれたのかい？」

「ええ。総理が、激怒されているということでしてね。犯人側が、全てのテープを各新聞社へ送りつけてしまったんで、総理がポケットマネーで相手を買収しようとして失敗したことも、明るみに出てしまった。私なんかからみれば、どうってことはないんですが、総理にしてみたら、恥辱になるんですかねえ」

「新聞に出ている三神徳太郎という男のことは、調べたんだろうな？」

温厚な矢部には珍しく、荒い口調になっていた。捜査本部全体が、ピリピリしていた。

「調べました」

「それで？」

「ごく当り前の、町工場の主人夫婦です。主人の徳太郎が六十五歳。細君は、ふみ代(よ)五十八歳です。谷木刑事と棚橋(たなはし)刑事が行っています」

「それで、この老夫婦は、今、本当にワッペンを売っているのかね？」

「金を送って来た相手に、どんどん、ワッペンを送っています。これが、そのワッペンです」

井上刑事は、ポケットから、直径約八センチの円形で、厚い布地のワッペンを取り出して、矢部の前へ置いた。

円い中に、「安全・平和」と書いたワッペンである。

「これが、前もって作ってあったのかね？」

「ええ。五万個ほど作って、ストックしてあったそうです。そして、今、人を傭って、増産態勢に入るといっていましたね」

「しかし、どうして、前もって、五万個もストックしてあったのかね？」

「これは、あくまでも、三神徳太郎の言葉なんですが、交通安全と、平和な生活を願って、三カ月前に作ったそうです。これは、夜光塗料が塗ってあって、夜になると、文字が光って浮かびあがります。胸につけてもいいし、車に貼りつけてもいいと思って、五万個作ったが、一個も売れなかったんだといっていますね。作ったのが老人なんで、デザインが今様じゃなかったからでしょう。現代は、内容より、形で、売れたり売れなかったりする時代ですから」

「それも、三神徳太郎がいっているのかい？」

「いえ。私の意見です」

「君の意見なんかどうでもいいんだ。それで、三神徳太郎と犯人との関係は？」

「それがわからないんです。あの人の好さそうな老夫婦が、誘拐犯と関係があるとは、とても思えないんですが」

「しかし、何等かの関係があるからこそ、指定して来たんだろう？　この老人は、事件のことを、どういってるんだ？」

「当然、知っています。しかし、知り合いの弁護士が、これは、純然たる商取引きだから、ワッペンを、一個五千円で売っても構わないといったといっています。私も、別の弁護士に聞いてみたんですが、金を送った人間が、三神徳太郎夫妻に脅迫されたという事実がない限り、通常の商行為が成立する。通信販売と同じだそうです」

「とにかく、その老夫婦に会って来よう」

矢部は、休む間もなく、立ち上った。

向島の三神工場の近くまで来ると、道路沿いに、新聞社の車が、びっしりと並んでいる。

その一台に寄りかかっていた、顔見知りの記者が、

「矢部さん」

と、声をかけて来た。背広の胸ポケットの上に、例のワッペンが貼りつけてある。

そのワッペンは、矢部には、警察の無力の象徴のように見えて、無性に腹が立った。

「そのワッペンは、買ったのかい？」

「ええ、僕だって、命が惜しいですからねえ」

「よく似合うよ。そいつは、幼児向きのワッペンらしいからな」

矢部は、精一杯の皮肉をいって、工場の方へ歩いて行った。

この辺りは町工場が多いのに、最近の不景気のせいか活気のある機械の音が聞こえて来ないのだが、三神徳太郎の工場だけは、忙しげな機械の音や、多人数の話声がしてくる。

矢部は、谷木と棚橋二人の刑事に迎えられ、住居の方で、三神夫婦に会った。

井上刑事がいうように、二人とも小柄で、いかにも下町の町工場の主人夫婦という感じに見える。

三神徳太郎は、血色のいい禿頭の老人だった。話すとき、右手で、禿頭をなでるようにするのは、この男の癖なのだろう。好人物にも見えるが、同時に、一徹で、頑固にも見える老人だった。

　ふみ代の方は、万事、控えめに振舞っている。矢部に対しても、お茶と、茶菓子をすすめたが、夫との話に、矢部の方から質問しない限り、口を出さなかった。

「なかなか、お忙しそうですね」

　と、まず、矢部はいった。

　窓の外から、記者たちがのぞいているし、シャッターを切る音がやかましい。閉めてあるアルミサッシの窓を開けて、マイクを突き出す者がいるので、谷木刑事が、窓に錠を下し、カーテンを閉めてしまった。

「おかげさまで」

　と、三神は、また、見事に禿げた頭に手をやってから、

「正直にいって、何が何だかわからんのですわ。とにかく、やたらに、送金があるんで、近所の人たちや、学生アルバイトまで頼んで、大車輪で、ワッペンを送っています。五万個の在庫も、すぐ無くなりそうなんで、こっちの方も、今、増産態勢に入ってるところですわ」

「なぜ、急に売れ出したか、その理由は、ご存知ですね？」

「もちろん。知ってますよ。何やら恐ろしいことに巻き込まれて、気持が悪いんだが、売れというものを、売らないわけにはいかんし、わしが、買えと脅迫しているわけでもないし、弁護士さんに相談したら、構わんだろうということだったんで、やってい

るんですが、いけませんかなあ？」

「いや。われわれだって、あなたが、ワッペンを売るのを禁止することは出来ません」

「そいつはよかった。警察が、そういって下されば、こっちも、安心しますよ」

「ブルーライオンズという連中に、心当りはありませんか？」

「ぜんぜん。第一、わしらは、横文字は、全くわからん。ワッペンぐらいですよ。知っとるのは」

三神徳太郎は、「あははは」と、大きな口を開けて笑った。恍けているのなら、大した爺さんだと、矢部は、内心苦笑しながら、

「しかし、連中は、あなたに送金して、ワッペンを買えと指示している。どうして、あなたの作ったワッペンのことを知っていたんでしょうかね？　三カ月前に作った時は、全く売れなかったわけでしょう？」

「ええ。ぜんぜんでしたよ。ただ、その時、ある週刊誌が、書いてくれたことがありましてね。そのブルー何とかという人たちは、あれを読んだんじゃないですかねえ」

「その週刊誌は、ありますか？」

「ええ。ありますよ」

三神が、「おい」と、ふみ代に目くばせすると、細君は、押入れから、週刊誌を一

冊出して来た。

大手の出版社が出している「週刊シティ」で、紙のはさんである頁を開くと、そこは、〝街（シティ）に話題を拾う〟というコーナーだった。

〈変な強盗〉

〈五百万円の催し物〉

といった記事の中に、

〈光るワッペンはいかが？〉

という見出しで、この町工場のことや、ワッペンのことがのっていた。

町工場の老夫婦が、交通安全と世の平和を祈って、光るワッペンを作った。一つお買いになって、胸や車につけてはいかが、といった、ごく短い紹介記事だった。

嘘ではなかったのだ。

矢部が、その週刊誌を谷木刑事に渡す。谷木は、すぐ、飛び出して行った。

ブルーライオンズが、この記事を読んだということは、考えられないことではない。

だが、なぜ、身代金として、このワッペンを買わせているのだろうか。

「お子さんは、いらっしゃらないんですか？」

「一人息子がおりますが、二年前に突然、家出をしましてね」

三神は、そっと、棚の上の写真に眼をやった。そこに、二十歳ぐらいの青年の写真が飾ってあった。

「ほう、おいくつだったんですか？」

「その時二十二でしたから、今は二十四です」

「かなり遅く生れたお子さんですね？」

「ええ。もう諦めとったら出来たんですよ。もっとも、わしらの結婚も遅かったんですが。まあ、そんなことで、少し甘やかしたのが、かえっていけなかったんかも知れませんねえ」

「家出してから消息は？」

「ぜんぜんありません」

「これが、息子さんですね」

矢部は、立ち上って、小さな額に入った写真を手に取った。

眼と鼻の辺りが、父親によく似ている。どこにでもいる平凡な顔立ちの青年だった。

「息子さんの名前は？」

「一男（かずお）といいます。最初の子だもんでそうつけたんですが、残念ながら、後（あと）が出来ませんでした」

（この三神一男が、ブルーライオンズの一員だろうか？）

そんな眼で、矢部は、写真を見たが、どう見ても、今度の事件を引き起こすような男には見えない。だが、人間の外見が、あてにならないことも、矢部は知っていた。

「学校は、どこを出たんですか？　息子さんは？」

「この近くの都立高校です。そのあと、うちの仕事を手伝わせたり、スーパーで働いたりしてましたが、どれも、長続きしなくて」

「あきっぽいんですね？」

「ええ。そのうちに、喫茶店をやりたいといい出しましてねえ。うちの仕事が上手くいってる時なら、資金を出してやったんですが、どうも、上手くない時だったもんだから、出してやりませんでねえ。それが不満だったのか。急にいなくなってしまって」

「捜索願は出しましたか？」

「もちろん出しましたよ。だが、なしのつぶてでしてね。どこで、どうしてるのか」

「どこかへ旅行していたそうですね？」

「ええ。一週間ばかり、水上温泉へ行って来ました。女房孝行ですよ。ずい分、苦労かけて来たんで」

「泊った旅館は？」

「ええと――」

と、三神は、和服の袂から、旅館のパンフレットを取り出して、矢部に渡した。

「さっき、お礼状を書いたとこですよ。いろいろと親切にして貰ったのでね」

「鳴海ホテルですか」

「ホテルといっても、日本旅館ですよ」

「このパンフレットと、息子さんの写真をお借りして構いませんか?」

「いいですよ。刑事さんも、いろいろと、大変ですねえ」

「いろいろとね」

と、矢部は、苦笑して、その二つを棚橋刑事に渡してから、工場の方を見せて貰った。

老人のいう通り、工場は、活気にあふれていた。

工場の半分ほどで、ワッペンの増産に励み、あとの半分は、板の間の上に、ござを敷き、机を並べて、ワッペンの発送作業が行われている。

男女の学生アルバイトや主婦たちで、三十人はいるだろう。現金書留の住所や、銀行からの名簿で、封筒に宛名を書き、ワッペンを入れ、切手を貼り、一定の数になると、ポストに持って行く。ちょっとした流れ作業だった。

それを、新聞や週刊誌のカメラマンが、パチパチ撮りまくっている。テレビ局のカメラマンも来ていた。

「ワッペンの原価は、いくらぐらいなんですか?」

と、矢部は、作業を見ながら、三神にきいた。

「作る量によりますが、二、三百円ってところですかね」

「じゃあ、一枚五千円で売れているんだから、凄い儲けじゃないですか？」

「ええ。世の中、面白いもんですねえ。一枚七百円で売ろうとした時は、一枚も売れなかったんですから。まあ、福祉事業にでも、少しは寄付せんと、後味が悪いとは思っています」

（そういえば、ブルーライオンズの要求も、五千億円の防衛予算を、福祉へ組み入れろというものだったが――）

と、矢部は、思い出していた。

3

警察は、三神徳太郎夫婦の身辺を、徹底的に調査することにした。

老夫婦が、一週間泊った水上温泉の鳴海ホテルの件は、普通なら、電話で問い合せるか、県警に頼むことだが、万全を期して、捜査本部から、刑事二名が派遣された。

調査の結果、判明したことは、次の通りだった。

○三神夫妻について

夫の徳太郎は、二代続いた土地っ子で、兄弟はいない。子供の頃は、ガキ大将であった。

高等小学校を卒業後、家業の町工場を継ぐ（当時は、セルロイド工場）。

戦争中は、中国戦線に出征。二等兵から上等兵に昇進したところで終戦。復員したあと、鍋、釜などを、作る工場を始めた。

三十五歳で結婚したが、すぐ離婚。三年後、現在のふみ代と再婚した。

気が強いが、人情家で涙もろいというのが近所の人たちの評判である。悪くいう者はいない。

前科なし。

趣味は、朝風呂（家に風呂があるが、近所の仲間と、朝風呂会を作り、銭湯に出かけている）、ヘボ将棋、植木造り。

妻ふみ代は、浅草千束町の下駄屋に生れた。

姉一人と妹一人は、共に結婚している。徳太郎とは初婚である。

姉妹や知人にいわせると、大人しく、我慢強い性格。

これといった趣味はなく、夫唱婦随の典型的な夫婦か。

前科なし。

息子一男は、都立S高校を三百二十人中二百七十六番目の成績で卒業。孤独で、親友と名のつくクラスメイトは少なかったようだが、数少ない親友の一人、田口祐一（二四）＝現在向島で、青果業＝の証言。

「そうだなあ。どっちかというと、優柔不断なところがあったね。暗い感じを与えるんで、友だちゃ、ガール・フレンドが出来なかったんじゃないの。おれ？　おれは、ちっちゃい時からの友だちだもの。それに、人が好いところがあったから、嫌いじゃなかったね。両親が、甘やかし過ぎたのもいけなかったんじゃないの。根気がなかったのは、そのせいかも知れないなあ。家出の原因は、おれも知らないよ。喫茶店を、本気でやりたいっていってたよ。うん。いなくなってからは、おれの所にも連絡はないね。今度の事件とどうって？　あいつは、そんなこと出来やしないよ。それは、おれが保証したっていいさ」

高校時代の教師の証言も、似たものだった。暗い感じを人に与える生徒だったが、人の好いところがあって、大きな犯罪に加担するとは思えないという。

「週刊シティ」関係。

三カ月前の紹介記事は、同誌のA記者が書いた。その後、この件について、電話や手紙での問い合せはなかった。現在、「週刊シティ」の発行部数は、三十万から四十万の間で、〝街に話題を拾う〟というページは、かなりのファンがついているという。そのA記者も、今度の事件に驚いている。

水上温泉に出かけた二人の刑事も、調査を終って、すぐ帰ってきた。

「どうだった？」

という矢部の質問に対して、年上の大橋刑事が、代表する形で、

「実際に、一週間、三神夫婦は、水上温泉の鳴海ホテルに宿泊しています。三月二十五日から三月三十一日までで、三月三十一日の早朝、旅館を出て、帰京しています」

「旅館での様子は、どうだったんだ？」

「番頭と、仲居に聞いたんですが、仲のいい老夫婦に見えたといっています。二人が宿泊中、旅館に訪ねて来た人もいなかったし、電話もなかったそうですし、三神夫婦の方から電話をかけたこともなかったといっています。二人の行動は、午前と午後、川の周辺を散歩していた以外、お風呂好きで、一日の中、何回も温泉に入っていたということです。それは、ホテルの人間全員がいっているから間違いないでしょう」

「午前と午後、二人は、外出していたんだろ？」

「そうです。ホテルで釣竿を借りて、川で釣りをしていることもあったそうです」

「それも、従業員が見ているのかい？」

「いえ。正確にいえば、そういって、ホテルを出て行ったということです。全然、釣

れなかったといって帰って来たそうです」

「では、散歩とか、釣りとかの時に、誰かに会ったということも考えられるわけだな？」

「可能性としては、あり得ますね。会ったとすると、相手は、ブルーライオンズの人間ということですか？」

「そうだ」

「しかし、三神夫婦が水上温泉にいた間、ブルーライオンズの連中は、他の所で、いろいろと、動き廻っていたようですが」

「そりゃあ、そうだが、あの老夫婦が、ブルーライオンズと無関係とは、どうしても考えられんのだよ。無関係なら、なぜ、三神徳太郎宛に、身代金を送金させているんだ？」

「家出した息子の三神一男が、ブルーライオンズの一員だとは、考えられませんか？」

「もちろん、その線も考えられるよ。だが、三神一男を知っている人間は、誰もが、そんな大それた事件を引き起こせる男とは考えられないといっているんだ」

結局、捜査本部の意見は、二つに分れた。

一つは、三神夫婦か、家出した息子の一男なりが、何等かの意味で、ブルーライオンズと関係があるという意見である。

もう一つは、全く無関係という考え方だった。ブルーライオンズの連中は、三カ月前に出た「週刊シティ」で、三神徳太郎が、「安全・平和」のワッペンを五万個も作っていることを知っていた。身代金の受け渡しに、それを利用することを考えたのだ。三神徳太郎の預金口座番号を知ることは、簡単だった筈である。電話して、あなたのところで作ったワッペンをまとめて買いたい。その代金を銀行に振り込みたいといえば、三神徳太郎は、喜んで、取引銀行も、口座番号も教えたろう。

犯人たちは、三神徳太郎宛に身代金を送付させ、集ったところで、あの老夫婦から奪い取るつもりなのだろうか。

4

矢部は、松崎本部長に呼ばれた。

「今も、渡辺秘書官から電話があったよ。総理は、相変らず、ご機嫌ななめらしい」

と、松崎は、回転椅子を、ぎしぎしきしませた。耳ざわりなその音は、松崎本部長自身のいらだちを示しているようだった。

矢部が、黙っていると、松崎は、苦笑しながら、

「なんでも、今日の国会に、野党議員が、例のワッペンを胸につけて現われたそうだ。

そして、総理とすれ違いざまに、『政府がしっかりしているおかげで、こんなワッペンをつけなきゃならない』と、皮肉をいったそうだよ。法務大臣も、同じ皮肉をいわれたらしい」

「なるほど」

「捜査の進展具合はどうだね？　三神徳太郎と、ブルーライオンズと関係がありそうかね？」

「意見は二つに分れています。しかし、いずれにしろ、三神徳太郎の口座が、はち切れそうになれば、彼等は、姿を現わします」

「それを待つということかね？」

「そうです。銀行にも、三神徳太郎宅の方にも、常時刑事を張り込ませ、少しでも変化が起きれば、すぐ、報告させることにします。また、スイスやアメリカの銀行にあの金を預金することも不可能です。五千ドル以上を、外国の銀行に振り込むことは、禁じられていますから」

「しかし時間がかかるな」

「かかりますね」

「外を見たまえ」

本部長は、立ち上って、矢部を窓際に誘った。

「あそこを歩いている母子は、二人とも、胸に例のワッペンをつけている」

「そうですね」

「あれが、どんどん増えていくことは、われわれの無能の証明なんだ。少なくとも、世間はそう見る」

「かも知れませんな」

「だから、三神徳太郎の預金口座に金が貯り、犯人たちが、それを取りに来るまで、手をこまねいて待っているわけにはいかないんだ。彼等が、どんな人間か、その輪郭だけでもわからんのかね？」

松崎本部長は、じっと、窓の外を見つめたまま、矢部にきいた。

また一人、背広の胸に、例のワッペンをつけたサラリーマン風の男が、歩いて行った。

矢部は、椅子に腰を下した。

「テープの声からみて、最低、三人の男と、一人の女がいると思われます」

「ボスは、新聞社宛に送られて来たテープの中、最初と最後のテープで、自分たちの考えを述べている男だろうな？」

「私も、そう思います。犯行が行われている間、男の一人が札幌に、女は福岡にいましたが、多分、全員東京に集って来ていると、私は、考えています」

「なぜだね？」

「勘ですが、次の作戦を相談するために」

「次の作戦？」

「彼等の思う通りに、日本中の人間が、五千円の身代金を払うかどうかによって決まると思うのです。思う通りになっていたら、彼等は、黙って、三神徳太郎の口座の金が増えていくのを見守っているでしょう。新聞が、競争で、毎日の振込み額を書き立てているから、すぐわかる筈です」

「もし、彼等の思う通りに進行しなかったら？」

「コロネット作戦に踏み切るでしょうね」

「この間、左文字の話していたアメリカ軍の日本進攻作戦のことかね？」

「そうです」

「じゃあ、彼等のコロネット作戦とは、いったい、どんなものだと思うね？」

「さあ。また飛行機を狙うか、それとも船か、或いは新幹線か、それとも、何かの会場か。彼等にしてみれば、一億二千万人の人質を脅かせばいいのですから、どんな選択でもかまわないわけです。守る方から見れば、これほど守りにくいことはありません」

「空港や、新幹線、それに、フェリーなどの警備は強化されているんだろう？」

「前よりは強化されているようです。飛行機の場合は、空港のチェックを厳重にすることで、ある程度、防げると思うのです。また大型客船は、爆弾の一つぐらい爆発しても、沈みはしないでしょう」

「問題は、新幹線か」

「そう思います。改札口で、乗客の荷物をいちいちチェックすることは不可能です。そんなことをしたら、大混乱になってしまいますからね。せいぜい、鉄道公安官に、列車内をこまかくチェックして貰って、不審な手荷物が見つかったら調べて貰うぐらいのことしか出来ないでしょう。しかし、彼等が動いてくれれば、こちらとしても、打つ手が出てくると思うのです。危険ですが、それを期待しているのです」

5

左文字は、夕刊から眼をあげた。

どの夕刊も、例のワッペンを胸につけたサラリーマンや、主婦や、子供の写真をのせていた。

〈北から南まで、ワッペン旋風！〉

そんな見出しが写真につけてある。

三神徳太郎の現金口座は、遂に二億円を突破した。このままでいけば、一週間以内に、十億円に達するのではないかと、新聞は、予測している。

三神製作所は、ワッペンの増産に大車輪で、送る係も三十人ではとうてい間に合わず、五十人、百人と増やしていって、遂に、二百人が、その作業に当っているとあった。

史子は、元気がなかった。牧野英公、串田順一郎、双葉卓江の三人のクラスメイトを探し出し、問題のテープを聞かせて廻ったが、誰一人、似ていますと証言する者がいなかったからである。昔のクラスメイトを守るために、嘘をついているという感じではなかった。

テープの声から、三人が犯人であることを証明することは失敗した。

「今の状況に、ブルーライオンズは、満足しているかな？」

左文字が、夕闇が近づいた窓の景色に眼をやりながら呟いた。

「満足してるんじゃないかしら。二億円も身代金が集ったんだから」

「だが、彼等の要求金額は五千億円だよ。一日一億円集っても、五千日、十三年以上かかる。天才を自任する彼等が、それだけで満足するかどうか」

「満足しなかったら、また、脅しのために、飛行機か新幹線でも爆破するのかしら？」

「彼等が、単なる脅迫者なら、そうするだろうね」

「というのは、どういうこと？」

「人間というやつはね、強い恐怖に対して屈服する。だが、あまりにも、その恐怖が大きくなると、怯えが怒りに転化することがある。奴隷は鞭と同時に飴が与えられれば、大人しく従順だが、鞭だけになると、突如反乱するものだ。天才の集りである彼等が、そのくらいの心理学を心得ていない筈がない。特に、あの野上という弁護士はね」

「じゃあ、彼等が、何をすると思っているの？」

「それを考えていたんだ。彼等の立場になってね」

「一億二千万人の人質に、身代金を早く出させる方法ね」

「そうだよ」

左文字は、ロッキングチェアに腰を下したまま、闇の濃くなった外の景色を見すえた。

ネオンがまたたき始め、車の赤い尾灯が、鮮明さを増してきている。

左文字は、闇の向うに、四人の顔を思い浮かべていた。カードで見た牧野英公、串田順一郎、双葉卓江の三人の顔と、法律事務所で会った野上知也の顔である。

今、彼等は、何を考えているのだろうか？

「あの野上という弁護士をマークして、尾行してみたらどうかしら？　次の彼等の行動がわかるかも知れないわ」

「無駄だね。ボスの野上は、指令を出すだけで、動かずにいるだろう。実行は、他の三人だ。電話で指令されたら、尾行は、何の役にも立たない」

「じゃあ、どうしたらいいの？」

「考えるのさ。一億二千万の人質だが、子供は、身代金を払えないから、成人男女が身代金を払う人質とみていいだろう。とすると、約七千万人だ。その七千万人を脅して、早く身代金を払わせる方法だ」

「また飛行機や新幹線を爆破するのは、かえって、逆効果だといったわね」

「確実に大量殺人になるからだよ。恐怖を与えられるかも知れないが、怒りをかきたててしまうかも知れない。怒りと憎しみだ。そうなったら、あとはいくら殺しても、効果はない」

「じゃあ、また、喫茶店のシュガー・ポットに、青酸カリでも入れておくかしら？」

「自尊心の人一倍強い連中だよ。前に使った手を、もう一度使いはしないだろう。それは、多分、彼等の自尊心が許さないと思うね」

「じゃあ、何をする気だと思う？　それがわかれば、対応策が取れると思うんだけど」

史子が、そういった時、ノックもせずに、矢部警部が入って来た。入って来るなり、あいていたソファにどっかりと腰を下すと、

「疲れたよ」

と、大きな溜息(ためいき)をついた。

左文字は、笑った。

「タフが自慢のあんたらしくもないじゃないか」

「マスコミからも、政治家のお偉方からも、警察は何をしていると、叩かれ通しでね。警察は、この事務所みたいに、地上三十六階あたりに作るべきだねえ」

「地上からの雑音が聞こえて来ないからかい？」

「それもあるが、ここの窓からじゃあ、あのいまいましいワッペンが見えないからさ。一時間前に、記者会見をやらされたんだが、集った記者たちが、全員、あのワッペンを胸につけているんだ。あれには参ったね」

「何かお飲みになる？」

と、史子がきいた。

「ウイスキーのダブルでも欲しいところだが、コーヒーにしておくよ。ブラックで下さい」

と、矢部はいってから、

「君たちは、ワッペンをつけてないねえ」

「警察に義理があるからね」

左文字は、煙草をくわえ、矢部にも、すすめた。

火をつけてから、

「犯人の目星はついたのかい？」

「いや。残念ながら、皆目、見当がつかん。三神徳太郎夫婦の周辺を、徹底的に洗っているんだが、今までのところ、何も出て来ていない。君の方はどうだ？」

「犯人の名前は、全部わかっています」

と、コーヒーを運んで来た史子が、誇らしげにいった。

矢部は、「え？」と、眼を見張って、史子を見、左文字を見た。

「本当かい？　おい」

「わかっているといえばいえるが、君は満足しないに決っている。だから、黙っていたんだ」

「とにかく、君たちのいう犯人の名前を聞こうじゃないか」

矢部は、いったん手に持ったコーヒーを、脇に置いて、左文字に迫った。

左文字は、野上弁護士以下四人の名前を書いて、矢部に渡した。

「それが、今度の事件の犯人たちだ。ボスは、弁護士の野上知也だな」

「ふーん」

矢部は、初めて眼にする名前を、半信半疑で、眺めていたが、

「それで、この四人が、今度の事件の犯人だという証拠は？」

「何もない」

「何だって？」

「耳が遠くなったのかい？　何もないっていったんだ」

「じゃあ、テープの声と似ているのか？」

「いや。テープを友人たちに聞かせたところ、似ていないという返事だった」

「会って話したことは？」

「野上弁護士とは、銀座の彼の事務所で会ったが、他の三人は、住所がわからなくてね」

「じゃあ、何もないんじゃないかッ」

矢部が、怒鳴った。

「だから、君にいわなかったんだよ。怒るに決ってるからねえ」

「君たちが、この四人を犯人だとする証拠は、いったい何なんだい？」

「証拠は全くないといった筈だよ。いってみれば、僕の勘さ」

「やれやれ」

　矢部は、ソファに身を沈め、首を小さく振った。

「君たち民間人は、気楽でいいねえ。われわれが、そんなことを記者会見で発表してみたまえ。間違いなく袋叩きだ」

「じゃあ、警察をやめて、私立探偵になれよ」

　と、左文字は、からかってから、

「これは、真面目にいうんだが、彼等は、また、何かやるぞ。新聞は、三神徳太郎口座に、二億円も振込みがあったと、驚いて、書き立てているが、ブルーライオンズの連中は、そんな金額には満足していない筈だ」

「それは、警察も考えているんだ。ただ、何をやるかだがね」

　矢部は、また、疲れた眼をした。

第八章　コロネット作戦

1

四月六日、水曜日の東京駅を、いま、十三時〇〇分発「博多行」の「ひかり9号」が、定時に発車した。

運賃値上げで、一時減った乗客も、また、元に戻って、七、八十パーセントの乗客数だった。

トライスター事故が、ブルーライオンズの手による爆破とわかってから、彼等が、次に狙(ねら)うのは、新幹線ではないかということから、各列車には、必ず、鉄道公安官が二人乗り込み、不審な荷物に眼を光らせていた。

もちろん、この、「ひかり9号」にも、鉄道公安官二人が乗り込んでおり、列車が、小田原を通過するあたりから、一つ一つの車両を見て歩いた。

網棚の上に、持主のわからない持物があると、大声で、持主を探した。車掌も、それに協力した。

車内のアナウンスも、自分の周囲に、持主のわからない持物があったら、すぐ、車掌に申し出て下さいと、再三にわたって、乗客に呼びかけた。

全員がぴりぴりと神経質になっていた。

と、いっても、十三時ジャストの発車なので、食堂や、ビュッフェは、すぐ満員になったし、座席で、駅弁を広げる乗客も多かった。それを見る限り、平和な光景だった。

名古屋には、定時の十五時〇一分に到着、二分停車で、十五時〇三分発車した。

鉄道公安官は、名古屋発車と同時に、再び、二手にわかれ、先頭車と、最後尾の車両から、一両ずつ調べて行った。犯人が、爆弾を仕掛けて、名古屋で下車する可能性があるからだった。

全車両を調べ終ったが、持主不明の荷物はなかったし、トイレ、洗面所にも、時限爆弾は見つからなかった。

「異常なし」

と、二人の鉄道公安官は、なっとくした顔で、専務車掌に報告した。

2

東京駅の新幹線ホームの北の端に、六階建の白亜の建物が立っている。

国鉄が世界に誇る綜合指令所である。

ここには、ATC（自動列車制御装置）、CTC（列車集中制御装置）、コムトラック（CTCとコンピューターの結合装置）、ATS（自動列車停止装置）といった、安全確保のための機械が詰め込まれている。

全体の価格が四十億円、職員二百名近くが、この機械を動かしている。

線路に、小石一つ落ちていても、列車は、自動的に停る。

天災地変で、もちろん停車する。

列車内で、爆弾が破裂したとしても、停車する。

だが、まだ、実際に新幹線で、時限爆弾が爆発したことはない。

綜合指令所の職員たちは、緊張した表情で、巨大な表示盤を見つめていた。

そこには、東京――博多間の各駅構内、駅間の路線構成の全てが表示されている。

表示盤の前には、信号設備の制御盤があり、ここから、全駅のポイントや、信号機を、リモートコントロールできる。

綜合指令所にも、次には、新幹線が狙われるかも知れないという警告が届いていた。

記者団からも、もし、新幹線内で、時限爆弾が爆発したらどうなるのかという質問が行われたことがある。

それに対して、国鉄の常務理事は、次のように答えている。

「新幹線は、何が起きても必ず止まるので安全です」

だが、現場で働く職員は、そう楽観はしていなかった。

コムトラック（COMTRAC）は、爆発があれば、自動的に列車を停止させるだろう。

しかし、列車そのものが、爆発によってどうなるかは、誰にもわかっていなかった。脱線転覆するのか、炎上するのか、場所によって、被害も変るだろう。田園の中を走っている場合なら、すぐ救助に駆けつけられる。

しかし、トンネル内だったら、惨事が大きくなるだろう。しかも、西に延長された部分には、トンネルが多いのだ。

ふいに電話の一つが鳴った。

「こちら綜合指令所です」

と、受話器を取った職員の安部（あべ）がいう。

「われわれは、ブルーライオンズだ」

男の声が、受話器を通して伝わって来た。

一瞬、受話器を握った安部の顔が、蒼くなった。

心臓の鼓動が早くなった。自分を落ち着かせようとして、わざと、

「誰ですって？」

と、聞き返した。

電話の向うで、男が笑った。妙に甲高い笑い声だった。

「ブルーライオンズだよ」

「ブルーライオンズ？　ニセ者じゃあるまいな？」

自然に声が大きくなった。その声で、近くにいた職員が、えッというように顔を向けた。

「本物だ」

「何の用だ？」

「今、『ひかり9号』は、どこを走っている？」

「ひかり9号？」

安部は、表示盤に眼を走らせた。

「岐阜羽島を通過したところだ。あの列車がどうかしたのか？」

「爆弾を仕掛けたのさ」

「爆弾ッ？」

その一言で、指令所内が殺気だった。一人が、あわてて、進行中の「ひかり9号」に、電話を入れている。

「でたらめじゃあるまいな？」

安部は、蒼い顔で、電話に嚙みつくような声を出した。一瞬、勤続十五年の国鉄マンの脳裏に、宙に吹き飛ぶ新幹線の姿が浮かんで消えた。

「本当だ」

相手の声は、あくまで冷静だった。

「要求はなんだ？　何が欲しいんだ」

「要求は何もない」

「なんだって？」

「要求は何もないといっている」

「それなら、何故、爆弾なんか仕掛けたんだ？」

「われわれのことを知っているな？」

「知っている。そんなことより、『ひかり9号』のどこに爆弾を仕掛けたのか教えてくれ」

「あわてることはない。『ひかり9号』には、そちらから連絡が取れるんだろう？

いや、もう連絡している筈だ」

と、男は、見すかしたようないい方をした。

「無線電話で、連絡が取れる」

「それなら、大丈夫だ。あと三十分の余裕がある」

「どこだか教えてくれ」

「いいか、よく聞くんだ。われわれは、日本国民全部を誘拐し、身代金を一人当り五千円要求している。だが、五千円を惜しむ馬鹿ものが多い」

安部は、相手の声を聞きながら、自分の胸に眼をやった。ワッペンは、まだ買ってなかった。

「そこで——」

と、相手は、あくまで冷静にいう。

「われわれとしては、残念ながら、身代金を払わぬ以上、また、人質を殺さざるを得ない。そこで、『ひかり9号』に、爆弾を仕掛けるコロネット作戦を実行した」

五メートル離れた机では、同僚の中西が、必死で、「ひかり9号」の専務車掌と連絡を取っていた。

「相手は、ブルーライオンズと名乗っている。からかい電話とは思えないんだ」

「今、公安官と車掌が、手分けして、全車両を調べている」

と、「ひかり9号」の専務車掌が、甲高い声で答えている。

「まだ見つからないのか?」

「まだ見つかっていない。列車を止めて、まず、乗客を避難させた方がいいんじゃないか?」

「いや、待て。もし、列車が停車すると爆発するようになっていたら、どうするんだ?」


「なんでも、そちらの要求を呑むから、爆弾を仕掛けたところを教えてくれ」

安部は必死で、電話の相手に嘆願した。

「君は、身代金を払ったかね? 君の胸には、身代金を払った証拠のワッペンがついているかね?」

相手は、からかうような調子できいた。

「いや。まだ払ってない。しかし、すぐ払う。ワッペンを胸につける。だから、『ひかり9号』のどこに爆弾を仕掛けたか教えてくれ」

「さて、話を元に戻そう。よく覚えておいて、事実を、警察や、新聞記者に話すんだ。わかったかね?」

「わかった」

「身代金の払いが悪いので、われわれは、止むなく、『ひかり9号』に、爆弾を仕掛けた。ところが、われわれは、乗客の中に、あのワッペンを胸につけた家族が乗っているのに気付いたのだ。われわれは、身代金を払った者には、生命の安全を約束した。われわれは、約束は絶対に守る。そこで、急遽、爆破を中止することに決定したのだ。国鉄は、その家族に感謝すべきだ。違うかね？」

「感謝する。それで、爆弾はどこに？」

「15号車のゴミ入れの中だ」

「15号車だな」

「もう一つ教えておくが、われわれが使用したのは、プラスチック爆弾だ。従って、どんな形にも成形できる。そのことを頭に置いて探すんだな。電気雷管に、セイコーの小型目覚時計を時限装置に使用している。電池時計だから、音はしないぞ。赤と青のコードを同時に切断すれば、時限装置は停止する。これだけ説明すれば、どんな馬鹿でも、処理できる筈だ。幸運を祈るよ」

落ち着いた声で、それだけいうと、相手は、さっさと、電話を切ってしまった。

「ひかり9号」では、二人の鉄道公安官が、15号車の客室の外にあるゴミ入れに向って走った。

「ここは、さっき調べたんだが」

と、一人が首をひねりながら、ゴミ入れの口を開けた。

中は、ビールの空缶や、駅弁の空箱が投げ入れてある。

「プラスチック爆弾は、どんな形にでも作れるんだそうだぞ」

もう一人が喋（しゃべ）りながら、中のゴミを、一つ残らず、外へつかみ出した。

その手が、急に止まった。顔色が変っている。

「これだッ」

と、手に持った駅弁の空箱を、同僚に見せた。

空箱を二つ重ね、一見、無造作に紐（ひも）でからめてあるが、ずっしりと重い。

「爆発まで、あと二十分ぐらいだったな」

自然に声が、ふるえている。

二人の公安官とも、スリや掻っ払いを逮捕したことはあっても、爆弾を処理するのは、初めてだった。

だが、今は、二人で処理しなければならない。

その駅弁の箱を、そっと、床に置いた。

専務車掌が、蒼ざめた顔で、二人の背後（うしろ）からのぞき込んだ。

公安官は、ふるえる手で、まず、紐をほどいた。

二つの箱は、電線(コード)で連結されているのがわかった。

「多分、片方がプラスチック爆弾で、片方が時限装置だろう」

と、一人がいう。

二つの箱をつなぐ電線(コード)は二本で、赤と青のテープが巻いてあった。

「犯人は、赤と青のコードを、同時に切断すれば、時限装置は停止するといっていました」

と、専務車掌が、甲高い声でいった。

「しかし、それが嘘で、同時に切って爆発したらどうするんだ？」

公安官の一人が、怒鳴る。誰もが、気が立っていた。

「切らずに、鉄橋の上で列車を止めて、川に投げこんだ方がいいんじゃないか？」

もう一人の公安官がいう。

「もう、長良(ながら)川を越えてしまったので、大きな川はありません。それに、いつ爆発するかわからんのですから、早く処理しないと――」

専務車掌も、早口にいい返した。

「じゃあ、一か八かやってみよう」

と、公安官の一人がいった。

「犯人にしたところで、爆破する気なら、わざわざ、教えはしないだろう」

年かさの公安官は、専務車掌の差し出した鋏を受け取ると、二本のコードをつまんだ。

専務車掌は、一瞬、眼を閉じた。

爆発したら、自分は、間違いなく吹っ飛ぶだろう。そして、時速二百キロ近くで走っているこの列車はどうなるのか。

鋏の音がした。

が、何も起きなかった。

二人の鉄道公安官が、真っ青な顔で、大きく、荒い息を吐いている。

五十一歳の専務車掌は、ヘタヘタと、その場に坐り込んでしまった。

「ひかり9号」と、九百七十六名の命が救われたのだ。救ったのが、自分たちなのか、ブルーライオンズなのか、それとも、「ひかり9号」に乗っていたワッペンをつけている家族なのか、わからなくなっていた。

3

「ひかり9号」が、京都駅に着くと、待ち構えていた京都府警の機動隊員が、公安官から爆弾を受け取り、直ちに、科研へ運んで行った。

科研が調べたところ、ブルーライオンズが電話でいったように、プラスチック爆弾だった。

現在、アメリカで開発されているC4。もし爆発していれば、確実に、「ひかり9号」は、脱線転覆し、多数の死傷者を出していたことだろう。

この事実は、すぐ、東京の捜査本部に連絡された。

報告を受けた矢部は、やはり、新幹線だったなと思った。

「彼等が、途中で気が変ってくれたことは幸いでした」

と、矢部は、松崎本部長に報告した。

松崎警視は、この間と同じように、回転椅子をきしませながら、

「ワッペンをつけていたという家族に、感謝状でも出さなきゃならんな。『ひかり9号』のゴミ入れに、爆弾を投げ込んだ犯人は、名古屋で降りたということだろうね」

「それで、愛知県警に連絡して、『ひかり9号』で降りたと思われる客を探して貰っていますが、上手くいくかどうかわかりません。改札口を出ずに、そのまま、上りに乗って、東京へ引き返したかも知れませんし――」

「次の『ひかり』で、西へ向ったかも知れないということだな」

「そうです。ですから、名古屋駅の調査は、あまり期待できません」

「時限装置に使用されたセイコーの目覚時計や、プラスチック爆弾そのものから、犯人が割れんかね？」

「さあ、どうですか」

「君にしては、いやに、弱気になっているじゃないか？」

「今度の事件は、彼等に先手、先手とやられていますからね。そのくせ、まだ、彼等の輪郭さえ、つかめていないんです。弱気にもなりますよ」

「左文字君のいう四人組をどう思うね？　なかなか面白いと、私は思うんだが。挫折した若者たちの犯行というのは」

「私も、眼のつけどころは面白いと思っています。彼等には、馬鹿らしいといっておきましたが、谷木刑事と、青山刑事の二人に、調べさせています」

「それで？」

「今のところは、全然です。証拠が全くないのが弱いです。テープの声とも違うようですし」

　矢部が、苦笑して見せた時、若い刑事が、夕刊の束を抱えて入って来た。

「新聞に、今日の事件が出ています」

と、その若い刑事がいった。

　松崎本部長は、その一紙を、引ったくるようにして、広げた。

第一面に、でかでかと出ていた。

〈新幹線危うく助かる!〉

〈ワッペンをつけた家族が、犯人たちに計画を中止させた!〉

そんな大きな活字が、新幹線の写真と一緒に、松崎の眼に飛び込んで来た。

「君が、記者会見をして発表したのか?」

松崎が、矢部を見た。

「いや。まだ、話していません。国鉄側の発表じゃありませんか」

矢部も、新聞に眼を通しながら、本部長にいった。

4

左文字は、複雑な表情で、夕刊を放り投げた。

「なかなか、上手いことをやる。敵ながら、天晴れ(あっぱ)だな」

左文字は、笑って、史子を見た。

「これ、警察の発表とは書いてないわね」

史子が、活字を追いながらいった。

「彼等の方から、各新聞社に連絡し、新聞社が、国鉄に確かめたんだろう。そうは書いてないがね」

「でも、ワッペンをつけていた家族が乗っていたおかげで、ブルーライオンズが、急遽、爆破を中止してよかったじゃないの。プラスチック爆弾が破裂していたら、確実に、何百人という人間が死んでいたと思うわ」

「君まで、そう思うのかねえ」

左文字は、やれやれというように、肩をすくめた。

「違うの？」

と、史子は、変な顔をした。

「もちろんだよ。乗客の中に、ワッペンをつけた者がいたかどうかは、僕にもわからない。いたかも知れないし、いなかったかも知れない。だが、彼等が、ワッペンをつけた家族がいたので、急遽中止したというのは、明らかに嘘だよ」

「なぜ、そう思うの？」

「彼等は、身代金の支払いが、自分たちの思ったほど集らないのに、いらだっていた。新聞は、二億円も集ったと大騒ぎしているが、彼等の考えは違うんだ。彼等は、日本国民一億二千万人を誘拐した積りでいる。だから、一千億円、二千億円の身代金が、振り込まれなきゃ満足しないんだ。そこが、天才を自任する彼等の弱味さ。身の程というのがわからないんだ。そこで、彼等は、もうちょっと、人質たち、ということは、日本人全体ということだが、を、脅かすことを考えたんだ。それが、コロネット作戦というやつだ」

「でも、大量殺人では、かえって、人質たちの憤激を買ってしまうかも知れない。といって、一人や二人を殺したんでは、脅しとしての効果は限られている」

「そうさ。そこで、彼等は、上手い作戦を考えついたんだ。いや、最初のオリンピック作戦を発動した時から、考えていたのかも知れない。なにしろ、彼等のボスは、あの野上という冷静な男だからね。貯った三神徳太郎の預金口座を、手に入れる方法も、すでに考えているのかも知れない。彼等は、最大の効果をあげる方法として、今度の八百長を実行したんだ」

「八百長ですって？」

「そうさ。最初から、新幹線を爆破する気なんかなかったんだ。プラスチック爆弾を仕掛けておいて、それを、国鉄に教える。中止した理由は、乗客の中に、安全を保障するワッペンをつけた家族がいたからといってね。どんな効果があるかは、眼に見えている。ワッペンをつけていない者は、震えあがるし、身代金を払った連中は安心する。君だって、乗客の中に、ワッペンをつけていた人がいて良かったといったくらいだからね」

「なるほどねえ。上手い方法を考えたものね。これで、ワッペンを買う人間が、わっと、激増するわね」

「だろうね」

「なげかわしい？」

「いや、別に。ただ、今のところ、主導権は、完全に向うさんが握っているということは出来るね」

「あなたは、まだ、例の四人が、ブルーライオンズだと確信しているの？」

「ああ。確信は強まりこそすれ、弱まりはしないよ」

「でも、彼等の友だちが揃って、テープの声が、彼等と違うと証言しているのよ」

「そのことを、考えてみたんだがね。この間もいったように誰かに頼んで掛けさせたとは考えられない。そこから秘密が洩れるからだよ。とすれば、本人が掛けたんだ。だが、声が違うという。ところで、話は違うが、僕は、アメリカにいた頃、コロンビア大学時代の友人が、シー・ラブ計画に参加していてね。その友人を、バミューダに訪ねたことがあった」

「シー・ラブ計画というと、海底に作った家で、人間が何日間も生活するという計画のことでしょう？」

「そうだ。バミューダでは、水深六十メートルの居住区で実験していたよ。ところで、海底に沈めた家だが中を周囲の水圧と同じくしておかないと、海水が浸入してくるし、水圧に押し潰されてしまう。そこで、普通の空気の代わりに、七、八十パーセントのヘリウムと、残りは窒素と酸素という混合ガスの中で生活することになっている。なぜ、そんな混合ガスが、海底生活に必要なのかという理由は、僕にはわからない。友人は、そこで、六日間の海底生活をしたんだが、素人の僕に面白かったのは、『ドナルドダック効果』というやつだった」

「ドナルドダックって、変な声を出す漫画の主人公のことでしょう?」

「そうだよ。ヘリウムガスの中で、話をすると、声が、みんな妙に甲高い、変な音声に変ってしまうんだ。僕は、海底の友人と電話で話したんだが、まさに、ドナルドダックの声だったよ。これは、常圧でも同じだそうだ。ヘリウムを通すと、声がゆがむんだ。そこで、アメリカの学者は、ドナルドダック効果と呼んだんだ」

「じゃあ、犯人たちは、電話する時、ヘリウムを通して、かけていたんじゃないかということ?」

「小さな容器にヘリウムを入れ、それを通して電話に応答する。そんな機械を作れないことはないと思う。何しろ、双葉卓江は、化学を専攻していた天才女性だからね。ヘリウムを薄くすれば、声のゆがみも少なくなる筈だ。ちょっと変った声ということになる」

「その声を、元の声に戻せないの？」

「日本にはないが、アメリカには、元の声に戻す装置があるよ」

「じゃあ――」

「もう、犯人のテープを、今いった友人に送ったよ。声の翻訳をして、送り返してくれるようにね」

5

三神徳太郎の口座への振込みが、急増した。倍増どころか、三倍、四倍になった。

三神製作所は、フル操業でワッペンを製造し、アルバイトの数は、今や、千人を突破した。

街には、ワッペンが溢れた。今までは、ワッペンを胸につけた人は少数で、自分の勇気のなさの証明のようで、肩をすくめて歩いていたのに、今や、ワッペンをつけた人間の方が多くなり、胸を張って歩くようになった。「安全・平和」と染め抜いたワッペンは、ついに、一つの風俗になってしまった感があった。

ある大手の既製服会社などは、大量にワッペンを注文し、それを胸に縫いつけた服を売り出した。一人で、五、六枚買い込み、背広の胸はもちろん、車や、ボストンバッグにまで、ベタベタ貼りつける若者も出て来た。外国の日本特派員の一人は、「ワッペンに占領された日本」と題した記事を、本国へ送った。その記事をタイプしている記者の胸にも、もちろん、例のワッペンが縫いつけられてあった。

この現象は、東京だけで起きているのではなかった。北は北海道から、南は九州まで、いたるところに、「安全・平和」のワッペンは、氾濫(はんらん)していた。辛うじて、このワッペン狂騒曲からまぬかれている場所といえば、南の小笠原諸島と、沖縄あたりぐらいのものであった。

新聞は、当然のことながら、警察に非難の矢を向けた。街に溢れるワッペンは、そのまま、警察の無能さに対する市民の不信を示しているのだといった論調だった。

もちろん、警察も、ただ、指をくわえて、ワッペンの洪水を見守っていたわけではなかった。

矢部警部の指揮の下、四十七人の刑事たちは、必死に、犯人を追った。プラスチック爆弾、それに使用されていた雷管、札幌で使用された三二口径の拳銃、テープなどの線を、追ってみたのだが、どうしても、犯人の姿が、その線から浮かんで来ないのである。

「これらの線が、どうしても、犯人につながっていかない理由は、一つしか考えられません」

と矢部は、松崎本部長にいった。

「例えば、雷管ですが、前のトライスターの時と、今度の新幹線と、最低、二個は、使われています。特に、今回は、雷管が、完全な状態で手に入りましたので、調べたところ、N火薬工場で作られたものだと判明しました。しかし、盗難の事実はないのです。建設現場からも、盗まれていません」

「じゃあ、犯人たちは、どこで手に入れたというのかね？」

「海外です」

「海外？」

「そうです。N火薬では、雷管やダイナマイトを、毎年、相当数、海外へ輸出しています。犯人は、国内ではなく、海外で入手したんじゃないでしょうか。C4と呼ばれるプラスチック爆弾にしても同様です。国内では、過激派も、プラスチック爆弾は、使用していません。しかし、東南アジアや、中近東の、内乱のあるところでは、ひんぱんに使われています。拳銃にしても、国内で、暴力団などから入手したものではなく、犯人自身が、ハワイやグアムなどで、入手して、ひそかに持ち帰ったのではないかと考えたのです」

「しかし、どうやって?」

「拳銃は、ちょっと厄介だったでしょうが、プラスチック爆弾と、雷管は、楽に持ち込めたと思いますね。プラスチック爆弾は、白色で、粘土状ですから、人形の形にも出来ます。それに彩色してしまえば、税関で引っかかることは、まずないと考えます。また、雷管は、長さ三十五ミリ、直径七・五ミリという小さなものですから、ネックレスの先にぶら下げれば、フリーパスですよ。最近は、中身を抜いた実弾を、胸にぶら下げている若者がいる時代ですからね」

「しかし、海外といっても、広過ぎるぞ」

「そうです。ただ、有難いことに、N火薬が、雷管を輸出しているのは、タイ一国だけなのです」

「誰かをやるか?」

「私が行きたいところですが、井上君をやって頂けませんか。彼は、語学にも堪能ですし、一度、フィリピンへ行ったこともありますから」

「いいだろう。だが、犯人が見つかると思うかね?」

「わかりません。しかし、このままでは、どうしようもありません」

「そうだな。国際刑事警察機構(インターポール)を通じて、タイ警察に協力方を要請しておこう」

6

左文字は、史子と一緒に、もう一度、銀座の法律事務所に、野上知也を訪ねた。

タクシーの窓から外を見ていると、通行人のほとんどが、例のワッペンを胸につけて歩いている。

二人の乗ったタクシーの運転手も、制服の胸に、ワッペンをつけていた。

「会社が、一括購入してくれましてねえ」

と、中年の運転手は、運転しながら、左文字たちに話しかけてきた。

「まあ、もともと、交通安全のワッペンだったそうだから、われわれ運転手には、ぴったりですがね。ところで、お客さんは、つけていませんねえ」

「あのデザインが気に入らなくてね」

「でも、このタクシーに乗ってれば安全ですよ。何しろ、わたしが胸につけている上に、車体にも、ぺったり貼りつけてあるんだから」

「そいつは、有難いね」

と、左文字は、思わず、史子と、顔を見合せてしまった。

「彼等のコロネット作戦は、大成功だったというわけね」

史子は、面白がっていた。

銀座に着くと、Kビルにある「野上法律事務所」に上り、野上に会った。

「また、来ましたよ」

と、左文字は、野上に向っていった。

野上は、「どうぞ」と、二人に椅子を勧め、

「いつでも歓迎しますよ。特に、あなた方のように、楽しい方は」

本当に楽しそうに、野上は、微笑している。

左文字は、ふと、ある言葉を思い出した。いったのは誰であったか忘れてしまったが、確か、こんな文句だったと覚えている。

〈天才は、いつでも、自分の賞賛者が、周囲にいないと我慢ができない〉

この野上弁護士も、それではないかと、左文字は思った。

この男が、今度の誘拐事件のボスだという確信が、左文字にはある。この確信は、間違っていない筈だ。

野上は、警察がいくら走り廻っても、証拠をつかめる筈がないと、自信満々だろう。だが、一方で、彼も、他の三人も、自分たちの今度の仕事を、誇示したい衝動に駆られているに違いない。

そこが、天才の強みでもあり、弱点でもある。

あの八本のテープ。ワッペン。全て、強烈な自己顕示欲の現われではないか。

彼等は、自分たちの犯行と知られたくない一方で、「すごいことをやりやがった」という賞賛を受けたいのだ。

だからこそ、野上は、左文字と史子の訪問を、本心で、喜んでいる。左文字たちは、いわば、野上にとって、自分たちへの賞賛者に見えるに違いない。

「私が、あなた方を歓迎するのが、不自然ですか？」

と、野上は、笑いながら、左文字を見、史子を見た。

左文字も、笑いかえした。

「いや。別に、そうは思いませんよ。僕たちは、必ず歓迎されると思っていましたよ」

「何故、そう確信していたんです？」

野上は、興味のある眼で、左文字を見た。左文字は、わざと、じらすように、

「煙草を吸っても構いませんか？」

と、断ってから、セブンスターに火をつけた。

「確信の理由は？」

と、また、野上がきいた。

「例の事件が、新しい進展を見せたからですよ」

「それは、新聞で知っていますが、私が、あなた方を歓迎することと、どんな関係があるんですか？」

「それは、この間もいいましたが、あなたがこの事件の犯人だからですよ」

「あなたは、面白い方だ」

「天才にしては、語彙が貧しいですね。確か、この間も、そういわれましたよ」

「そうでしたかね」

野上の顔は、相変らず笑っている。が、一瞬だが、眉が寄った。この男にとって、ちょっとした批判でも、かんにさわるのだろう。

「私が犯人だと、何故、私が、あなた方を歓迎するんですか？　私が本当に犯人なら、むしろ、あなた方を敬遠するんじゃありませんか？」

「普通の犯人ならそうでしょうね。だが、あなたも、他の方も、英才教育を受けて来て、自分を天才だと考えている。そういう人たちは、まず第一に、自分たちの犯行は、絶対に破綻しないという強烈な自信がある。第二に、自分たちの犯行を素晴しいと思い、人々の賞賛の的になりたい気持がある。この二つの理由で、あなたが、必ず、僕たちを歓迎するだろうと確信したわけですよ」

「それは、どうも、的外れの推理のようですね」

「そうですかねえ」

「私も、今度の事件には、興味がある。だが、それは、私が犯人だからではなく、個人的に興味があるということですよ。世の中には、とっぴなことを考える人間もいるものだという興味です」

「しかし、まさか、あなたが、犯人たちに殺されるのが怖いから、例のワッペンを胸につけているわけじゃないでしょう?」

左文字は、野上が、背広の胸につけているワッペンに眼を走らせた。

野上は、そのワッペンを、指先でなぜてから、

「私だって、命が惜しいですよ。だから、こうして、つけているだけのことです」

「僕には、そうは見えませんね」

「どう見えるんです? 私が犯人で、それを隠すために、自分も、ワッペンをつけているといわれるんですか?」

「とんでもない」

左文字は、大きく手を振って見せた。

「普通の犯人なら、自分への疑惑をそらせるために、自分も被害者だという芝居をすることがある。たいていは、下手くそな芝居で、そこからボロが出てしまうものです。だが、あなたは違う。自信満々で、そんな芝居をする必要を感じてなどいない。ただ、そのワッペンは、自分たちの勝利の印として、胸につけているんだと思う」

「あなたは、私立探偵かと思ったら、心理学者でしたか？」

野上は、笑った。

「コロンビア大学で、犯罪心理学を勉強しましたよ。僕が、特に興味を持ったのは、天才的な犯罪者の心理です」

「ほう。面白そうな問題ですね」

と、野上は、やはり、左文字の話にのってきた。左文字の考えたとおり、野上は、今度の事件のことを話すのが楽しいのだ。話すこと自体が、自分たちへの賞賛につながるのだから。

7

左文字は、ゆっくり二本目の煙草に火をつけた。

史子は、ハンドバッグからハンカチを取り出すふりをして、中に入っている超小型テープレコーダーのスイッチを入れた。

「今度の事件は、明らかに、天才的な人物によって、引き起こされたものです」

と、左文字は、冷静な口調でいった。

野上は、ソファに深く腰を下し、顎の下に手をやって、左文字を見ている。

「どうして、そう思うんですか？　頭の悪い連中が、しゃにむにやった犯行かも知れないじゃありませんか？　たまたま、それが成功してしまったというような？」

「違いますねえ。普通の人間なら、誘拐といえば、金持ちの子供か、政治家か、とにかく、誰かをさらって来て、隠れ家に監禁し、その家族に身代金を要求する。ちょっと頭のいい人間でも、せいぜい、行き当りばったりに子供を誘拐し、その身代金を、その親か、学校かに要求する。誰かを、さらって監禁するというパターンは変らないのです。誘拐は、そういうものだという固定観念がある。それが、普通の犯罪者です。しかし、今度の誘拐事件は、丸っきり違っています。発想が天才的です。日本国民一億二千万人を誘拐する、しかも、ただ、誘拐したと宣言するだけで、誘拐が成立してしまう。天才的な考え方ですよ」

左文字は、賞めあげた。

野上は、笑いながら、

「それは、犯人たちに対して、あまりにも賞め過ぎじゃありませんかねえ」

「何故です？　街に出てご覧なさい。人々の胸には、やたらにワッペンがつけてある。車に二枚も三枚もワッペンを貼りつけて走っている若者もいる。新幹線の事件以来、ワッペンをつけて運転すれば、乗客も安全だということで、国鉄も、私鉄も、タクシー会社も、ワッペンを大量に購入して、職員につけさせているというじゃないですか。

今や、あのワッペンをつけることが、一つの風俗になってしまっていますよ。完全な犯人たちの勝利です」

「そういえば、いえるかも知れませんね」

「ところで、警察が、というより、日本中が、興味を持って見守っているのが、三神徳太郎名義の現金口座に、ものすごい勢いで振り込まれてくる身代金のことですよ」

「今日の新聞によると、三百六十二億円に達したそうですね」

野上は、他人事みたいにいった。

左文字も、そのことは、朝刊で見ていた。金額は、新幹線の事件以来、うなぎ昇りに増加していて、四月中には、一千億円を突破するだろうと書いてあった。

「いつか、犯人たちは、この身代金を取りにくる。その時こそ、犯人が逮捕される時だと警察は、考えているようですよ」

と、左文字は、いった。

野上は、パイプを取り出し、それをもてあそびながら、左文字の言葉を聞いていたが、

「悠長な話ですねえ」

「そうです。確かに、悠長な話です。しかし、犯人にとって、一番困難な問題だということも、事実でしょう？　違いますか？」

「私に聞かれても困りますよ。私は、犯人じゃないんだから」

「じゃあ、あなたは犯人じゃないとしましょう。弁護士としてのあなたならどうやって、三神徳太郎名義の金を、手に入れます？」

「そうですねえ」

野上は、考えるように、首をひねった。

野上が、犯人のボスなら、これは、あくまでポーズの筈だと、左文字は見すえていた。犯人たちは、きっと、全てを計算しつくして、今度の事件を引き起こしたに違いないからである。

「私なら、なんにもしませんねえ」

「なんにもしない？」

「確か犯人たちの要求に、五千億円の防衛予算を、福祉事業に廻せというのがありましたねえ。三神徳太郎が、集った莫大な金額を、福祉事業に寄付したいと、発言していますね。それを実行したら、犯人たちの目的は、間接的に実現したことになるんじゃありませんか。犯人は、それを遠くで見守りながら満足している。そんなのが、いかにもスマートで、今度の事件のフィナーレにふさわしいと、私は思いますがねえ」

「違いますね。絶対に」

左文字は、断固としていった。

野上は、小さく笑って、

「なぜ、違うとわかるんです？」

「犯人は、福祉問題になんか、何の関心もないからですよ。本当に、社会福祉に関心がある人間が、旅客機にプラスチック爆弾を仕掛けて、二百人近い生命を奪うようなことをする筈がないでしょう」

「いや。何千億円という大金を集め、それを恵まれぬ人たちのために使うには、少々の犠牲は、止むを得ないと考えているんじゃありませんか」

「つまり、天才にだけ通用する論理というわけですか？」

「彼等が目標としていると思われる五千億円が集り、それが、福祉関係で使われれば、一人当り一千万円使用したとしても、五万人の恵まれぬ人々が、その恩恵に浴するわけでしょう。二百人の犠牲者ぐらいは、仕方がないんじゃありませんか。とにかく、政府ばかりを当てにして、自分自身では、福祉に対して、一銭の金も出そうとしなかった国民の多くが、福祉に五千円ずつ支払ったことになるんですからね」

やはり、天才の論理なのだと、左文字は、改めて、確認した。倫理感のない天才の論理だ。

「それは違いますね」

「何故です？」

「もし、彼等が、そう考えているのなら、最初から、三神徳太郎という一人の老人に、身代金を集める代りに、全国の福祉事業団体に、五千円を振り込ませればいい。その方が、すっきりしますよ。だから、彼等は、絶対に集った身代金を、自分たちの手に入れる気でいるし、最初から、その計画も立てていると思いますね」

「でも、どうやって、やるんです？　三神徳太郎も、口座のあるM銀行も、警察に完全に監視されていると、新聞に出ていましたよ。何かしようとしたら、警察に捕まるために、飛び込むようなものじゃありませんかねえ。左文字さん。あなたなら、どうする積りです？」

今度は、野上の方が、挑戦するように、左文字を見た。

左文字は、苦笑した。

「僕は、平凡な人間です。天才的な犯人のやることが、予測できる筈がありません」

「それは、ずい分、ご謙遜ですな」

「正直にいっているだけのことです。ただ、一つだけ、僕には、確信できることがあります。実は、それをあなたに伝えたくて、今日伺ったのです」

「ほう。どんなことです？」

「興味がありますか？」

「そりゃあ、ありますよ。今度の事件に、アメリカで、プロの私立探偵をやっていた人が、どんな評価を下すかということにはね」

「今度の事件は、犯人の計画通りに進行している感じがします。警察は、次々に起こる事件に振りまわされて、犯人の輪郭さえ摑めずにいるのが実情です」

「警察に協力しているあなたが、そんなことをいっていいんですか？」

野上が、笑いながら、きいた。

左文字は、首を振って、

「かまわんでしょう。事実なんだから。賢明な犯人は、そのくらいのことは、当然、気付いている筈です。僕はといえば、犯人は、あなたを含めた四人と確信していますが、証拠が全くないのだから、手も足も出ないでいます。多分、犯人たちは、そんな状態を楽しんでいるに違いありません」

「すると、犯人たちの完全勝利ということですか？」

「そうです。街にワッペンが溢れている。東京だけでなく、日本全国にです。あれが、犯人たちの完全な勝利の印ですよ。しかし――」

と、左文字は、言葉を切って、ニヤッと笑った。

野上は、「しかし？」と、首を伸ばすようにして、

「しかし、何です？」

「犯人たちの計画が成功すればするほど、彼等の破滅も近づいているんです」

「何故ですか？　何故、成功と破滅がつながっているというのです？」

「気になりますか？」

「気になるというより、興味がありますね」

「あなたは賢明だ。だから、考えれば、すぐわかる筈ですよ」

左文字は、わざと、それだけしかいわなかった。

8

左文字と、史子は、エレベーターで下におり、タクシーを拾った。

「あれは、どういう意味？」

車が走り出してから、史子が、左文字にきいた。

「あれって？」

「あなたが、最後に、野上弁護士に一発くらわしたじゃないの。犯人の計画が成功すればするほど、破滅が近づくって」

「ああ。あれね」

「相手を混乱させるために、意味もなくいったわけ？」

「いや。違う。僕は、確信しているんだよ。あのワッペンが、街に増えていくのを、犯人たちは、自分たちの成功の印だと思って、得意になって見つめているだろうが、実は、それは、彼等の破滅が近づいていることの印でもあるのさ」

「なぜ、そうなるの？」

「それは、君も考えてみたまえ。すぐわかることだから」

「あたしがわかるくらいなら、ＩＱ一四〇以上の犯人たちには、すぐわかるんじゃないかしら？　わかって、対策を講じられたら、どうするの？」

「それが駄目なのさ」

左文字は、微笑した。片手で、鼻をこすった。得意な時の左文字の癖だった。

「なぜ駄目なの？」

わからないという顔で、史子が首をかしげた。

左文字は、また、片手で鼻の頭をこすった。

「第一に、彼等の頭の良さと自惚れが邪魔をするからだよ。今、自分たちの勝利に酔いしれて、多分、足元に口をあけている大きな落し穴に気がついていない筈だ。野上が、僕にいわれて、妙な顔をしたのが、その証拠だよ。第二に、気がついたところで、避けようがないんだ。彼等の破滅は、今度の計画が立てられた時に始まっているからだよ」

「やっぱり、わたしにはわからないわ。何故、犯人たちに破滅が待っているのか。例の身代金を手に入れようとする時、警察に捕まるに決っているということ？」

「何故、そう思うんだい？」

「計画が立てられた時から決っていることといえば、身代金の受け取りだわ。それに、誘拐で、一番難しいことといえば、身代金の受け渡しだし――」

「彼等が、どうやって、三神徳太郎の口座に集った大金を、自分たちのものにするか、その方法は、僕にもわからないんだ」

「じゃあ、それじゃないってこと？」

「ああ。それに成功しても、彼等は、破滅するよ」

「それは、放っておいてもということ？」

「多分ね。だが、破滅を早めさせることは出来る筈だ」

「えっ？　どうやって？」

「まだ、残念ながらそのチャンスは来てない。その時が来たら、君にも教えるし、手伝って貰うことになるよ」

今度は、鼻をこすらず、左文字は、まっすぐ前方を見すえていった。

第九章　新天地の夢

1

四月十五日の午後、羽田空港に、日航機で一人の男が降り立ち、一人の男が、パンナムで、飛び立とうとしていた。

日航ジャンボ機で降りて来たのは、井上刑事だった。

国際線のロビーでは、矢部警部が彼を待っていた。

矢部は、タイ、フィリピン、香港を廻って帰って来た井上刑事を、

「ご苦労さん」

と肩を叩いてねぎらった。

「お茶でも飲みながら、話を聞こうか」

矢部と井上刑事が、肩を並べて、空港内の喫茶店に向って歩き出した頃、中肉中背

の男が、出国手続を取っていた。

その男が、係官に提出したパスポートの名前は、三神一男だった。それに、ブラジルでの永住許可証も持っていた。

四月中旬の観光シーズンで、空港は、海外旅行の客でごった返していたから、係官は、疲れた顔で、ほとんど機械的に、出国のスタンプを押していた。

係官が注意しているのは、海外へ出て行く過激派の若者たちだった。そのリストと顔写真は、壁に貼ってある。その顔写真以外の旅行者には、ほとんど、注意を払わなかった。

パンナムのボーイングジャンボ機は、ロスアンゼルス経由、リオ・デ・ジャネイロ行だった。

日本人の乗客が多く、三百七人の乗客の約半数を占めていた。新婚旅行らしい若いカップルも乗っている。

彼等を乗せたジャンボ機が、轟音(ごうおん)を立てて飛び立った頃、空港内の喫茶店では、井上刑事が、東南アジアでの収穫を、矢部に報告していた。

「バンコクでは、日本の建築会社が、古い建物をこわして、新しいビルの建設に従事しています。クーデター後もその仕事は続行されています。この建設会社が使用している雷管が、例のN火薬の雷管というわけです」

「それで？」

「作業を監督している日本人に会って、話を聞いたところ、一カ月前に、雷管が数個盗まれたといっていました。てっきり現地人が盗んだと思っていたそうです。それで、妙な摩擦を起こしちゃいけないと思って、現地の警察には、黙っていたといっていました」

「盗んだのは、日本人旅行者かも知れないということだな？」

「今度の事件の犯人の可能性もあるわけです。警部がいわれたように、鎖をつけて、ネックレス代りにぶら下げていれば、空港も、フリーパスでしょう」

「マニラや、香港では、どうだったんだ？　何かあったかね？」

「香港では、何もありません。しかし、マニラ警察では、回教徒ゲリラが使用しているというプラスチック爆弾を見せて貰いました。これが、その一部分です。特別に、分けて貰って来ました」

　井上刑事は、ポケットから、ハンカチに包んだ小さな白い塊りを取り出した。触れると、粘土のように柔らかかった。

「マニラ警察で分析したところ、いわゆるＣ４といわれるプラスチック爆弾と同じだそうです。つまり、今度の事件で使われたものと同じだということです」

「犯人たちは、どんな方法かで、フィリピンの回教徒ゲリラと接触し、プラスチック爆弾を手に入れたのかも知れないな」

「多分、買ったんでしょう。ドルで。ゲリラは、そのドルで、もっと多量のプラスチック爆弾と、武器を購入する。そんなことだったんじゃないかと思うんです」

「すると、今度の事件の犯人たちは、使用した武器は、全部、国外で調達したのかも知れんな、プラスチック爆弾も、拳銃も、雷管もだ。だから、国内をいくら調べても、証拠がつかめなかったわけだ」

「これから、どうします？」

「バンコクで、雷管が盗まれたのは、一カ月前だといったな？」

「そうです。正確には、盗まれたのは五個で、気がついたのは、三月十五日ですから、盗まれたのは、多分三月十四日だろうといっていました」

「よし。犯人たちが、プラスチック爆弾を手に入れたのも、多分その頃だろう。それから、拳銃の方は、グアムかハワイか、或いは、アメリカ本土で入手したんだと思う。面倒だが、三月十四日以後、今度の事件の起きるまでに、東南アジアや、アメリカから帰って来た乗客を、全部チェックしよう」

「大変な人数になりますよ。今は、海外旅行ブームですから。私が乗って来た日航ジャンボも、バンコク、マニラから帰って来る日本人で満員でしたから」

「仕方がないさ。全員でやって貰うよ」

と、矢部は、断固とした口調でいった。

2

矢部は、捜査本部の刑事四十七名全員を、この調査に投入したかったが、実際には、そうもいかなかった。

三神夫婦と、M銀行江東支店の張込みも続行する必要があったし、捜査本部を空（から）にも出来ない。

結局、二十名の刑事が、羽田空港に出かけ、ほぼ一カ月間にわたる海外旅行からの帰国者の名簿を、各航空会社から受け取り、一人一人に当ってみることになった。

また、海外旅行者は、羽田に帰るとは限らない。東南アジアの場合は、大阪空港にまず着くケースが多い。現に、井上刑事の乗った日航ジャンボ機も、バンコク—マニラ—大阪—羽田という航路をとっている。

それで、大阪府警に協力を求め、伊丹空港へ、ここ一カ月間に帰った日本人の名簿を作り、送ってくれるように依頼した。

先に、羽田関係の名簿が出来上った。

想像した以上に多い。アメリカと東南アジア関係に絞ったのだが、それでも、三月十四日以降に帰国した旅行者の数は、二千五百六人に達していた。

その中から、未成年者を除いても、千九百人を超える。その一人一人を名簿にあった住所を頼りに、刑事は、当っていった。

だが、いっこうに、容疑者らしき者は、浮かんで来なかった。

男の場合は、札幌で、自動車修理工が、射殺された日のアリバイ、女については、全日空417便が爆破された日のアリバイ、男女共通した、「ひかり9号」に、プラスチック爆弾が仕掛けられた日のアリバイが調べられた。

アリバイのある者ばかりだった。

名簿の約半分が調べられたが、まだ、これという容疑者が浮かんで来ない。

その中に、大阪府警から、伊丹空港の分が送られて来た。

羽田より少なかったが、それでも千名近い名前が並んでいた。

がらんとした捜査本部で、矢部は、部厚い名簿を、一枚ずつ繰っていた。伊丹空港で降りた乗客だから、当然、大阪以西の住所がほとんどだったが、中には、東京の住所もあった。こういう乗客は、大阪で友人と会い、翌日にでも、新幹線で帰京したのだろう。

（また、各県の県警に協力を仰がなきゃならんな）

と、思いながら、タイプされた紙の、何枚目かをめくった時、矢部は、

（おや？）

という眼になった。

一枚に、約三十人の名前と住所が書かれてある。

その中の一つの名前が、矢部を捉えたのだ。

〈牧野英公〉

と、そこには、書いてあった。

（どこかで見た名前だ）

と、思ったが、すぐには、どこで見たのか思い出せなかった。

（左文字がくれたメモにあった名前だ）

と、思い出したのは、一呼吸おいてからだった。

矢部は、あわてて、上衣のポケットというポケットを探し、内ポケットから、小さくたたんだメモを見つけ出した。

そこには、左文字の字で、

〈野上知也〉

〈牧野英公〉

〈串田順一郎〉

〈双葉卓江〉

と、四人の名前が書いてあった。

矢部は、眼を光らせ、名簿を、夢中で繰っていった。

（あったぞ）

と、思った。

野上知也の名前こそなかったが、串田順一郎と、双葉卓江の名前が見つかったのだ。

牧野英公——バンコク

串田順一郎——アメリカ

双葉卓江——マニラ、ミンダナオ

これが、三人の行先だった。

夕方になり、収穫のないままに、部下の刑事たちが、冴えない顔で戻って来ると、

矢部は、明日からは、この三人を、優先的に調査するように命令した。

3

その頃、左文字のところに、コロンビア大学の友人から、テープが送り返されて来た。

アメリカで開発された「ヘリウム音声修正装置」によって、ヘリウムによる音声の

ひずみを直したテープだった。

添付されていた友人の手紙によると、「ドナルドダック効果」は、ヘリウムガスの中を通過する場合、普通の空気中よりも、音が二・九倍早く、伝わる。主に、そのために甲高い声になってしまう。そのひずみを修正するために、種々な音声修正装置が作られたが、まだ、完全なものは出来ていないということだった。

それでも、送られてきたテープを聞いてみると、前に聞いた時のような、甲高さは消えて、別人の声のようになっていた。

「あッ」

と、途中で歓声をあげたのは、史子だった。

「この声、あの野上という弁護士によく似ているわ」

「ああ。わかっているよ。他の三つの声は、恐らく、僕たちがマークした他の三人の声に似ている筈だ」

「あたし、このテープを持って、もう一度、三人の友だちや、知人に当ってみるわ」

と、史子は、張り切っていい、すぐ、テープを抱えて、事務所を飛び出して行った。

左文字は、ひとりになると、新聞を広げた。

今日も、M銀行江東支店の三神徳太郎の口座の預金高が、大きく書いてある。

まるで、こうなると、株式欄だ。毎日毎日、金額が出る。株式欄と違うのは、こっちの金額は、減ることがなく、常に増加しているということだった。

九百六億円。もうじき一千億円を突破するだろう。一個五千円のワッペンが、千八百十二万個売れたことになる。

新聞の表現を借りれば、今や、三神製作所は、一大企業にのしあがったのだ。

M銀行では、本店の幹部が、三神夫婦に、わざわざ、挨拶に出向いたという。

税金はいくらぐらいか計算したお節介な週刊誌もあった。

電話が鳴った。

左文字は、新聞を放り投げて、受話器をつかんだ。

「私だよ」

と、矢部警部の声が聞こえた。

「どうやら、君の見込みが当っているかも知れないと、思えてきた」

「これは、これは。どういう風の吹きまわしなのかな？」

「犯人たちの使用した拳銃、プラスチック爆弾、それに電気雷管などは、国外で調達したんだろうと考えて、ここ一カ月間の海外旅行者を調べたところ、その中に、君のいった例の四人の中の三人の名前があったんだ。なかったのは、野上という弁護士だけだ」

「そいつは、面白い。それで、三人の住所はわかったのかね？」

「牧野英公だけが、東京の住所になっているので、すぐ部下をやったんだが、引っ越したあとだった。三月十九日に帰国して、二十日には、引っ越している」

「引っ越先はわからないんだろう？」

「ああ。近所づき合いも、全くなかったみたいだな。近所のカミさん連中に聞くと、無口で、変り者で、道で会っても、挨拶一つしなかったそうだ」

「アパート暮らしだったのかい？」

「深大寺付近の一ＤＫのマンションだよ。部屋も調べたが、何もなかった」

「計画実行のために、地下にもぐったんだ。他の二人は？」

「串田順一郎の方は、住所はＫ島になっている。そこにいた時に、パスポートを取得したんだろう。双葉卓江の住所は、福岡市内になっているので、今、福岡県警に照会したところだ。しかし、二人とも、行方をくらましている可能性が強いな。串田順一郎が、Ｋ島にいないことは、はっきりしているしね」

「みんな、計画を実行するために、地下にもぐったんだ。指令を出すボスだけが、地上に残ってね」

「それが、野上という弁護士か？」

「ああ。一度会ってみるといい。ただし、今の段階では、何も出来ないよ。証拠は、何一つないんだからね」

「わかっているよ。他の三人の中、一人でも見つかれば、絞めあげて吐かせてやるんだが」

「民主警察が、恐ろしいことをいうじゃないか」

「犯人の面を、思いっきりぶん殴ってやりたくなるよ。毎日毎日、警察は、無能呼ばわりされているんだからね」

「もう少しの辛抱だよ」

「ぜひ、そう願いたいもんだがね。あッ。ちょっと待ってくれ」

電話口から、矢部の声が消え、左文字が、受話器を耳に当てたまま待っていると、五、六分して、矢部の声が戻って来た。

その声が、やけに興奮している。

「三神夫婦が、ブラジル大使館に、ブラジルでの永住許可願を提出したそうだ」

「ブラジルの永住許可？」

「そうだよ。外国に永住するのなら、外貨の持ち出しは無制限だろう？」

4

矢部は、向島に急行した。

三神製作所には、多数の新聞や、週刊誌記者が押しかけた。まるで、ＶＩＰの記者会見だった。

矢部が着いた時、その記者会見は、すでに始まっていた。

――ブラジルへ永住する決意をされたのは、いつですか？

――三日前です。

――いやに唐突ですね？

――もちろん、もっと前から、ブラジルの広大なところで、農業でもやりたいと思っていたこともあります。昔から、わたしは、農業に憧（あこが）れていたんですよ。ところが、三日前に、行方知れずだった一人息子の一男から、手紙が届いたんです。ブラジルからです。ブラジルに、ずっと住むというのです。

――その手紙を見せて頂けますか？

――どうぞ（妻のふみ代の方が、嬉しそうにエア・メイルを、記者たちに渡した）。

――それで、あなた方も、息子さんと一緒にブラジルに住みたいということですね？

――その通りです。探し廻っていた一人息子と住めるのなら、ブラジルでも、どこでも構いません。特に、ブラジルは、好きな国ですから。

――それで、ブラジル大使館の感触はどうでしたか？

――許可はおりると思います。いろいろと、手続に、時間はかかると思いますが。それで、とりあえず、サンパウロにいる息子に、五千ドル送金しておきました。もっと送金したかったのですが、五千ドルが限度だというものですから。

――ところで、われわれが気になるのは、一千億円近い例の預金ですが、ブラジルに永住するということになったら、全額、持っていかれるわけでしょう？

――はい。実は、小野田さんを見習ったわけじゃありませんが、向うで、牧場をやりたいのですよ。もちろん、税金は、きちんと払ってから出発します。ブラジル大使館の方にも、ブラジルで、牧場をやりたいと、申しあげておきました。

――実際に、ブラジルへ行かれるのは、いつ頃になる予定ですか？

――いろいろと準備もあるので、夏の終りか、秋頃になってしまうと思います。今から六十の手習いで、向うの言葉を習わなきゃいけませんし、牧畜の勉強もしなきゃなりませんのでね。

――秋までというと、その頃までには、あなたの預金は、二、三千億円、いや、もっとになるかも知れませんね。

――さあどうですか。しかし、税金が高いから、ブラジルへ持っていけるのは、せいぜい、何百億円じゃないですか。

三神徳太郎は、楽しげに笑った。

記者たちが、このニュースを送るために、潮の引くように立ち去ったあと、矢部は、三神夫婦に会った。

矢部は、ショックを受けていた。こういう展開は、予期していなかったのだ。大金が集ったところで、犯人たちが、この老夫婦からどんな方法でかわからないが、それを奪い取るだろうと考えていたのだ。

犯人たちが、スイス銀行に口座を作り、そこへ振り込ませようとしても、五千ドルが限度である。だから、暴力的な方法しか考えられなかったのだが、この三神夫婦が、ブラジルへ永住して、牧場を経営するという。ブラジル政府が、それを許可すれば、警察には、渡航を止める権利はない。しかも、儲けた金に対する税金は、きちんと払うといっているのだから、三神夫婦が、今度の誘拐事件の犯人であることを証明できなければ、どうすることも出来ないのだ。

矢部にとって、救いなのは、ブラジル移住が、今すぐではなく、夏の終りか、秋の初め頃になるらしいということだった。

それまでに、何とかしなければならない。

「これがご子息の手紙ですか？」

矢部は、サンパウロの消印のついたエア・メイルを手にとった。

〈お父さん。お母さん。

突然で、びっくりするかもしれませんが、今、僕は、ブラジルのサンパウロ市にいます。ブラジル政府から永住許可がおりたので、これからの一生を、この国で暮らすつもりです。

お父さんお母さんも、この国へ来ませんか。ここは、日本のようにコセコセしていなくて、人情も厚いし、暮らしいいところです。

考えると、親不孝ばかりして来ましたが、こちらで、せめてもの親孝行をしたいのです。

サンパウロ市にて
三神一男〉

「これは、確かに、ご子息の筆跡ですか？」

矢部は両親にきいた。

「ええ。そうですとも。息子の一男に間違いありません」

母親の三神ふみ代が、眼頭をおさえるようにして肯（うなず）いた。

「ブラジルへ移住なさる決心は、変りませんか？」

「絶対に変らんです」

と、三神徳太郎が、大きな声を出した。

「やっと、一人息子と一緒に暮らせるんです。絶対に、わたしらは、ブラジルに永住します。向うには、日本人も多いと聞いていますから、不安は、ぜんぜんありません」

「確か、前には、厖大な収入は、福祉関係に寄付なさるとおっしゃっていたんじゃありませんか？」

と、矢部は、皮肉をいった。

が、三神徳太郎は、そんな皮肉は全く感じない顔で、

「それは、息子の一男が、もう死んだものと思っていたからです。ブラジルで、生きているとわかれば変って来ます。それが、親子の情というもんでしょうが。それに、わたしのは、正規の収入ですから、税金が、どんとかかってくる。七十五パーセントの税率としても、一千億でも、手に残るのは、二百五十億円。七百五十億円は、国家に納めることになります。その中から、福祉に使って頂きたいです」

「重ねてききますが、今度の誘拐事件に、あなた方は、何の関係もありませんか？犯人を知りませんか？」

「いや。全く知りません。嘘じゃありません」

老人は、きっぱりと否定した。

矢部には、この老夫婦を前にして、打つ手がない感じだった。

長い間探していた一人息子が、急に、ブラジルから手紙を寄越して、一緒に住みたいといった。老夫婦は、彼のために、ブラジル永住を決意する。当り前の話で、文句のつけようがない。

M銀行江東支店の厖大な預金にしても、弁護士にいわせれば、正当な商行為による利益だというし、きちんと、税金を払えば、純利益を、ブラジルへ持って移住するのを、防ぐ手段は、警察にはなかった。

三神夫婦を見張っていた刑事も、不審な男女が、この老夫婦を訪ねて来たことはないと証言している。

また、矢部は、違法を承知で、電電公社に頼み、三神家の電話を、盗聴させ、それをテープにとっていた。もし、それがバレた場合は、自分一人の責任として、警視庁を退職する覚悟はできていた。

もちろん、こんな事件だからこそ、盗聴という非常手段をとったのである。

だが、録音されたテープは、事件について、何も語ってくれなかった。朝風呂愛好者仲間との他愛ない会話。現金を送れば、ワッペンを貰えるのかという問合せ。そんな会話だけしか、収録されていなかった。

5

「何もないというのは、もちろん、あくまで表面上のことです」

捜査本部に戻った矢部警部は、口惜しそうに、本部長の松崎警視に報告した。

「じゃあ、事実は、どうだというのかね？」

松崎は、おだやかに、矢部にきいた。

「全てが、最初から計画されていたことだと、私は確信しています」

「家出していた一人息子が、ブラジルから、突然、手紙を寄越したというのも、計画どおりというのかね？」

「その通りです」

「それを、説明してみたまえ」

「三神徳太郎も、細君のふみ代も、典型的な下町っ子です。誰に聞いても、曲ったことが嫌いで、人情家で、気っぷがよくて、それで損ばかりしている好人物の夫婦だという評判です。そんな夫婦が、平気であのワッペンを売って、何十億円、何百億円という利益を得ること自体おかしいのです。普通なら、そんな犯罪の片棒をかつぐみたいなことは、真っぴらごめんだと、タンカの一つも切るのが、下町っ子の三神徳太郎にふさわしいじゃありませんか」

「しかし、これは正当な商取引きだといって、じゃんじゃん儲けているじゃないか」

「そうです。典型的な下町っ子のあの老人が、そんなことをする理由は、一つしか考えられません。溺愛する一人息子のために、それがどんな種類の金であろうと、儲けたいということです。犯人たちも、そうした親の情愛を利用したのに違いありません」

「すると、三神夫婦は、ブラジルからエア・メイルが来て、初めて一人息子のことを知ったのではなく、前に、どこかで会っているということかね？」

「そうです。もし、何年かぶりに、サンパウロから手紙が来たのなら、永住手続をとるよりも、何よりも先に、まず、サンパウロへ出かけるのが人情じゃないんでしょうか？　そうでなくても、国際電話を入れて、一人息子の一男と、話をするのが人情ですよ。ところが、電話を盗聴した結果、国際電話を申し込んだ気配は、全くありません。つまり、あの老夫婦は、前もって一人息子が、ブラジルへ行くことを知っていたとしか考えられないのです」

「例の水上温泉か？」

「と思います。そこで、あの夫婦は、別れていた一人息子に会ったのですよ。散歩の時にね。そのお膳立てをしたのは、犯人たちに違いありません。左文字の言葉によると、犯人たちのボスは、野上知也というかなり著名な弁護士ということです。多分、その弁護士が、仲立ちをしたのでしょう。その時、一人息子の一男は、ブラジルに永住して、牧場をやりたいが、そのためには、莫大な資金が必要だという。東京に戻った老夫婦が、犯罪の絡んだ金と知りながら、しゃにむに、稼ぎまくっているのは、一人息子のためということがあるからです。儲けを全部持って、ブラジルへ移住する。当然、犯人たちも、ブラジルへ移住するでしょう。例の三人の男女は、三人とも、暗い過去を持っていますから、日本にいるより、ブラジルで暮らしたいでしょう」

「何百億円もの金があれば、ブラジルで、彼等の人数だけ、大牧場が買えるな。だが、ボスだという野上という弁護士は、別に、ブラジルへ逃げる必要はないだろう？　日本で繁盛しているんだから」

「ええ。でも、リオ・デ・ジャネイロあたりに、広大な別荘を、彼のために買っておくということで、分け前にあずかれる筈ですよ。向うは、土地が安いでしょうから、数億円で、馬鹿でかい別荘が買えるんじゃありませんか。そうして、年に一回か二回、自分たちの計画の成功をかみしめるために、野上弁護士は、その別荘へ出かける気かも知れません」

「三神一男という一人息子は、家出したあと、何か事件を起こしたのかも知れんな。それで、野上弁護士と関係が出来た。野上の方は、一男の父親が、売れないワッペンを大量に作っているのを知って、今度の途方もない計画を立てた――」

「十分にあり得ることだと思います」

「三神夫婦を、重要参考人として呼んで、訊問したらどうかな？」

「それも考えてみたんですが、無駄でしょう。あの夫婦は、野上に会っているかも知れませんが、他の三人の男女には、会っていないと思うからです。その点は、犯人たちは、ひどく用心深く行動していると思いますね。それに、今のところ、あの夫婦が、事件に関係しているという証拠は、何一つ見つかっていないのです。また、大事な一人息子の不利になるようなことは、絶対に、何一つ喋(しゃべ)らんでしょう。どちらも、頑固者のようですから」

「じゃあ、あの老夫婦が、大金と一緒にブラジルへ移住するのを、指をくわえて見守っていなきゃならんのかね？　例の三人の男女にしても、行方がわからんのだろう？」

「そのことですが、三神夫婦が移住するまでには、まだ時間があります。それに、例の三人ですが、遠からず、行方はわかると思います」

「どうやって？」

「われわれの考えが間違ってなければ、彼等も、その中(うち)に、ブラジルへの移住許可を求めに、外務省や、ブラジル大使館に現われる筈です」

「すでに、永住許可を取っていたら？」

6

調査の件は、すぐわかった。

三人の中の牧野英公だけに、すでに、ブラジルの永住許可が出ていた。その許可のおりた日は、三月十九日。今度の事件の始まる二日前である。

もっとも、彼等、つまり、ブルーライオンズが、今度の計画を立てたのが、もっと以前であり、その時点で、すでに計画が実行に移されていたと考えれば、事件が始まってから、牧野英公は、永住許可を得たことになる。

それを調べあげて来た谷木と棚橋の二人の刑事は、不審そうに、

「なぜ、三人とも、一緒に、ブラジルへの永住許可を申請しなかったんですかねえ？」

「三人いっぺんにやったんじゃあ、彼等が仲間であることがバレると思ったからかも知れないな」

矢部は、他に思いつかなくて、そういった。

それから三日後、外務省に、ブラジルへの永住許可に関する書類を貰いに来た串田順一郎が、通報によって、逮捕された。いや、逮捕されたというのは、正確ではない。この男が、まだブルーライオンズの一員だという証拠がない以上、任意同行の形だっ

た。

矢部は、内心の興奮を抑えて、犯人の一人かも知れない男と、向い合った。

痩せた、背の高い男だった。額が広く、鼻も高い。

椅子に腰を下しても、恐れる風もなく、むしろ、傲慢な感じで、胸をそらせて、矢部を見つめた。

「近頃は、海外へ移住したいというのが、罪になるとは知らなかったね」

と、串田は、皮肉をいった。

「何故、ブラジルへ移住なさるんですか？」

矢部は、丁寧にきいた。相手は、まだ、容疑者でさえないからである。

「理由は簡単だよ。日本にあきあきしたからだ」

「城北病院の外科にいらっしゃった時、人体実験をやって、やめさせられていますね？」

「正確にいえば、人体実験ではない」

「じゃあ、何です？」

「医学の進歩に寄与する実験といって頂きたいな。それを、あれこれ批判する日本に嫌気がさしたので、ブラジルの広い大地に住みたくなったのだ。この日本は、私の才能を生かすには、国も、そこに住む人間も小さすぎるんだよ」

「牧野英公、双葉卓江、野上知也。この三人の名前を、ご存知ですか？」

「いや。知らないな」

「おかしいですねえ。U大学で、英才教育を受けたお仲間ですよ」

「しかし、年度が違うんだろう？　同期生以外は、よく覚えておらんね」

「じゃあ、三神徳太郎は、どうです？」

「その名前なら知っている」

と、串田は、笑って、

「今、何百億とか儲けたというワッペン業の老人だろう」

「ご関係は？」

「何も。いや、ワッペンを買ったから、客という関係になるのかね」

串田は、楽しそうに笑いながら、例のワッペンをつけた胸の辺りを、指先で、軽くはじいて見せた。

「あなたは、最近、アメリカへご旅行になりましたね？」

「ああ。いけないかね？」

「その時、拳銃を、ひそかに日本に持ち込んだんじゃありませんか？」

「ええと――君は？」

「矢部警部です」

「ねえ。矢部君。何の証拠もないのに、そんなことをいうものじゃないよ。私が弁護士だったら、君を訴えているところだ」

「じゃあ、他のことを伺いましょう。パスポートによると、住所は、K島になっていますね？」

「そうだよ」

「K島の診療所を出てから、どこで何をしていらっしゃったんですか？」

「大阪西成（にしなり）の病院に勤めていたよ。斉田病院だ。嘘だと思うのなら、問い合せてみたまえ」

「三月二十六日には、どこにおられました？」

「なんだね？　三月二十六日というのは？」

「ブルーライオンズと名乗る犯人たちが、札幌で、全く無関係な一人の青年を射殺した日です。自分たちの人質を殺したのだとうそぶいてですよ」

「つまり、君は――」

と、串田は、さもおかしそうに、クスクス笑って、

「この私が、そのブルーライオンズとかいう犯罪グループの一員だというのかね？」

「違うんですか？」

「もちろん。違う」

「じゃあ、三月二十六日のアリバイは？　特に、夜のです」

「さあねえ。そうだ。斉田病院は救急指定病院でね。その日は、私が当直していたかも知れん。問い合せてみたまえ」

「谷木刑事」

と、矢部は、呼び、串田が書いた斉田病院の電話番号をわたした。

「ところで、串田さん。あなたは、今度の誘拐事件をどう思われますか？」

矢部がきくと、串田は、「そうねえ」と、仔細らしく考えていたが、

「なかなか面白い事件だと思うね。犯人は、きっと、頭の切れる奴だろう」

「あなたのように、ＩＱ一四〇以上の人間の集りということですか？」

「それは、どうか知らんが、今の様子じゃあ、捕まらんのと違うかねえ」

馬鹿にしたように、串田が、ニヤッと笑った時、谷木刑事が来て、矢部に耳うちした。

「斉田病院に電話したところ、串田医師は、三月二十六日の夜は、当直で、午後十一時頃、交通事故で運ばれた老人の治療をやっています」

7

串田順一郎は、釈放された。証拠がない以上、留置はできないからである。札幌の自動車修理工射殺は、恐らく、牧野英公がやったのだと、矢部は思った。その役割りは、前もって決っていて、そのために、牧野だけが、先に、ブラジルへの永住許可を取っておいたのだろう。

とすると、牧野は、すでに日本を離れている可能性が強かった。

それを調べるために、再び、刑事たちが羽田に飛び、大阪府警への捜査協力が要請された。

その結果が出ない中に、今度は、双葉卓江が、ブラジル永住許可の申請に現われたところを、捜査本部に、連行された。

今度も、矢部が、訊問した。

小柄で、聡明そうな眼をした女だったが、やわらかみがなく、女らしい魅力は感じられなかった。

串田もそうだったが、双葉卓江も、まっすぐに、矢部を見つめて話した。自分たちのやったことに自信満々なのだ。

「全日空の事故で、百九十六名の死者が出たのは、ご存知ですね？」

と、矢部も、まっすぐに、卓江を見つめた。

「ええ。知っていますわ」

「あれは、ブルーライオンズという犯人たちが、プラスチック爆弾を仕掛けたのです」

「それも、新聞で読んで知っていますわ」

「その爆弾は、問題の飛行機が福岡空港を飛び立つ直前、乗客の一人である歌手の石崎由紀子に、ファンと自称する女が、ケーキを贈った、そのケーキに入っていたと思われているのです」

「それで、やっと、私がここへ連れて来られた理由がわかりましたわ。その自称ファンが、私だと、思っていらっしゃるのね？」

「目撃者たちがいう女性と、あなたが似ているのですがね」

「じゃあ、その目撃者と、対決させて頂きたいわ」

卓江は、挑戦するようにいった。

矢部は、無駄だろうと思った。福岡空港の犯人は、流行おくれの服を着、髪をひっつめ白いマスクをしていたという。だが、今、眼の前にいる卓江は、真っ白なパンタロンスーツを着、サングラスをかけ、髪は短くカットしている。別人としか見えない。

「住所は、福岡になっていますが、福岡で、何をなさっているんですか？」

と、矢部は、質問を変えた。

「学習塾で、教えていますけど、いけませんか？」

「いや。ところで、何故、ブラジルへ移住なさるんですか?」

「日本には、いい思い出がないからです。どうせ、私のことは調べられたんでしょうからいいますけど、精神病院に入っていた時期もありますわ。そんな日本を離れて、自由な、広いブラジルに住みたいと思うのは、当然じゃありません?」

理屈に合っている。

「あなたは、面白いネックレスをなさっていますね。それは、鍵ですか?」

「ええ。どこも開けられない鍵ですけど」

「その前は、電気雷管を、ネックレス代りにぶら下げていらっしゃったんじゃありませんか?　東南アジアの旅行の時には」

「雷管ですって?」

「そうです。プラスチック爆弾に使う雷管です」

「私だって、女ですよ。そんな不粋なものをネックレスにするもんですか」

ふふふと、卓江は、笑った。

こちらに、何の証拠もないのを見越して、笑っているとしか思えなかった。

そんな卓江を、留置するわけにもいかず、彼女も釈放せざるを得なかった。

そのすぐ後で、悪い知らせが入った。

牧野英公は、すでに五日前に、羽田からブラジルに飛び立ってしまっているという報告だった。

第十章　獅子と罠

1

　左文字は、じっと、窓の外に広がる夜景を見つめていた。

　アメリカから送り返されて来たテープを、史子が、改めて、三人の知人に聞かせた結果は、左文字の予期した通りだった。

　今度は、牧野英公、串田順一郎、双葉卓江の三人の声に、よく似ているという返事だったからである。

　だが、それは、左文字の確信を強める役に立っても、声が似ているというだけでは、警察は、三人を逮捕できまい。

「どうにかならないの？」

　と、史子が、いらいらした声で、左文字に話しかけた。

「この四人がブルーライオンズとわかっているのに、どうすることも出来ないなんて。牧野英公は、ブラジルへ永住許可をもって行っちゃってるし。串田順一郎と双葉卓江は、警察で訊問されたって、尻尾もつかませない。ボスの野上は、銀座の事務所で、悠然としているし。ねえ。聞いているの？」

「ああ、聞いているよ」

「今朝の新聞には、とうとう三千万人が、例のワッペンを買ったと出ているわ。日本人の四人に一人が、あのいまいましいワッペンをつけているのよ」

「恐らく、もっと増えるだろうね」

「じゃあ、その中に、一億人がつけて、彼等が豪語していた五千億円の身代金が、振り込まれちゃうじゃないの」

「かも知れないね」

「いやに暢気にいうのねえ？」

「僕は、事実をいっているだけだよ」

「五千億だと、七十五パーセントの税金をとられても、千二百五十億円を持って、彼等は、ブラジルへ移住しちゃうのよ。それを、どうすることも出来ないのが現状じゃないの。警察もだらしがないけど、当探偵事務所の不名誉にもなるわ。なんとかしないと」

「大丈夫だよ」

と、左文字は、振り返って微笑した。

「何が大丈夫なのよ？」

「前に僕がいった筈だ。彼等は、破滅に近づいているとね」

「それが、よくわからないのよ。彼等は、着々と、成功しているんじゃないの？」

「一見そう見えるだけのことだよ。例の『ひかり9号』の事件のことを思い出せばいい」

「あれは、彼等の頭の良さを証明する事件だったわ。あれで、ワッペンをつけていれば安全だし、つけていないと殺されるかも知れないという恐怖を、人々に植えつけることに成功したもの。あの事件を境に、ワッペンの売れ行きが、急激に伸びたわ」

「だがね。あれは、彼等の命取りなんだ」

「どうも、わからないな。わかるように説明してくれない？　探偵さん」

「彼等は、最初、誘拐者として現われた。彼等流の奇妙な論理だが、誘拐は誘拐だ。次に、殺人者になった。二人、一人と殺し、次は約二百名近くを殺す大量殺人を行った。これまでは、むしろ安全だったんだ。彼等にとってね。だが、次に、彼等は、安全を買わせた。ワッペンが、その安全の保障だった」

「それは、成功したわよ」

「だが、よく考えてみたまえ。殺人者が、いつの間にか、護衛官（ガードマン）になってしまったんだ。彼等は、ワッペンを買えば安全だと約束した。その約束は守らなければならない。また、守ることを、『ひかり9号』事件で、実証してみせた。今や、三千万人もの人間が、ワッペンをつけている。ねえ、史子。今度の事件で、警察が無能に見えるのは、何故だと思う。一億二千万人もの人間を、二十万人の警官では、とうてい守り切れないからだよ。ところで、今度は、そのツケが、ブルーライオンズの連中に廻されるんだ。たった四人、いや、牧野英公は、すでにブラジルに行ってしまっているから三人だ。たった三人で、三千万人を守れると思うかね」

左文字は、妻に向って、軽く、ウインクして見せて、

「ところで、日本では、毎日のように殺人事件が起きている。動機は、千差万別だ。そんな人殺したちが、ワッペンをつけているいないで区別するだろうかね？」

2

山手線新大久保駅近くの商店街の外れに、白石（しらいし）自転車店があった。主人の白石一郎（いちろう）以下家族五人である。

四月二十五日の夜、その一家が、何者かに惨殺された。

発見されたのは、翌日の昼近くだった。隣りに住む、パン屋の主人が、白石自転車店が、いっこうに店を開けないのを不審に思い、裏口からのぞいて見て、惨劇を発見したのである。

八畳の居間に、テレビは、つけっ放しになっていた。テーブルの周囲で、一家五人が、血まみれで死んでいた。夕食のあと、テレビを見ているところを、犯人に襲われたものと考えられた。

白石一郎（三五）
妻　文枝（ふみえ）（三〇）
長女　由香（ゆか）（一一）
次女　早苗（さなえ）（八）
長男　昌一（しょういち）（六）

この五人とも、ナタのようなもので、全身をめった切りにされていた。

血の海の中で、異様だったのは、五人の胸についている「安全・平和」の例のワッペンだった。

この事件を耳にした瞬間、左文字は、待っていたものが、ついに来たと感じて、史子をつれて、矢部警部のいる特別捜査本部に飛んで行った。

だが、矢部の方は、冷淡に、

「あの殺人事件は、おれの管轄じゃないし、多分、原因は怨恨だから、犯人は、すぐ捕まると思うね」

と、いった。

「君は、呆れるほど、呑んきな男だねえ」

左文字は、小さな溜息をついた。矢部は、眉を寄せて、

「呑んきどころか、例の事件が、どうにもならなくて、四苦八苦しているんだ。このまま、犯人たちが、ブラジルへ移住しちまったら、おれは、辞職願を書かなければならないんだ。呑んきにしていられるか」

「だから、呑んきだというんだよ。事件を解決する千載一遇のチャンスがやって来たのに、動こうともしないからだ」

「どこに千載一遇のチャンスが来ているというんだ?」

「新大久保の商店街で起きた殺人事件だよ」

「しかし、あれは、今もいったようにだな」

「まあ、聞けよ。一家五人が殺された。その五人は、例のワッペンをつけていた」

「それは聞いているよ。だが、誘拐事件とは無関係だ」

「どうも、ものわかりの悪い警部さんだねえ。犯人は、ブルーライオンズの連中だという噂が立ったらどうかと考えてみろよ。人々は、ワッペンを買えば安全が保障され

ると信じたから、五千円の身代金を払った。しかしワッペンをつけていても、彼等は、情け容赦なく殺すんだとなったら、どうなるかな。みんな、三神製作所へ押しかけて、五千円返せということになりはしないだろうか。一千億円を超えた現金も、そうなれば、たちまち、消えてしまうかも知れない」

「うむ」

キラリと、矢部の眼が光った。

左文字は、ニヤッと笑って、

「やっと、呑み込めたらしいね。それに、ブルーライオンズの連中は、自分たちを天才だと自負している。ゆがんだものだが、彼等には、人一倍強烈な自尊心がある。安全を約束しながら、一家五人を、子供まで惨殺したという噂が立ったら、その誇りが傷つく筈だ。いても立ってもいられなくなる筈だよ」

「なるほど。それで、もしそうなったら、彼等は、どう出て来ると思う？」

矢部は、身体を乗り出すようにして、左文字を見た。

「普通なら、自分は、あのブルーライオンズだから、詰らぬ殺人なんかする筈がないといいたいところだが、まさか、名乗って出るわけにはいかないだろう。わざわざ、昨夜のアリバイでも申し立てれば、自分が、誘拐事件の犯人であることを告白するようなものだからね」

「でも、彼等が、何もしなかったらどうするの?」

と、史子が口を挟んだ。

「彼等の犯行でないとしたら、一家皆殺しの犯人は、いずれ捕まるわけでしょう? それで、彼等が無関係だと、自然に証明されてしまうわ」

「そうさせないように、彼等を追い込むのさ。矢部警部、一家惨殺事件の捜査本部は?」

「ここ新宿署に置かれているよ。私と同期の佐々木警部が今回の事件の責任者だ」

「それなら、丁度いい。すぐ、相談しようじゃないですか。彼等を破滅させる絶好のチャンスだから」

「わかった。やってみよう」

3

直ちに、捜査会議が開かれ左文字も出席した。

佐々木という警部は、東北出身というだけに、いかにも朴訥な感じで、話し方も、誠実だった。しかし、粘り強い感じである。

「今度の事件は、現場の状況から考えて、怨恨説が有力です。現金二十六万円が、同じ居間に置いてあったのに盗まれていませんし、室内を物色された形跡もないからです。殺された主人の白石一郎さんには、これといった敵はありませんが、妻の文枝さんは、一時、バーでアルバイトで働いたことがあり、男好きのする美人なので、彼女に惚れていた男も多かったといわれています。目下、その線から、彼女の男関係を洗っています」

佐々木警部は、現状を、そう説明した。

「記者会見は、いつやるんです？」

と、左文字がきいた。

「明日の午前中に予定しています。記者諸君が、夕刊に間に合せたいといいますのでね」

「その時には、今のような、怨恨説を話すわけですか？」

「ええ。そうです。すでに、三名ばかり、有力容疑者が浮かんでいますのでね」

「その際、われわれに協力して貰いたいんだよ」

矢部が、同期の気安さで、佐々木警部にいった。

「つまり、例の誘拐犯人の仕業らしいと、記者たちにいえばいいのかい？」

「そうストレートじゃあ、駄目でしょう」

と、左文字。

「彼等は、彼等は、天才です。そんな簡単な芝居は、すぐ見破ってしまうでしょう。見破っても、真犯人を見つけ出そうとするでしょうが、こちらも、それらしくしたいのです」

「何故です？」

「どうすればいいのです？」

「まず、第一に怨恨説をあげて見せる。しかし、その一家は、日頃、ブルーライオンズに腹を立てていた。新聞の読者欄に、彼等を死刑にせよという投書をしたこともあるので、彼等に殺された可能性も否定できないとつけ加えて下さい」

「ちょっと待って下さいよ。あの主人が、新聞に投書していたというのは初耳ですが」

「していますよ。もっとも、投書したのは、僕ですがね」

左文字は、笑って、一週間前の中央新聞を取り出して、佐々木警部に見せた。矢部も、驚いた顔でのぞき込んだ。

〈ブルーライオンズに極刑を！〉

彼らを、英雄扱いする風潮が一部にあるが、とんでもないことである。彼等は、二百人近い尊い人命を奪っているのだ。私も、命が惜しいので、例のワッペンをつけているが、毎日、ワッペンを見るたびに、腹の中は、煮えくりかえるようである。まるで、殺人犯人の共犯のような気がするからだ。あんな犯人たちは、一刻も早く捕えて、極刑に処して欲しいと思う。その時には、彼等の顔に、ワッペンを投げつけてやりたい。

（匿名希望）

「三千万人もワッペンをつければ、必ず、今度のような殺人事件が起きる。それを予想して、伏線を張っておいたのですよ。ただ、殺されるのが、ひとり者か、家族持ちか、或いは女性かわからないので、どれでも通用するような、あいまいな書き方をしておきましたがね」

「驚いた男だな」と、矢部が唸(うな)った。

「中央新聞には、話したのかい？」

「ここへ来る前に、協力を頼んでおいたよ。向うさんだって、犯人逮捕に協力という大きなメリットがあるんだから、喜んで、協力してくれたよ」

「わかりました、やってみましょう」

と、佐々木警部は、生真面目(きまじめ)に約束した。

「ただ、私は芝居下手だから、上手くやれるかどうかわかりませんがね」

「その、君の持っている素朴さが、大きな武器になるさ」

と、矢部警部が、太鼓判を押した。

4

翌日の夕刊は、左文字が予想した通りの記事で埋まった。

佐々木警部は、二つの可能性を示唆したのだが、どの新聞も、ニュースバリュウのある方、つまり、誘拐犯人たちによる殺人の可能性の方を、強く押し出していた。それも、左文字の予想どおりだった。

〈ブルーライオンズに極刑をと、本紙に投書していた白石さん。それに、犯人は、腹を立てたのか?〉

と、書いたのは、中央新聞だった。

〈ワッペンをつけていても、殺されるのなら五千円を返して貰いたいと、息まく人々〉

と、街頭の声をのせた新聞もあった。

どの新聞にも共通している見出しは、「安全ワッペンをつけていながら惨殺された」という言葉だった。

野上たちが、警察の打った芝居と気付くかどうか。

左文字は、気付いても構わないと考えていた。気付いても、彼等は、手をこまねいて見つめているわけにはいかないからである。

彼等が撒き散らした恐怖が、勝手に日本中に広がって行き、彼等を利したように、今度の、彼等への疑惑も、放っておけば、雪だるま式に大きくなっていくだろう。だから、彼等は、天才としての自負のためにも、何かしなければならないと、考える筈である。

「罠は、かけられました」

と、左文字は、二度目の合同会議で、満足気にいった。

「次は、どうしたらいいんですか？」

佐々木は、腕を組んで、左文字を見て、

「われわれとしては、このまま、何もしないでいるわけにもいかんのです」

「確かにそうだ。捜査本部を作りながら、事件を捜査しなかったら、またまた、警察がその無能さを批判されてしまうからね」

矢部が、同調して、左文字を見た。

左文字は、笑って、

「犯人を逮捕して下さい」

と、佐々木警部にいった。

「逮捕したら、誘拐犯人たちを罠にかけられなくなりますよ」

佐々木警部が、首をひねっている。

「有力容疑者が三人いるといいましたね？」

「ええ。この中に犯人がいるのは、まず確実と見ています」

「それなら、逮捕して下さい」

「それから、どうするんです？　犯人を逮捕したら、それで、一家惨殺事件は、ブルーライオンズとは何の関係もないということで、終了してしまいますよ」

「真犯人を逮捕したあと、証拠不十分で、釈放して貰いたいのです。そうして、もう一度、記者会見を開きます」

「それで？」

「怨恨の線で、誰々を逮捕して取調べたが、証拠はないので釈放した。こうなると、ブルーライオンズと称する誘拐犯人が、自分たちの悪口をいい、また新聞に投書した白石一家を、見せしめのために惨殺した可能性が濃くなったと見なければならない。一億二千万人を誘拐したと称し、人質への見せしめとして、二百人近いジェット旅客機の乗客を、皆殺しにした彼等である。このくらいのことは、平気でやるだろうと話して頂きたいのです」

「なるほど。彼等は、頭に来るでしょうね。その結果、彼等は、どう出て来ると思いますか？」

「彼等が取ると思われる手段は、たった一つしかないと思いますね。真犯人を自分たちで捕え、一家五人惨殺を白状させ、そのテープを新聞社に送りつけて、今度の事件に、自分たちが無関係なことを、証明することです」

「そうしなければ、例の現金を返せと要求する者が、殺到する――」

「それもありますが、それ以上に、彼等の自尊心の問題です。自分たち天才は、日本国中を騒がせるような大きな仕事をやったが、私怨から、一家五人を皆殺しにするような詰らない事件を起こすように思われては、自尊心が傷つく。だから、真犯人を自分たちで捕えて、自供させると思うのですよ」

「その実験が成功するといいがねえ」

と、矢部がいった。

5

翌日、「自転車店一家惨殺事件捜査本部」は、有力容疑者として、無職寺田浩二(二九)を逮捕した。

前科があり、白石文枝が働いていたバー「ロザリオ」の常連で、彼女を追い廻していた男である。

文枝が、バーをやめ、家庭に戻ってからも、しばしば電話をかけ、主人の白石一郎が出ると、文枝と別れろ、別れないと殺してやると脅していたといわれている。

佐々木警部は、複雑な気持で、寺田の訊問に当った。

簡単に一家皆殺しを自供して欲しい。普段なら、そう願うところである。今も、その気持がないわけではないが、もっと大きな、ブルーライオンズによる誘拐事件を解決するためには、寺田が否認してくれた方がいい。一応、証拠不十分ということで釈放しなければならないからである。

中肉中背だが、若い頃、炭鉱で働いたこともあるというだけに、がっしりした感じで、眼つきの鋭い男である。

「どうだい?　あの自転車屋一家を殺したのは、お前さんだろう?」

「とんでもねえ。おれが、そんな大それたことをするもんか」

寺田は、黄色い歯をむき出しにして、大声で否定した。

「虫も殺せないというわけかい？」

「そうさ。おれは、気が弱いのさ。蠅一匹殺せやしねえ」

「五年前に、喧嘩で人を殺しているじゃないか？」

「ありゃあ、向うが悪いんで、正当防衛だったんだ。だから、三年で出て来られたのさ」

「その後で、白石文枝に会ったんだな？」

「ああ。あんないい女はいねえよ」

「ところが、彼女に肘鉄を食ったんで、家族もろとも、皆殺しにしたというわけかい？　え？」

「冗談じゃねえや。好きな女を殺す筈がねえじゃねえか」

「じゃあ、家にも行かなかったっていうのか？」

「ああ。電話をかけたことはあるが、行ったことはねえよ」

寺田が、ふてくされた顔でいった時、部下の刑事が入って来て、佐々木の耳元で、

「現場の血の海の中にあった指紋と、寺田の指紋が、一致したそうです」

と、ささやいた。

これで、寺田のクロは動かなくなったと、佐々木は思った。

いつもなら、その事実を相手に突きつけて、自供に追い込むのだが、ここで、佐々木はためらった。

残念だが、この真犯人の寺田を自供に追い込んではならないのだ。

(なんということだ)

と、佐々木警部は、内心苦笑しながらも、指紋の件は口にせず、

「とにかく、お前さんは、あの一家を殺してないといい張るんだな?」

と、あくまで、同じ質問を繰り返した。当然、寺田の口から出てくる答も、同じ言葉の繰り返しだった。

「おれじゃねえよ。おれは、誰も殺してやしねえ」

「いいだろう。しばらく頭を冷やして貰おうか」

「留置するってのか。証拠もないのに、警察に止めておけるのかよ」

「一応二十四時間留置する。無実なら、明日の晩には、出してやるよ」

これは、まるで儀式だなと、佐々木は思った。

すぐ寺田を釈放したんでは、ブルーライオンズの連中に怪しまれる。だから、いくら調べても、証拠があがらないので、止むを得ず釈放したという形をとらなければならない。そのための儀式だ。

その日、寺田は、新宿署に留置された。

6

翌日の午前十時に、事件についての二回目の記者会見を、佐々木警部は、行った。

「現在までの捜査状況を説明します。容疑者を一人にしぼり、目下、その男を取調べています。心証はクロですが、犯人だという確証がつかめないで、困っているところです」

「珍しく正直な告白じゃないですか」

と、記者の一人が皮肉をいった。

「その男というのは、前科一犯、現在無職の寺田浩二じゃないんですか?」

他の記者が切り込んできた。

「それは、想像に委せましょう。この際、もう一つ、申しあげておきたいことがあるのです。今度の一家皆殺しが、個人的な怨恨からではなく、ブルーライオンズの連中の犯行という線も、捨て切れないのです」

「しかし、白石さん一家は、みんな、例のワッペンをつけていたんでしょう?　安全を保障された」

「そうです。しかし、白石さん一家は、常々、ブルーライオンズの連中は、狂人だといっていたし、白石さんは、中央新聞に、非難の投書を寄せて、この投書は、採用され、活字になっています。ブルーライオンズの連中は、見せしめのために、一家五人を殺した。この可能性も強いのです。現在留置中の重要参考人が、シロということになれば、われわれは、ブルーライオンズによる犯行と考えざるを得ないのです」

「それ、記事にして、いいんですか？」

「事実だから、記事にして結構ですよ」

「しかし、大混乱になりますよ。ワッペンをつけていたって、彼等の気に入らなければ、自転車屋一家のように惨殺されるということになると——」

「かも知れませんね。しかし、事実だから、仕方がありませんな」

午後になって、各紙の夕刊は、一斉に、佐々木警部の談話を紙面にのせた。

〈自転車屋一家惨殺は、ブルーライオンズによる見せしめか？〉

〈安全ワッペンは、安全でなくなった。ワッペンを胸につけた六歳の子供まで殺された〉

そんな刺戟的な活字が、夕刊を埋めた。

その夕刊を見て、三神徳太郎の工場に押しかけ、ワッペンを叩きつけて、五千円を返せと要求した若者が、五、六十人いたと、テレビは、報じた。

「第一段階は、まずまずといったところだな」

と、捜査本部で、矢部警部が、左文字にいった。だが、その顔は、まだ、半信半疑だった。

「本当に、君は、この餌に、彼等が食いついてくると思っているのかね？」

「思っているよ。絶対に、彼等は、自分たちの無実を証明しようとする筈だ。寺田浩二は、何時に釈放されるんだ？」

「午後五時の予定だ」

「二十四時間の留置か」

「そうだ」

「野上は、弁護士だから、寺田浩二が釈放される時間も予測がついているだろう」

「彼をどうすると思うんだね？」

「どこかへ連れて行って、犯行を自供させ、それを、テープにとる。多分、そんなところだろう。テープの好きな連中だからね。それに、自分たちの主張を吹き込んで、新聞社に送り届けて来るだろう。マスコミ利用も、彼等の好きなことの一つだからね」

「あと五分」

と、矢部は、腕時計に眼をやって、

「この寺田浩二という容疑者だがね。現場にあった指紋と一致したんだ。血の海の中のテーブルや、柱の指紋とだよ。それがどういうことかわかるかい？」

「まぎれもなく真犯人ということだろう？」

「そうさ。その真犯人を、わざわざ、証拠不十分で釈放するんだ」

「より大きな獲物を釣るための餌だからいいだろう。それに寺田浩二も、逃がすわけじゃない」

「だが、ブルーライオンズが現われず、寺田が逃げてしまったら、佐々木警部だけじゃなく、私も、間違いなく馘だ」

「そうなったら、僕と一緒に探偵事務所をやろうじゃないか。共同経営者にしてあげるよ。少々、頼りないがね」

左文字が、憎まれ口を叩いたとき、若い刑事が、「奴が出ます」と、早口にいった。

まだ、外は、明るかった。

新宿警察署の正面から、寺田が出て行くところだった。

通りに出ると、両手を広げて、大きく伸びをしている。留置されていた人間というのは、外に出ると、たいてい、大きく伸びをするものだ。

「尾行は？」

と、左文字がきいた。

「携帯無線機を持った刑事が二人、尾行につく。それに、覆面パトカーが一台待機している」

窓から、寺田の様子を見下しながら、矢部が、怒ったような声を出す。いら立っているのがよくわかった。

「彼のアパートにも、もちろん、刑事が張り込んでいるんだろうね？」

「ああ。そっちの方は、佐々木警部がやってくれているよ」

「寺田は、金を持っているのかい？」

「二万一千六十円持っている筈だ」

「じゃあ、自宅に戻らず、一杯飲みに、歌舞伎町あたりに出かけるかも知れないな」

左文字の想像どおり、寺田は、盛り場の方向に歩き出した。

「われわれも、あとを追けよう」

矢部がいい、左文字と肩を並べて、新宿署を出た。

「奥さんはどうしたんだ？」

矢部が、寺田の背中を眼で追いながら、思い出したように、左文字にきいた。

「銀座の野上法律事務所を見張りに行っているよ」

「彼が動くと思うのか？」

「いや。あの男は、指令を出すだけで、やるのは、他の連中だと思うが、万一ということがあるからね。それで、串田順一郎と、双葉卓江の所在は、確認してあるのかい？」

「いや。大阪と福岡に戻っていないことだけは確かだが、現在どこにいるかわからん。証拠のない人間を、四六時中監視しているわけにもいかないんでね」

寺田は、釈放されて安心したのか、やけにのんびりと、歩いている。

「くそ。人の気も知らないで」

矢部が、軽く舌打したとき、ふいに、五、六歳の子供が飛び出して来て、寺田に小さな紙片を渡して、走り去った。

7

反射的に、左文字は、その子供を追いかけた。

近くのマンションに走り込む瞬間をつかまえた。眼の大きな男の子が、びっくりした顔で、左文字を見上げた。外国人とでも思ったらしい。

「今日は」

と、左文字は、その子に笑いかけた。

「今、坊やは、手紙を、男の人に渡したね？」

「うん」

と、子供が肯いた。

「おじさんに、誰に頼まれたか教えてくれないかな？」

左文字は、ポケットから百円玉を取り出して、子供の手にのせた。

子供は、自分の掌の上の百円玉と、左文字を、しばらく見比べていたが、

「ボク、絶対にいっちゃいけないって、百円貰ったんだ」

「じゃあ、もう百円あげよう。その人に怒られたら、その百円を返せばいいだろう」

と、左文字は、もう一枚百円玉を取り出して、子供の掌にのせた。

「それならいいや」

と、子供はいった。

「白いパンタロンをはいた女の人」

「背のあまり高くない？」

「ウン」

「サングラスをかけていた？」

「ウン」

「あの人に手紙を渡してくれって、それだけしかいわなかったんだね？」

「それに、百円くれたんだ」

間違いなく、双葉卓江だと、左文字は思った。やはり、彼等は、動き出したのだ。

左文字は、矢部警部のところに戻った。

「双葉卓江だ」

と、短く報告してから、前方を歩いている寺田に眼をやった。

次第に周囲が暗くなって、ネオンが美しく見えはじめてきた。その中を、寺田は、

さっきより足早やに、歌舞伎町の雑沓に向って歩いて行く。

「あの手紙に、なんと書いてあったのかな？」

歩きながら、矢部が、ひとり言のようにいった。

「読んだあとの態度はどうだった？」

「一瞬、周囲を見廻した。その後、急に足早やになったよ」

「じゃあ、追けられていることを警告されたのかも知れないな」

と、左文字はいった。

「じゃあ、彼等は、われわれが、寺田を尾行しているのを知ってるのか？」

矢部の顔色が変った。

左文字は、笑って、

「彼等は、IQ一四〇以上の天才たちだよ。われわれが、寺田浩二を餌にして、自分たちを釣ろうとしていることは、気付いているとみた方がいい。だから、われわれが

尾行していることぐらい想像がついているだろう」

「じゃあ、彼等は、現われないかな？」

「いや、絶対に現われる。われわれが罠をかけたとわかっても、彼等は、寺田に自供させ、それをテープにしてマスコミに送りつけ、一家惨殺の犯人が自分たちでないことを、日本国民に証明して見せなければならないんだ。一億二千万人も誘拐してしまった、それが彼等の宿命なんだ」

「私にはよくわからんが、とにかく現われてくれれば、有難いがね。ところで、犯人が逮捕されたらどうなるのかな？」

「何がだい？」

「例の一千五百億円さ」

「ワッペンに何の効力もなくなるから、みんなが、五千円を返せといい、三神夫婦は、また無一文に戻るさ」

「でも、正式な商取引きだぜ」

「あの老夫婦が、そういって粘ったら、警察が、下手をすれば、共犯になると脅かすんだな。そうすれば、五千円を返却するさ。あの老夫婦にしたって、黒い金を持たずにブラジルへ行った方が、結局は幸福だと思うよ」

その間に、寺田は、歌舞伎町の雑沓の中にもぐり込んだ。左文字と矢部は、見失わぬように、間を詰めた。他の二人の刑事も、寺田の周囲にいる筈だった。

陽が落ちても、暖かい日だった。そのせいか、ウイーク・デイにも拘わらず、歌舞伎町一番街は、雑沓を極めていた。

その中を、寺田は、何かを探す眼で、キョロキョロ、左右を見ながら歩いて行く。新宿コマのところを右に折れて、区役所の方へと歩いて行った。

寺田が、急に立ち止まった。

「火の鳥」というバーだった。

他の店が、賑やかに客引きをしているのに、その店だけは、ひっそりとしている。

寺田は、確認するように、ドアに書かれた店の名前を見てから、中へ入って行った。

先に寺田を追けていた刑事の一人が、矢部のところに寄って来て、

「どうします？　中に入りますか？」

「一人だけ入ってくれ。あとの一人は、裏口へ廻るんだ」

矢部の命令で、その刑事が、ドアを押し開けようとして、「あッ」と、声をあげた。

「ドアが開きません。中から鍵をかけやがった」

「鍵を？」

矢部も、あわてて、ドアに駆け寄った。

確かに、ドアは、びくとも動かない。

矢部の顔が、蒼くなった。

「打ち破れッ」

と、部下に向って、怒鳴った。

頑丈な身体つきの刑事が、ドアに向って体当りした。

二度目の体当りで、ドアがゆがみ、三度目の体当りで、ドアがはじけ飛んだ。

矢部たちが、店内になだれ込んだ。

何もない！

矢部や、左文字は、明りだけついた、がらんとした店内を、呆然として見廻した。

椅子もないし、棚には、酒びん一つ置いてなかった。もちろん、人間の姿もない。

一瞬前に入った寺田も、消えてしまったのだ。

左文字は、あわてて、裏口を開けた。

そこへ、裏へ廻った刑事が、駆けつけたところだった。

犯人たちは、空き家のこの店で、寺田を待ち受けていたのだ。そして、入って来た瞬間、殴りつけて昏倒させ、裏口から連れ出したに違いない。

刑事の一人が、床から、丸めた紙片を見つけて拾いあげた。

〈お前は、刑事に追けられている。

悪いようにはしないから、新宿歌舞伎町にある「火の鳥」というバーに来い〉

紙片には、そう書いてあった。さっき、子供が渡した紙片に従って、寺田は、その店へ来たに違いない。

「車で、どこかへ運んだんだ。車を探せ！」

と、矢部が、怒鳴り、二人の刑事は、店を飛び出して行った。

すぐ、一人が駆け戻って来て、

「裏の路地を出たところに、車を待たせてあって、男と女が、気絶した寺田を乗せて、運び去ったようです」

「目撃者は？」

「何人かいます。バー街の路地から出て来たんで、酔っ払いを介抱しているんだと思ったそうです。車は白のカローラで、幸い、ナンバーを覚えていた人がいました。駐車禁止の場所にとめてあったというので」

「よし。その車を手配するんだ。すぐやれ！」

また、矢部が怒鳴った。

左文字は、そんなやりとりを聞いていたが、

「僕は、銀座で野上弁護士に会ってくるよ。もし、彼等を捕えられたら、そちらへ電

話をしてくれ」

と、いった。

8

史子は、野上法律事務所のあるKビルの前に立っていた。

左文字の顔を見ると、ほっとした表情で、

「野上は、まだ、上の事務所にいるわ」

「だろうね。彼は、動かずに指令するだけだ」

「ところで、あとの二人は、上手く罠にかかった？」

「見事に取り逃がした。寺田浩二をさらって、どこかに消えちまったよ」

「駄目ねえ。警察は」

史子は、大きな溜息をついて見せた。

「そういいなさんな。まだ、追跡中だ。われわれは、野上知也に会って来ようじゃないか」

「会って、おめでとうをいう気？」

「それも悪くない考えだ」

左文字は、微笑し、史子の肩に手を廻して、エレベーターに乗った。

野上の法律事務所に入ると、彼は、背中の腰の辺りで手を組み、窓の外に広がる銀座の夜景を眺めていた。

それが、くるりと振り向いて、

「やあ、いらっしゃい」

と、笑顔でいった。

ご機嫌なところを見ると、寺田を、見事にさらったという報告が、もう、野上に入っているようだ。

「今頃、君の部下が、寺田浩二を拷問しているところかも知れないね。それとも、串田順一郎は医者だから、ナチスが開発した自白薬でも注射して、ペラペラ喋るのをテープにとっているかな？」

「なんのことかわかりませんね」

「ざっくばらんに、いこうじゃないか」

と、左文字は笑って、

「僕は、君たちが、可哀そうで仕方がないんだ」

「可哀そう？」

「そう。可哀そうでならない。君たちブルーライオンズは――」

「私は、そんなものは知らん」

「まあ、それでもいい。僕は、君たちが、ブルーライオンズとして話す。ブルーライオンズは、日本国民一億二千万人を誘拐するという奇抜な作戦を立て、見事にそれを成功させた。今や、三千万人が、一人五千円の身代金を払い、胸に、安全の保障となるワッペンをつけている。あのワッペンは、ブルーライオンズにとっては、作戦成功の象徴であり、警察にとっては、敗北と屈辱の印になった」

左文字が話すのを、野上は、黙って聞いていた。それは、左文字の言葉が、ブルーライオンズに対する賞賛だったからだろう。

左文字は言葉を続けて、

「だが、前に会った時、その成功は、破滅への道でもあると、僕はいっておいた筈だよ。三千万人が身代金を払い、ワッペンをつけたということは、三千万人の安全を保障したということなんだ。四人のブルーライオンズが三千万人を守れる筈がない。今度のように、ワッペンをつけた人間が殺されれば、まず、ブルーライオンズが疑われ、君たちは、自分たちの無実を証明して見せなければならない。今度だけで、それは、終るんじゃないんだ。三千万人もいるんだ。ほとんど永久に続くんだよ。明日、いや、今も、日本のどこかで、あのワッペンをつけた人間が殺されているかも知れない。犯人がわからなければ、警察は、ブルーライオンズの仕業かも知れないといい、新聞も、そう書き立てる。ワッペンをつけていても殺されるのかと、怒った人々は、三神徳太郎のところへ押しかけて、ワッペンを叩きつけ、五千円を返せと叫ぶ」

「――――」

野上は、黙って、背を向けてしまった。

左文字は、その背中に向って、

「今度の一家五人惨殺事件で、ブルーライオンズは、寺田の自供をテープにとり、それをマスコミに渡して、自分たちの仕業でないこと、あのワッペンは、いぜんとして、安全の保障であることを証明できるかも知れない。だが、これですんだわけじゃない。三千万人なんだ。これからも、ワッペンをつけて殺される人間は、どんどん出る。その度に北に南に走り廻って、自分たちが無関係であることを証明してみせなければならない。君たちは、疲れ切ってしまうに違いない。ブラジルへ逃げれば、それですむのか？　違うね。日本を離れない限り、ワッペンをつけた死人が出れば、自分が例の誘拐犯人だと名乗ってかかる。日本に残った君は、それが、ブルーライオンズに無関係であることを証明しなければならない。これは、ほとんど、永久に続くのだ。いつまでもいつまでも。だから、可哀そうだといったのだ」

「――――」

黙っている野上の肩が、ぴくりと動いた。

「毎朝、新聞を広げるたびに、君も、串田順一郎も、双葉卓江も、今までは、自分たちの勝利に酔いしれてきた。毎日発表される数字を、わくわくしながら見ていた筈だ。三神徳太郎の口座に振り込まれる金額が、見る見る増えていくのは、さぞかし素晴しい眺めだったに違いない。君たちの計画は、完全に成功したのだからねえ。だが、今や、その成功が、君たちに復讐しはじめた。毎日、新聞を広げるたびに、今度は、びくつかなければならなくなった。ワッペンをつけた人間が、日本のどこかで殺されていやしないかとね。違うかね？」

いぜんとして、野上は、返事をしなかった。彼は、左文字と史子に背中を向け、銀座の夜景に眼をやっていた。しかし、その焦点を失った眼は、何も見ていなかったといった方がいいかも知れない。

左文字だけが、喋り続けた。

「明日も、きっと、どこかで、ワッペンをつけた人間が死ぬだろうね。何しろ、三千万人もいるのだからね。それを、君たちは、無関係だといって、放っておくことが出来ない。前にいったような理由の他に、君たちが天才だからだ。君たちは、二十万人の警官に、一億二千万人の人質が守れるかと嘲笑(ちょうしょう)した。一年に五千億円という大金を注ぎ込んだ自衛隊が、最新鋭の武器を動員しても守れるかと挑戦した。今、同じことを、君たちは、試されている。たった三人で、安全を売りつけた三千万人を守れるかと。出来なければ、今度は、君たちが嘲笑される。君たちが、警察や自衛隊を嘲笑したようにね。彼等が、一億二千万人の人質を守れなかったように、君たちも、三千万人を守れる筈がない。君たちに出来るのは、殺したのが自分でないことを証明することだけだ。それだって、並大抵のことじゃないが、それをやらなければ、君たちは、君たちが嘲笑した警察以下ということになってしまう。それに天才としての自尊心もある。だから、今日も、危険を冒して、寺田をさらって行った。だが、同じことを、明日も、明後日もやらなければならないんだ。とにかく、君たちは、三千万人の安全を保障してしまったんだから」

「いやに雄弁だな」

野上は、左文字たちに背を向けたまま、疲れた声でいった。

「それに、私立探偵が、例の誘拐事件の犯人たちに、同情的だとは知らなかったねえ」

喋り方が、乱暴になっていた。それが、この有能で、冷静な弁護士の心の動揺を示しているように思えた。

「僕は頭のいい人間が好きでね」

「何故だね？」

「冷静に、自分自身を見つめることが出来るからさ。君だって、勝利に酔っていて気付かなかった大きな落し穴に、自分が落ちてしまったことに気付いた筈だ」

「落し穴なんか認めんといったら？」

「いや。君は、もうわかっている筈だ。自分たちの計画の成功が、同時に破綻の始りだったということをね。君だけじゃない。他の三人にも、わかっている筈だ。だが、天才としての自尊心が、自分たちの敗北を認めたがらないだけのことだ」

その時、けたたましく、机の上の電話が鳴った。一瞬、野上は、振り返った。左文字を見てから、受話器を手に取った。

「野上法律事務所です」

と、いってから、「あんたにだ」と、受話器を、左文字に渡してよこした。

「左文字ですが――」

「私だよ」

という矢部警部の声が聞こえた。

左文字は、野上に眼をやりながら、小声できいた。

「どうだった？」

野上は、左文字に背を向け、窓から、夜の街を見下している。だが、その全神経が、左文字の電話に向けられていることは明らかだった。

「電話で話していいのかね？　野上もそこにいるんだろう？」

「ああ。しかし、構わないさ。どうせ、彼には、報告が入るだろうし、串田順一郎と双葉卓江が、寺田を尾行した事実は明らかなんだから」

「そうだな。例のカローラを、やっとのことで、空倉庫の前で発見した。中に踏み込むと、目かくしされた寺田が、椅子に縛りつけられていて、その傍に、テープレコーダーが置いてあったよ。『警視庁・捜査一課殿』のカードのついた」

「それで、テープは聞いたのか？」

「ああ、聞いた。寺田が、例の一家五人惨殺を事細かに自供しているテープだ。恐らく、結局は、同じものを新聞社にも送りつけるだろうね」

「当の寺田は、どうしているんだ？　何か話したかね？」

「その寺田だが、ヘロイン中毒みたいに、ふらふらしていて、何を訊いても、要領の得ない返事しか戻って来ないんだ。腕に注射の痕もある」

「薬か」

「すぐ病院へ運んだよ。何を注射されたかすぐわかるだろう」

「多分、ナチスが第二次大戦中に発明したという自白薬を注射されたんだろう。串田は医者だから、その薬も入手できたと思うね」

「とにかく、どこかへ消えた串田順一郎と双葉卓江を見つけ出さなきゃならん」

矢部は、腹立たしげにいい、電話を切った。

左文字は、受話器を置いて、いぜんとして、背を向けたままでいる野上に眼をやった。

「お聞きの通りだよ」

と、左文字がいうと、野上は、夜の街を見下したまま、

「何がだね？」

「今の電話は聞こえた筈だ。今回は、何とか切り抜けたようだが、僕は、君に宣告しておく。これから、君にも、他の仲間にも、眠れない毎日が続くんだ。朝起きて、新聞を広げる度に、君たちは不安に怯えなければならない。日本の何処かで、ワッペンをつけた三千万人の中の一人が殺されていやしないかとね。それだけじゃない。君たちは、三神夫婦のことを心配した方がいいな」

「――――」

言葉はなかったが、その代りに、野上の背中が、ピクッと動いた。

「あんな大金を手にした三神夫婦を、悪人たちが放っておくと思うかね？　あの老夫婦を殺して、大金をせしめようとする人間が、必ず出てくる筈だ。もし、誰かが、三神夫婦を殺したら、警察はどう考えるだろうかね？　きっとこう考える。ブルーライオンズの連中と、三神夫婦は仲間だから、彼等が、夫婦を殺して、集った金をひとり

占めにしようとしたのだろうとね。だから、あの老夫婦の安全も、君たちは守らなければならない筈だ。君たちも苦労するな」

「――」

ふいに、口を一文字に結んだまま、野上が振り向いた。

第十一章　勝利と敗北と

1

新宿歌舞伎町で消えたカローラは、徹底的に調べられた。

「しかし、収穫はなかったよ」

と、矢部警部は、捜査本部を訪ねて来た左文字と、史子に向って、肩をすくめて見せた。

「盗難車だったというわけか？」

左文字がきくと、矢部は、

「その通り」

と、いった。

「一昨日、代田橋近くの私営の駐車場で盗まれた車だった。持主は、二十六歳のサラリーマンで、一昨日の中に、盗難届を出していて、怪しい節は全くない。それに、乗り捨ててあった車からは、指紋は検出できなかった。ハンドルも、ドアも、ラジオのスイッチも、どこもかしこも、きれいに拭き取ってあるんだ。だが、あの車で、串田順一郎と双葉卓江が、寺田を空倉庫へ連れて行き、薬を使って自供させたことは明らかなんだ」

「それを証明できるのかい？」

「あの白いカローラに、男と女が、気絶している寺田を乗せて走り去るのを目撃した人がいる。その証言をもとにして、串田と双葉卓江をしょっぴくつもりだ」

「しかしねえ」

「出来ないというのか？」

矢部の語気が鋭くなった。獅子たちに仕掛けた罠が上手くいかなくて、ベテランの矢部も、頭にきているようだった。

左文字は、手を振った。

「そうはいってない。串田と双葉卓江も、その中に見つかると思うよ。ブラジルの永住許可を申請しているんだから、許可がおりれば、いやでも、二人は、ブラジル大使館なり、外務省に顔を出す。その時にだって、逮捕できるだろう。だがね。もし、二人が、寺田を脅して自供させたことを自供したとして、どうなると思うんだい？　彼等は、きっと、市民の義務として正義を守ることに努力したと主張するよ」

「そんなことを裁判所が取りあげるものか」

「まあね。だが、そうだとしても、二人は、どんな罪になる？　自動車の窃盗、不法監禁、脅迫、これぐらいだろう？　しかも、監禁した男は殺人犯なんだ。野上のような頭のいい弁護士がついたら、執行猶予つきの一年ぐらいがいいところだよ」

「わかってるよ」

矢部は腹立たしげにいった。

「だが、他に、何ができる？」

「寺田はどうしてるんだい？」

「今朝、退院と同時に再逮捕したよ。もう、彼等を釣る餌には使えんし、表面上は、真犯人を、間違えて釈放しちまったんだから、警察の大変な黒星で、頭が痛い。それから、自白させるために、彼等が使った薬は、君の考えた通りのものだったよ」

「すると、彼等には、もう一つ罪が加わるな。薬事法違反だ。しかし、それでも、執行猶予だろう」

「もう一度、彼等を罠にかけるわけにはいかないかな？　ワッペンを買った人間は、三千万もいるんだ。また、その中の一人か二人が殺されるかも知れん。その時に、同じような罠は、かけられるだろうか？」

「駄目だね」

「なぜ？」

「確かに、彼等は、その度に怯えるだろう。五千円と引き代えに、安全を与えてやった積りでいるんだからね。野上には、その点を指摘してやったよ。だが、同じ罠は仕掛けられない」

「だから、なぜだ？」

「第一に、彼等は、同じ危険をおかさないだろうと思うからだ。一度目は、市民の義務を果したということで、裁判官を納得させられるかも知れないが、二回も重なれば、いやでも、裁判官は、彼等とブルーライオンズとの関係を考える。世間だってだよ。頭のいい彼等が、わざわざ、そんな危険を冒す筈がない。第二は、最初の罠を警察が失敗したことだ」

「われわれを責めるのかね？」

「彼等が、寺田に自供させようとしているところを逮捕できていたらと思うね」

「今更、皮肉をいうなよ」

と、矢部は、小さく溜息をついた。

「別に皮肉をいってるわけじゃない。僕は、冷厳な事実をいっているだけさ。彼等が、寺田の自供をテープに取って、それを新聞社に送りつけてくるのは眼に見えている」

「これでも日本は民主主義国家なんでね。そのテープの発表を、新聞社に止めさせる力は、警察にはないんだ」

矢部が、舌打ちをする。

「だから」と、左文字がいった。

「テープが新聞に発表されれば、警察の黒星は、誰の眼にも明らかになってしまう。しかも、警察が、寺田が真犯人と知っていて、ブルーライオンズを逮捕するために、罠を仕掛けたと、世間は見るだろうね。そんな時に、同じ罠を仕掛けて成功すると思うかね？　警察が、これはブルーライオンズの犯罪に違いないと発表したって、また、罠を仕掛けたと思うに決っているよ」

「おいおい。今度の罠を提案したのは君だぜ」

「最初の罠には、必ず、彼等が引っかかってくるという確信があったからさ。それに、僕は、警察の力を信用していたからね。彼等が自供のテープをとったとしても、警察が、それを押収できると思っていたんだ」

「全力を尽くしたんだが――」

「事を計るは人にあり、事を成すは天にありか」

「何だって？」

2

捜査本部を出て、事務所に戻る途中で、史子が、

「少し、言い過ぎよ」

と、左文字にいった。

「矢部さんたちだって、全力を尽くしているのよ」

「わかっているさ。だから、慰めてやったじゃないか。事を計るは人にあり、事を成すは天にありってね」

左文字が、微笑しながらいった。

「たっぷり皮肉をいったあとでね」

と、史子。

「そんなに皮肉はいわなかった積りだがねえ」

「いったわよ。第一、その、事を計るはとかいうのは、誰の言葉なの？」

「諸葛孔明（しょかつこうめい）」

「へえ。ご自分は孔明と同じ大天才だと思っていらっしゃるわけ？」

「君も皮肉がきついねえ」

と、左文字は、笑った。

二人は、エレベーターで、三十六階にある事務所に帰った。

三十六階から見下す新宿の街は、花曇りというのだろうか。ぼんやりとかすんでいる。

史子は、二人分のコーヒーをいれながら、

「これから、どうなるのかしら？」

「はっきりしていることが一つある。それは、彼等が、テープを新聞社に送りつけて来て、新聞は、それを発表するだろうということだ。ニュースバリュウがあるからね。ブルーライオンズの名前で送りつけてくればなおさらだよ。今、日本で、一番ニュースバリュウのあるのは、ブルーライオンズだからね」

「でも、それは、彼等にとって、自分で墓穴を掘るようなものじゃない？　ブルーライオンズと名乗って、テープを送りつけてくるのは」

「君のいいたいことはわかってるよ」

左文字は、微笑し、煙草に火をつけた。頭の切れる女と話すのは楽しいものだ。

「そんなことをしたら、あとで、串田と双葉卓江が捕って、寺田をさらって自供させたことが証明されたとき、それはすなわち、自分たちが、ブルーライオンズであることを自白したのと同じだというわけだろう？」

「そうよ」

史子は、肯(うなず)いてから、左文字の前にコーヒーをおいた。

左文字は、ブラックのまま、口に運んでから、

「果してそうかねえ」

「なぜ？」

「警察は、その面目にかけて、串田順一郎と双葉卓江の二人を探すだろう。だから、多分、二人は見つかるだろう。新宿歌舞伎町で、二人と寺田を見たという証人も、警察で証言してくれるかも知れない。だがね。二人がその時に、こういったらどうなるだろう。確かに、自分たちが、寺田に自供させ、テープを新聞社に送りつけた。だが、その時に、ブルーライオンズの名前をつかったのは、その方が効果があると思ったからで、他意はないとね。そうなると、警察は、やはり、二人がブルーライオンズであることを証明して見せなければならなくなる」

「そんなこと、あるかしら？」

「残念ながらあり得るんだよ。ブルーライオンズの事件が起きてから、ブルーライオンズの名前をかたって、新聞社や、テレビ局や、警察に、電話をかけて来たり、ニセ情報を流してきたりした件数は、三百件近いということだよ。こんな状態では、ブルーライオンズの名前を使っただけでは罪にならないんじゃないかね。少なくとも、そ

の名前を使っただけで、彼等を本物のブルーライオンズと断定することは不可能の筈だよ」

「そんなものなの？」

「そんなものさ」

「ふーん」

不満そうに鼻を鳴らしてから、史子は、コーヒーを口に運んだ。

そのまま、史子は、黙って窓の外を眺めていたが、「ニュースの時間だわ」と呟いて、テレビのスイッチを入れた。

画面は出たが、音声の方が出ない。

「あらッ」

と、史子が、大声をあげたのは、そのためではなかった。

「見てよ」

史子が、大声をあげた。

「串田順一郎と双葉卓江が出てるわ」

3

「冗談は止せよ」

と、左文字は、笑いながら、テレビに眼を向けた。が、とたんに、顔から笑いが消えてしまった。

史子のいう通り、串田順一郎と双葉卓江が、並んで画面に映っているのだ。

「音ッ」

と、左文字が叫んだ。

史子が、あわてて、音量調整のツマミを廻した。

消えていた音が、飛び出した。

記者会見の画面だった。

一人の記者が、カセットテープを、上にかかげて、

「これに、寺田浩二の自白が録音されているというのですね？」

と、正面に並んで腰を下す串田と双葉卓江にきいた。

「そうです」

串田が、落ち着き払って答えている。

「この自供が、絶対に間違いないものだという根拠は、何ですか？」

別の記者が質問した。

串田が、二人を代表して、また答える。

「お聞きになればわかると思いますが、犯人でなければわからないことを喋（しゃべ）っています。また、警察は、寺田を再逮捕しました。これも、寺田浩二が真犯人であり、そのテープの自供が真実であることの証拠だと思います」

「あなた方は、警察が釈放した寺田浩二を、車に乗せて空倉庫に運び、そこで自供させたわけですね？」

「もう一つ付け加えれば、彼が自供し、真犯人とわかってから、自供テープを添えて、警察に引き渡しました」

「なぜ、そんなことをしたんです？」

「社会正義のためです。市民の義務を果したといってもいいでしょう。自分の眼の前を、一家五人を惨殺した凶悪犯人が歩いて行くのを見た時、それを捕えるのは、市民の義務だと思うのですがいかがですか？」

「しかし、車で空倉庫へ連れて行き、自供させて、それをテープに取るというのは、市民として、いささかやり過ぎじゃありませんか？」

「普通の場合ならそうでしょう。しかし、今回は、明らかに事情が違います。警察は、寺田浩二が真犯人とわかっていながら、わざと釈放したのです。とすれば、一一〇番しても無駄です。ですから、私たち二人で、彼を捕え、自供させました。私は医者なのでわかるのですが、寺田の人相骨格や、精神構造から見て、殺人を再び犯す危険は、非常に大きかった。それを未然に防ぐためには、多少の行き過ぎも止むを得ないと判断したのです」

「これは、このテレビを見ていらっしゃる人たちの最大の関心事だと思うのですが、あなた方と、例のブルーライオンズとの関係は、いかがですか?」

「何の関係もありません」

「しかし、あなた方が、その件で警察の取調べを受けたという噂も聞いていますし――」

「その噂は事実です」

串田は、きっぱりといい、ちょっと皮肉な眼で、集っている記者たちを見廻した。

「私も、隣りにいる双葉さんも、ただ単に、IQが高いというだけのことで、ブルーライオンズの一員ではないかという疑いを、警察からかけられました。幸い、その疑いは晴れましたが、私が見るところ、警察は、あまりにも、ブルーライオンズにかかわり過ぎているようです」

「その辺を具体的に話してくれませんか」

「今度の一家五人惨殺事件は、誰が見ても、個人的な怨恨による殺人事件です。冷静に考えれば、それ以外に考えられないのに、警察は、ブルーライオンズの仕業の可能性があると、わざわざ新聞に発表し、真犯人の寺田浩二を釈放してしまった。一時は、クロとして、名前を発表さえした男をです。これは、二つのことが考えられました。警察が、寺田が真犯人と知りながら、ブルーライオンズの連中を罠にかけるために、寺田を泳がせたか、あるいは、ブルーライオンズが犯人だと、いちずに思い込んで、寺田が真犯人だと見抜けなかったかのどちらかだと。そのどちらにしても、非常に危険だと、私たちは考えたのです。殺人鬼を野に放すことになりますからね。だから、私と彼女で、警察が寺田を捕え、自分たちの方法で自供させたのです」

「すると、警察が寺田を釈放した時、あなた方が、たまたま、そこにいたということですか？」

「そう考えて下さって結構です」

「しかし、それにしても、あなた方は、いくつかの罪を犯したことになりませんか？」

「さあ、どんなことです？」

串田は、笑って、記者たちを見た。

「まず、車を盗みましたね？」

「止むを得なかったのですよ。どうしても、寺田を、静かな所へ連れて行く必要があったからです」

「その他、不法監禁がありますねえ。また、自供に拷問めいた方法が取られたとすれば、それも、一つの犯罪を構成しませんか？」

「いや、そうは思いませんね。相手は、一家五人を惨殺した凶悪犯ですからね。多少、手荒い手段を取ったとしても、それは、一種の緊急避難に該当するのではないかと思っています。それに、車を盗んだことですが、これについても、車の所有者に事後承諾を得ました。だから、罪にはならんと思いますね」

「最後に、今度のことで、何かおっしゃりたいことはありませんか？」

「そうですね。これは、警察当局に申し上げたいのだが、功をあせるあまり、凶悪犯を、わざと逃がすような馬鹿な真似は止めて頂きたいということです」

「それは、警察に対する挑戦と考えていいですか？」

記者たちが、色めき立つと、串田は、ニヤリと笑って、

「とんでもない。一市民としての要望ですよ」

4

「驚いた連中だ」

左文字は、ロッキングチェアをゆっくりと動かしながら、嘆声をあげた。

「敵ながら天晴れね」

と、史子がいった。

「いい度胸だし、自分の方から、記者会見をするなんて意表を突いてるわ。さすがに、IQ一四〇以上の連中ね」

「しかし、彼等は、自信過剰だ。危い綱渡りをしているのがわからないのかな」

「それを楽しんでるんじゃないかしら」

「かも知れん」

「あの二人、どうなると思う？　矢部警部の話だと、懲役一年、執行猶予三年ぐらいだろうということだったけど」

「それは、警察が追い廻して逮捕しての話だよ。ところが、あの二人は、向うから、さっさと、名乗り出て来たんだからねえ。しかも、悪賢こく、警察に自首せず、いきなり、記者会見をし、それをテレビで流すという方法を取った。これで、多分、マスコミも、世間も、二人の味方につくだろう。警察も、後ろめたさがあるから、一応は逮捕するだろうが、あるいは、無罪放免にせざるを得ないかも知れん」

左文字のこの予測は、不幸にも（というべきだろう）適中した。

翌日の午後、疲れ切った顔を、矢部警部が、左文字の事務所に出したからである。

「お手あげさ」

と、矢部は、ソファに腰を下すと、大きな溜息をついた。

史子が、そんな矢部に、コーヒーをすすめて、

「しっかりして下さいな」

「しっかりしたいんだが、どうにもならない。今日、串田と双葉卓江の二人を釈放したよ」

「一応、逮捕したのか？」

左文字が、青い眼で、矢部を見た。

「ああ。だが、あの二人を、下手に突っつけば、警察が、真犯人とわかっていながら、わざと寺田浩二を逃がしたことが明るみに出てしまうんでね。上の方から、釈放しろという命令が出たんだ」

「車の件はどうなんだい？　串田は、持主に事後承諾を得たから、罪にはならない筈だと、記者会見でいっていたが」

「彼のいった通りだよ。盗まれた車の持主は、小牧良介（こまきりようすけ）というサラリーマンなんだが、急に、態度を変えてねえ。あの二人になら、承知していて、車を貸したのと同じだといい出したんだ。これでは、どうしようもないね」

「その持主に、金をつかませたのかな？」

「かも知れないし、この小牧良介というのが、調べてみると、あまり評判のいい男じゃないんだな。だから、何か弱味をつかまれているのかも知れない。とにかく、お手あげだよ」

矢部は、この男にしては珍しく、弱音を吐いた。

「まだ、降参するには早いんじゃないか？」

左文字は、矢部を勇気づけるように、笑いかけた。が、矢部は肩をすくめて、

「だがね。何が出来るというんだ？　もう二度と、同じ罠は使えないといったのは君の筈だ。このままだと、彼等が、相ついでブラジルへ逃げて行くのを、手をこまねいて見ていなきゃならないだろう。それが、どうにもやり切れないんだ」

「弁護士の野上や、医者の串田、それに双葉卓江たちが、ブルーライオンズだということを証明できないのか？」

「今のところ無理だね。推測では逮捕できないよ」

「なるほどね」

左文字は、ロッキングチェアから立ち上って、窓の所へ歩いて行った。

腕を組み、夕闇の近づいた新宿の街を見下した。

ネオンが、またたき始めている。いつ見ても、三十六階から見るネオンは美しい。

「一つだけ、引っかかっていることがある」

と、左文字は、眼を、窓外に向けたままいった。

「事件に関係のあることかい？」

と、矢部がきく。

「関係はある。君たちが、カローラを追っている頃、僕と史子は、野上法律事務所で、野上に会っていた」

「ああ。それがどうかしたのか？」

「僕は、野上を脅した。君たちの成功は、破滅に通じているとね。彼等は、今でも、毎日びくついている筈だよ。三千万人の胸にワッペンをつけてしまったことの責任の重荷というやつさ」

「だが、びくついているからといって逮捕はできないよ。それに、串田と双葉卓江は、別にびくついているようには見えなかったがね」

「自分たちは天才だという強烈な自尊心が、怯えを押さえつけているんだ。ところで、あの時のことなんだが」

左文字は、史子に眼を向けて、

「君は気がつかなかったかな？」

「気がついてたわ」

「そうか。やはりね」

「あなたが、喋っている間、ずっと背を向けていた野上が、急に、くるりと振り向いた時のことでしょう？　あの時、野上が、ものすごい顔をしていたんで、びっくりしたの。なぜ、彼は、あんなものすごい顔をしたのかしら？」

「何のことだい？」

と、矢部が、左文字と、史子の顔を等分に見てきいた。

「今もいったように、僕は、野上を脅した。三千万人を、たった三人で守れるかとね。その時、彼は、だいぶこたえていたようだったが、動揺をさとられるのが嫌だったんだろう。ずっと、僕に背を向けていた。ところが、僕が、最後に、君たちは、三神夫婦も守らなきゃならなくて大変だなといったとき、ふいに、ものすごい顔で、振り向いたのさ。すごく動揺しているのが、はっきりとわかったよ。しかし、なぜ、あんなに狼狽（ろうばい）したのか、それがわからなくて、ずっと考えていたんだが――」

「三神夫婦が誰かに殺されたら困ると思ったからだろう？　ワッペンをつけている三千万人の他に、三神夫婦も守らなければならないんだと気がついて、あわてたんじゃないのか」

矢部がいった。

「違うね」

と、左文字。

「相手は、天才だよ。そんなことに、今になって急に気がついたとは思えない。それに、三神夫婦の家には、今でも、刑事が張り込んでいるんだろう?」

「なぜ、違うんだ?」

「もちろん。あの老夫婦に、誰が接触してくるか知りたいからね」

「野上は、それを知らない筈はない。警察が張り込んでいるということは、警察が、三神夫婦を守っているということだ。それなら、別に、三神夫婦の安全を、ブルーライオンズが心配することはない筈だ。それなのに、野上は、なぜ、あんなにあわてたのか――」

左文字は、難しい顔で考え込んでいたが、急に受話器を取ると、野上法律事務所のダイヤルを廻した。

受付嬢が出ると、左文字は、声を殺して、

「野上先生に、弁護をお願いしたいんですが」

と、いうと、

「今は、ちょっとお引き受けできません」

と、受付嬢がいった。

「それは、予約が一杯だからということですか? ぜひ、先生にお願いしたいんですがねえ」

「明日の午後から一週間、先生は、旅行にお出かけになるのです。それで、残念ですけれど、お引き受けできないのです。先生がお帰りになった時点で、またお電話下さいませんか？」

「行先はブラジルですか？」

「行先は存じません」

「どうも――」

左文字は、電話を切ると、ニッコリ笑って、矢部を見、史子を見た。

「どうやら、少しずつわかって来たよ」

5

左文字は、再び、ロッキングチェアに腰を下し、煙草に火をつけた。

「野上は、ブラジルへ旅行する」

「逃げ出すのか？」

矢部が、きッとした顔でいうと、左文字は、手を横に振って、

「違うね。警察がお手あげなのに、なぜ、逃げ出すんだ？」

「でも、ブラジルへ行くのは、確かなんだろう？」

「まず、間違いないね。だから、興味があるんだ。さっきのことを考えてみよう。三神夫婦は、警察が守っているわけだから、安全だ。しかし、年齢が年齢だから、病死しないとも限らない。そこでだが、もし、三神夫婦が死んだら、厖大な遺産は、どこへ行くんだろう？」

「そりゃあ、当然、ブラジルにいる一人息子の一男が、全財産を受け取ることになる筈だよ」

「それなら、ブルーライオンズの面々は、三神夫婦が死んだとしても、別に困らないことになる。彼等はブラジルへ移住し、三神一男と一緒に暮らすんだろうからね。それなのに、なぜ野上は、あんなに狼狽したのだろうか？」

「ひょっとすると――」

と、いったのは、史子だった。

「三神夫婦が死ぬと、あの厖大な財産は、ブルーライオンズの手に入らなくなるのかも知れないわね」

「どういうことだい？　それは」

矢部がきいた。

左文字は、煙草の吸殻を灰皿に押しつけてから、

「ブラジルにいる一人息子が、すでに死んでいるのじゃないかということさ」

「何だって？」

「考えられないことじゃない。ブラジルの三神一男が、あの厖大な金を、ブルーライオンズの連中に分けてやるのが嫌になったとしよう。あり得る話だよ。それを知って、すでにブラジルへ行っている牧野英公が、三神一男をひそかに殺し、彼になりすましているとしたらどうだろう？　三神夫婦が健在で、大金を持ってブラジルへ行けば、そこで夫婦をおさえてしまえるから、何とかなる。だが、夫妻が日本で死んでしまったら、どうなるだろう？　厖大な遺産相続人になる人間のことは、くわしく調べられるに決っている。すでに死んでしまっている一人息子は、日本に戻って来られない。となると、折角集めた大金は、ブルーライオンズの手には入らなくなるんだ」

「だから、あわてて、野上は、ブラジルへ発つんだな？」

「三神一男になりすましている仲間の牧野英公と、三神夫婦が万一死んだ場合の打合せに行くんだと思うね。これは、断言してもいいよ」

「しかしなあ」と、矢部警部は、また、小さな溜息をついた。

「三神夫婦は、すこぶる元気だ。ブラジルの永住許可がおりるまでに、二人が急死するなんてことは、まず考えられないよ。それに、警察が見張っているから、誰かが、あの夫婦を殺すことも不可能だな」

「しかし、やり方はあるよ。この辺で、荒療治をしてみようじゃないか」

「まさか、三神夫婦を殺すなんていうんじゃあるまいな」

「僕は善良な一市民だよ。そんな馬鹿な真似をするわけがないだろう。法に触れるようなことはしない。僕が考えているのは、しごく簡単なことだよ」

6

翌日の午前十時。

三神ふみ代は、いつものように、買い物籠を手に、家を出た。

当然、私服の刑事が尾行につく。

ふみ代は、家から三百メートルほど離れたスーパーマーケットに入り、千二百円ほどの買い物をした。

金を払って、スーパーを出る。少し歩いた時、一台の車が、すっと、ふみ代の傍へ寄って来た。

「三神さん」

と、窓から顔を出して、ふみ代に声をかけたのは、矢部警部だった。

「ちょっと、お聞きしたいことがあるのですが、署までご同行下さい」

矢部がいうと、ふみ代は、当惑した顔で、周囲を見廻しながら、

「でも、買い物の帰りですから――」

「なに、すぐすみますよ」

矢部は、車からおりると、「どうぞ」と、ふみ代を促し、彼女の尾行をしていた刑事に向っては、ＯＫの合図を送った。

ふみ代は、仕方がないといった顔で、車に乗り込んだ。

覆面パトカーは、まっすぐ、合同捜査本部の置かれた新宿警察署に向った。

新宿署に着くと、矢部は、笑顔で、ふみ代を部屋に通し、

「気楽になさって下さい」

「主人が心配しているといけませんから、電話させて頂けませんか？」

ふみ代は、落着きのない声でいった。

「おい、お茶」

と、矢部は怒鳴ってから、ふみ代に、

「ご主人への連絡は、われわれの方でしておきますから、心配はご無用です。まあ、お茶でも召しあがって下さい。あまり上等じゃありませんが」

「ご用は何でしょうか？」

ふみ代は、お茶に手を出さず、堅い表情で聞いた。

矢部は、武骨な手つきで、お茶を飲んでから、

「そうでしたね。ブラジルの息子さんのことを伺いましょうか。あの手紙以来、何か便りはありますか？」

「いいえ。でも、あの子が、ブラジルで無事でいることがわかっているんですから平気ですわ。それに、もうじき、向うの永住許可がおりれば、あの子に会えるんですもの」

「息子さんの向うの住所はわかっていますか？」

「ええ。家に帰ればわかりますけど」

「電話は？」

「ありますよ。サンパウロ市内です」

「国際電話をかけたことは？」

「ありますよ。三回」

「息子さんは、出ましたか？」

「ええ」

「三回とも電話口に出たんですか？」

「一回出て、あとの二回は、丁度、仕事で出ているということでしたわ」

「仕事で出ていると、誰がそういったんです？」

「息子が一緒に住んでいる若い男の方ですよ。同じ日本人で、仕事も、息子と一緒にやっておいでだということで」

「その男の名前は聞きましたか？」

「ええ。牧野さんとおっしゃってましたけど、それが、どうかしたんですか？」

「牧野ねえ。牧野英公という名前じゃありませんか？」

「さあ、牧野さんとしか聞きませんでしたけど――」

「じゃあ、次の質問に移りましょうか――」

と、矢部は、坐り直した。

7

三神徳太郎は、工場で仕事を監督しながら、何度も腕時計に眼をやった。

昼はとうに過ぎている。昼休みが終って、作業が開始されたところだった。

（遅いな）

と、徳太郎は、眉（まゆ）を寄せて呟いた。

こんなことは初めてだった。ふみ代は、いつもなら、もうとっくに買い物から帰って来て、昼食の支度をし、すでに食べ終っている頃である。

それなのに、まだ帰って来ない。

（途中で、車にでもはねられたんだろうか？）

徳太郎が、そんなことを考えたとき、電話が鳴った。

何となく、どきッとして、徳太郎が受話器を取ると、男の含み声が聞こえた。

「三神徳太郎さんかね？」

「ああ、そうだが、あんたは誰だね？」

「誰でもいいだろう。おれは、あんたの奥さんを誘拐した」

「何だって？」

「そんなにびっくりしなさんな。奥さんを誘拐しただけのことだ」

「何者なんだ？　あんたは」

「ホワイトライオンズとでも呼んで貰おうかね。奥さんを無事に返して貰いたければ、あんたの一千五百億円にのぼる預金を、全部おろして、おれたちにそっくり渡すんだ」

「家内はそこにいるのか？」

「ある場所に、無事でいるから安心するんだな。どうするね？　金を惜しんで、奥さんを見殺しにするかね？」

「家内を誘拐したというのは本当なのか？」

「あんたの奥さんは、午前十時に、スーパーに買い物に出かけた。おれたちは、スーパーを出たところで誘拐したのさ。まだ、そちらに帰っていないのが、何よりの証拠だよ」

「しかし、あの金は、ブラジルにいる一人息子が、向うで牧場をやるための資金なんだ。それに税金も払わなきゃならんし――」

「じゃあ、国際電話をしたらいいだろう。あと二時間待ってやる。二時間後に電話して、全財産をおれたちに寄こす決心がついてない時は、容赦なく奥さんを殺すからな」

「おい、そんなことを急にいわれても――」

徳太郎が、蒼ざめた顔でいったが、相手は、冷酷に、その途中で電話を切ってしまった。

徳太郎は、受話器を持ったまま、しばらくの間呆然としていた。

ここまでは、すべて上手くいっていたのだ。あと一カ月もすれば、ブラジルの永住許可がおり、一人息子と家族三人で、ブラジルの原野で牧場をやれることになっていたのに、何ということだろう。

だが、ふみ代は、かけがえのない妻だった。明るくて、けなげで、あんないいかみさんは、そういるものじゃない。といって、折角儲けた金を全部奪われては、ブラジルの一人息子に何もしてやれなくなってしまう。

（警察に相談してみようか）

一瞬、そう考えてから、徳太郎は、あわてて、かぶりをふった。自分たちは、警察に相談できる立場ではなかったということを思い出したからである。

徳太郎は、工場で働いている人たちに、「ちょっと外出してくるから」といい残して、外へ出た。

まず、ふみ代の行きつけのスーパーに行ってみた。

店員は、ふみ代を覚えていてくれた。

「十時ちょっとすぎにお見えになりましたよ。千二百円のお買い物をなさいましたけど」

入口のところの中年のレジ係が、髪を押さえるようにして、徳太郎にいった。

「そのあと、どこへ行ったかわからないかな？」

「それはわかりませんけど、何となく外を見たら、奥さんが、車へ乗るのが見えましたよ」

「タクシーかね？」

「いいえ。黒い車で、男の人に無理矢理乗せられたみたいでしたわ」

（やっぱり、誘拐されたのだ）

徳太郎は、相手に礼をいうのも忘れて、スーパーを出ると、近くにあった公衆電話ボックスに入った。

相談できる人間は一人しかいなかった。

徳太郎は、野上法律事務所のダイヤルを廻した。

「わたしです」

と、電話口に出た野上に、徳太郎は、嘆願する調子でいった。

「日本を離れるまで、私に電話はかけないという約束でしたよ」

野上は、厳しい声でいった。

「それはわかっていますが、家内が誘拐されてしまったんですよ。どうしたらいいんです？」

「それは、本当ですか？」

「間違いないですよ。家内が、車で、男に連れ去られるのを目撃した人がいるし、誘拐犯から電話もかかって来ました」

「どんな要求をして来たんです？」

「儲けた金全部よこせといっています」

「承知したんですか？」

「家内は、かけがえのない女ですよ。二十八年間も一緒に暮らして来たんだ。見殺しにするわけにはいきません」

「しかし、あの金は、あなたの息子さんと、ブラジルで牧場を経営するのに、どうしても必要な資金ですよ。それを忘れては困りますね」

「だから、ブラジルの一男に電話して了解して貰いたいんです。最近、いくら電話しても、あなたの仲間の牧野さんが電話口に出て、息子は出てくれない」

「息子さんは、仕事で忙しいんですよ。きっと、あなたがブラジルに行くまでに、牧場の基礎設計をしておきたいと思って、一生懸命なんですよ」

「しかし、今度は、どうしても、息子に了解を得なきゃならないんです。きっと、息子もわかってくれると思っています」

「いったい何をです？」

「しょせん、あの金は、あぶく銭です。家内の安全のためなら、くれてやります。無一文になったって、親子三人で、ブラジルで助け合って、何とかやっていけますよ。あなたや、串田さんたちには、申しわけないんですが、誘拐犯にくれてやる積りですか？」

「一千五百億円もの金を、誘拐犯にくれてやる積りですか？」

電話の向うで、野上の声がとがった。

徳太郎は、送話口に口をつけるようにして、

「他に方法がありますか？　あったら教えて下さい」

「まあ、興奮しないで。会って相談しませんか。原宿に、『原宿スカイコーポ』という十階建のマンションがあります。私がプライベートに使っているところでしてね。七階の七〇一号室に、これからすぐ来てくれませんか。そこで、くわしく相談しましょう」

8

四十分後、徳太郎は、タクシーで、原宿にある「原宿スカイコーポ」に着いた。エレベーターで七〇一号室に行きノックすると、堅い表情の野上が、ドアを開けてくれた。十二畳あまりのリビングルームには、串田順一郎と、双葉卓江も来ていた。

「とにかく、サンパウロの息子に、電話をかけさせて下さい」

と、徳太郎はいい、部屋にある電話に手をかけた。

二十分ほどで、電話はつながった。が、徳太郎の耳に聞こえたのは、一人息子の声ではなく、牧野英公の声だった。

「息子さんは、今、仕事に出ています。帰ったら、お父さんから電話があったと伝えておきましょう」

いつもなら、お願いしますといって、受話器を置くのだが、今日は、そうはいかなかった。

「すぐ、息子を呼んで来て下さい。重大な話があるんです」

「しかし、仕事で出かけていますから、すぐに呼ぶというわけにはいかないのですよ」

「そちらは、今、夜でしょう。息子は、夜も仕事をしているんですか？」

少しずつ、徳太郎の胸に疑惑が浮かびあがって来た。

「夜は夜ですが、息子さんは、ご両親がこちらに来るまでに、しておかなくてはならないことがあるといって、夜も、動き廻っているんですよ」

「とにかく、すぐ、息子を電話口に出して下さい。息子が出られないのなら仕方がない。家内を助けるために、折角儲けた金だが、全額を誘拐犯人に渡すと伝えて下さい」

「ちょっと待って下さい。何が何だかわからないんだが――」

「わたしは、息子の一男に電話をしたいんだ。前の二回の時も、あなたが電話口に出て、息子は仕事中だといった。わたしから電話があったと伝えてくれたんですか？」

「もちろん、伝えておきましたよ」

「それなら、なぜ、息子の方から一度も、わたしに電話がかかって来なかったんです？　おかしいじゃありませんか」

「それはですね、どうせ、じきに会えるんだからと、息子さんが——」

「そんな息子じゃありません。すぐ、息子を電話口に出して下さい。さもないと——」

急に電話が切れてしまった。

野上が、指で電話機のボッチを押して、切ってしまったのだ。

「まあ、落ち着いて下さい」

と、野上は、徳太郎の肩を抱くようにしていった。徳太郎は、まだ、受話器を手にしたまま、

「わたしは、息子と話がしたいんだ。ブラジルの息子は、本当に無事でいるんですか？　健在なら、なぜ、わたしたちに電話して来ないんです？」

「私が今夜、サンパウロに発ちます。向うであなたの息子さんに会って、どんな生活をしているか調べて来ますよ。だから、心配しない方がいいですよ」

「わたしが話したいのは、今すぐなんだ。もうじき、誘拐犯人から電話がかかってくる。それまでに、息子の承諾を得ておきたいんだ」

「誘拐犯人に、どう返事をする積りなんです？」

串田がきいた。

徳太郎は、がちゃんと荒っぽく受話器を置いてから、

「もちろん、向うの要求に従うつもりですよ。何もかも相手にやります。家内の命にはかえられませんからね。息子が生きているのなら、了解してくれる筈です」

「了解できないわ。絶対に！」

と、ヒステリックに叫んだのは、双葉卓江だった。

「あのお金は、あんただけのものじゃないのよ。それどころか、あたし達天才が、この頭脳を集中して、手に入れたものだわ。あんたたちは、たまたまワッペンを作っていたから、ちょっと利用しただけのことじゃないの。それを何ですって？　家内の安全のために、全部誘拐犯人に渡しちゃうですって」

歯をむき出しにして、双葉卓江が、徳太郎をののしった。

徳太郎は、負けずに、

「しかし、わたしの一存で、あの金はどうにでもなるんだ」

「奥さんが誘拐されたっていうのも、あたしたちとあのお金を分配するのが嫌なんで打った芝居じゃないの？」

「止してくれ。時間がない。わたしは、家に帰って、犯人に、オーケイだという。ブラジルの一人息子も、きっと了解してくれる筈だ。あんたたちも了解してくれ。家内の命がかかってるんだ」

「冗談じゃないわ。それに、もう死んでしまった人が、オーケイも何もないでしょう」

「双葉君！」

あわてて野上が制止したが、すでに遅かった。

徳太郎の顔色が変り、激しい怒りの眼で双葉卓江を睨んだ。

「やっぱり、息子は、あんたたちに殺されていたんだな？」

「あたしたちを裏切って、あのお金を独り占めにしようとして、あんたに、手紙を書きかけているのを、牧野さんが見つけたのよ」

「それで殺したのか？」

「もともと、馬鹿な人間は、あたしたちのグループには必要がないのよ」

「こん畜生」

徳太郎は、いきなり卓江にむしゃぶりついていった。

六十五歳の老人とは思えない激しさに、卓江は、のどを絞められて、かすれた声で悲鳴をあげた。

串田が、近くにあった銅製の花瓶で、徳太郎の後頭部を殴りつけた。

老人の身体が、床にくずおれた。串田が、また、花瓶を拾いあげるのへ、野上が、

「殺すな。殺すと、あの金が手に入らなくなるぞ」

と、怒鳴った。

その時、激しい音を立ててドアが蹴破られ、数人の刑事と一緒に、左文字が飛び込んで来た。

左文字は、ぐるりとリビングルームの中を見廻してから、蒼ざめている野上に向って、

「何か弁明することがあるかい？」

「いや」

と、野上は、首を横に振ったが、

「一つだけある。聞く気があるかね？」

「いってみたまえ」

「いつもの私なら、こんなちゃちな罠には引っかからなかった筈だということだよ」

「だろうね。怯える人間ほど、罠にかかりやすいものさ」

左文字は、微笑して見せてから、部屋の電話を使って、捜査本部の矢部警部に連絡を取った。

「終ったよ」

9

三十六階の高さから眺める都会の夜景に初夏の匂いが漂うようだ。

史子は、例によってインスタントコーヒーをいれながら、

「どうなるのかしら?」

と、ロッキングチェアに腰を下している左文字にきいた。

左文字は、窓の外の夜景に眼を向けたまま、

「矢部警部の話だと、ブルーライオンズの連中は、死刑は確実だそうだ。三神夫婦は、共犯だが、殺人は犯してないし、一人息子のために、彼等のいうことを聞いていたという節もあるので、いい弁護士がつけば、五、六年の刑ですむかも知れんとさ」

「わたしが、心配しているのは、一千五百億円のお金のこと」

「おやおや」

と、左文字は笑ってから、

「ワッペンを買った連中が、ワッペンは要らないと返せば、五千円ずつ払うことになるだろうね。ところが、事件が解決して、二週間になるのに、金を返してくれと、三神工場に現われたのは、たった五人だけだそうだ。それも、二人は、気が変って、そのまま帰ってしまっている」

「どういうことなのかしら?」

史子は、首をかしげながら、左文字の前に、コーヒーを置いた。

左文字は、角砂糖を落としてから、

「事件が終ったとたんに、あのワッペンは、安全の保障ではなくなった」

「それなら、どんどん返して来るんじゃないかしら？」

「ところが、骨董的価値が出て来たらしい」

「え？」

「ある所じゃあ、あのワッペンが、七、八千円もしているということだ」

「じゃあ、あのお金は？」

「いぜんとして、三神夫婦のものさ。もちろん、税金が、がっぽりかかってくるだろうが、それでも、四百億円近い利益は残る。五、六年の刑期を了えて、あの老夫婦が出てくれれば、間違いなく億万長者だよ」

「狂ってるわ。世の中が」

「ああ」

と、肯いてから、左文字は、また、ネオンのきらめく新宿の夜景に眼をやった。

「狂っているにしても、美しい街だよ」

解説　アクロバティックな論理が冴える誘拐ミステリ

佐々木敦

『華麗なる誘拐』の初版が刊行されたのは1977年の3月のことだから、この文章を書いている今（2020年5月）から遡ること実に43年、ずいぶんと昔である。とはいえ、西村京太郎の作家デビューは1961年なので、この時点で十五年以上のキャリアがあり、本作の前に三十冊を超える著作をすでに出していた。中間小説誌の爛熟期であった七〇年代、人気作家の多くが現在とは比べものにならないほど多作だったが、その中では西村氏はやや遅咲きながら（1930年生まれで30歳でのデビュー）、この頃からおそるべきスピードでミステリを量産してゆく。『華麗なる誘拐』は私立探偵左文字進を主人公とするシリーズの第二作であり、一作目は前年の1976年に出された『消えた巨人軍』、あとでも触れるように、本作以後も、このシリーズは矢継ぎ早に続いていくことになる。

今でこそ十津川警部のトラベル・ミステリで知られているが、初期の西村京太郎は、社会派テーマの作品（デビュー作『四つの終止符』や江戸川乱歩賞受賞作『天使の傷痕』など)、マニアックな本格ミステリ(『殺しの双曲線』『七人の証人』など)、探偵小説のパロディ(『名探偵なんか怖くない』に始まるシリーズ)、ユニークなアイデアによるエンターテインメント(『消えたタンカー』や本作など)と、ヴァラエティに富んだ作風で知られていた。いま読んでも古さをほとんど感じさせない、読み出したら途中でやめられない抜群のリーダビリティと破格のオリジナリティを持った作品が目白押しなのだが、その中でも本作は文句なしにぶっ飛んだ傑作である。題名からして誘拐ものであるわけだが、誘拐されるのは日本国民全員、身代金は五千億円というのだから、前代未聞の途方もないスケールであり、この記録(?)は現在に至るまで破られていないのではあるまいか?

誘拐はミステリにおける人気テーマのひとつだが、書くのはなかなかむつかしい。なぜならば、他の題材以上に、誘拐ミステリにはクリアするべきハードルが多いからだ。

・誰を誘拐するか?
・どうやって誘拐するか?
・どうやって身代金を受け渡しするか?
・どうやって人質を返すか?

少なくとも右の四つの要素について、過去の誘拐ものとは違う斬新なアイデアを思いつけないと誘拐ミステリは書けない。もちろん、それだからこそ腕に覚えのあるミステリ作家たちは誘拐ものに果敢にチャレンジしてきたし、その結果生まれた名作も数多い。

私は今回、この解説を書くにあたって、日本の誘拐ミステリの代表作を幾つか再読、あるいは初めて読んでみたが、他の人気分野であるアリバイや密室などに較べればけっして数は多くないものの、非常にすぐれた作品もかなりあり、挑戦しがいのあるジャンルであるとあらためて認識させられた。誘拐犯と探偵／警察の丁々発止の頭脳戦を描く誘拐ミステリは、ミステリ作家ならば一生に一度は取り組んでみたい魅力的なテーマなのだろう。ちなみに私が今回読んだのは、連城三紀彦の『人間動物園』『造花の蜜』、法月綸太郎の『一の悲劇』、歌野晶午の『ガラス張りの誘拐』『さらわれたい女』などだったが、他にも日本の誘拐ミステリ史上に燦然と輝く秀作としては、東野圭吾の『ゲームの名は誘拐』や岡嶋二人の『99％の誘拐』、そして何と言っても天藤真の『大誘拐』を忘れるわけにはいかない。ここに名を挙げた諸作は、先の誘拐ミステリの四つのハードルを、それぞれの仕方で鮮やかに飛び越えてみせた秀作揃いである。そして本作もまた然り。

本作がとびきりユニークな誘拐ものであることは、先の四つの項目を吟味してみてもわかる。まず「誰を誘拐するか？」はすでに述べたように日本国民全員、より正確に言えば、日本国に居住あるいは滞在する者全員、である。次に「どうやって誘拐するか？」だが、首相公邸に電話をして宣言するだけ、なのだ。作者はこの作品の中で幾つもの逆説、論理のアクロバットを駆使しているが、第一の曲芸はここにある。すなわち「国民全員をどうやって誘拐するか？」を「どうしたら国民全員が誘拐されたことになるのか？」に変換するのである。ここで登場するのが本作執筆当時に現実に起こった「青酸コーラ無差別殺人事件」である。青酸ソーダが混入されたコーラを拾って飲んだひとが次々と死亡した事件で、いまだ未解決である。この時に「無差別殺人」というワードが喧伝された。本作でも、物語の始まりで二人の若い男女が喫茶店で砂糖壺に入れられた青酸カリによって毒殺される。そして誘拐犯は、このことを「人質を殺した」と主張するのである。この「国民全員の誘拐」と「無差別殺人」を繋ぐロジックにはハッとさせられる。誘拐犯は日本政府に五千億円という桁外れの身代金を要求するのだが、これに応えないと「人質」である国民の誰もが殺される可能性があることになるわけだ。なんという発想だろうか？

第三の項目「どうやって身代金を受け渡しするか？」への答え方も素晴らしい。だがこの先はネタバレになってしまうので、本文よりも前にこれを読んでいる方のために曖昧な書き方をしておこう。私が非常に感心させられたのは、その方法というよりも、二つ目の項目と同じく、作者が「どうやって身代金を受け渡しするか？」を論理的に逆転させ、更に四つ目の項目である「どうやって人質を返すか？」と合体させて、この特異な誘拐事件において「身代金が支払われたがゆえに人質が解放された」とは如何なる状態なのか、という問いを設定し、それに見事に答えてみせたからである。逆説、論理のアクロバットと述べておいたのは、そういう意味である。

そして、すでに読了された方はご存知のように、この小説にはまだ、その先がある。本作は「天才をめぐる物語」でもあり、後半は天才の誘拐犯と、やはり天才的な名探偵、左文字進との知恵競べの様相を呈していく。おそるべき奇計によって日本政府と日本警察と日本国民を手玉に取った犯人だが、ではこの知略に満ちた犯罪は、どこに落とし穴があるのか、作者が最後に提示するのは、いわば成功が、そのまま失敗になってしまうという、またしても論理の逆転劇である。そのロジックが左文字によって口にされた時、私は思わず小さく叫んでしまった。なるほど！　そうか、そういうことになるのか！、と。

当然のことながら、本作で描かれる七〇年代後半の日本の姿は、さまざまな点で今とはかなり違っている。しかしここまで書いてきた、この小説の中心を成すパラドキシカルな発想は、まったく古びていない。実際、このアイデアをそのまま使って舞台を現在に置き換えたとしたら、斬新なミステリとして絶賛されるだろう。だが西村京太郎は、これを43年も昔に書いたのである。

左文字進シリーズの一作目『消えた巨人軍』は、タイトル通り、新幹線ひかり号の車中から読売巨人軍の選手三十数名が「誘拐」されるという物語、第三作『ゼロ計画を阻止せよ』（1977）、第四作『盗まれた都市』（1978）と、作品を追うにつれてストーリーは荒唐無稽さを極めてゆく。なお、左文字ものは西村作品の例に漏れず何度かテレビドラマ化されているのだが（TBS系列『探偵左文字進』、主演は水谷豊）、本作を原作とするエピソードは存在しないようである。

言うまでもなく西村京太郎は、日本のミステリ作家の中でも、とびきりのベストセラー作家であり、600冊を超える膨大な著作があり、しかも現役である（2019年にも12冊刊行している！）。このたび、こうして過去の埋もれた、だが紛れもない傑作が何度目かの文庫になることで、本作前後に書かれた瞠目すべき作品群が、新たな読者を獲得することを願ってやまない。私も未読の作品を、これから読んでみようと思っている。

（文筆家）

本書は一九七七年三月にトクマ・ノベルズ、一九八二年八月に徳間文庫、一九八七年九月に「西村京太郎長編推理選集第9巻」（講談社）、一九九五年三月に講談社文庫、二〇〇〇年七月に徳間文庫〈新版〉、二〇〇四年三月にトクマ・ノベルズ〈新装版〉として刊行された作品を加筆・修正し、再文庫化したものです。

華麗なる誘拐

二〇二〇年 七 月一〇日 初版印刷
二〇二〇年 七 月二〇日 初版発行

著 者 西村京太郎
発行者 小野寺優
発行所 株式会社河出書房新社
〒一五一−〇〇五一
東京都渋谷区千駄ヶ谷二−三二−二
電話〇三−三四〇四−八六一一（編集）
〇三−三四〇四−一二〇一（営業）
http://www.kawade.co.jp/

ロゴ・表紙デザイン 粟津潔
本文フォーマット 佐々木暁
印刷・製本 中央精版印刷株式会社

Printed in Japan ISBN978-4-309-41756-1

『吾輩は猫である』殺人事件

奥泉光　41447-8

あの「猫」は生きていた⁈　吾輩、ホームズ、ワトソン……苦沙弥先生殺害の謎を解くために猫たちの冒険が始まる。おなじみの迷亭、寒月、東風、さらには宿敵バスカビル家の狗も登場。超弩級ミステリー。

葬送学者R. I. P.

吉川英梨　41569-7

“葬式マニアの美人助手＆柳田國男信者の落ちぶれ教授”のインテリコンビ（恋愛偏差値０）が葬送儀礼への愛で事件を解決⁉　新感覚の“お葬式”ミステリー‼

盲獣・陰獣

江戸川乱歩　41642-7

乱歩の変態度がもっとも炸裂する貴重作「盲獣」、耽美にして本格推理長篇、代表作とも言える「陰獣」。一冊で大乱歩の究極の世界に耽溺。

海鰻荘奇談

香山滋　41578-9

ゴジラ原作者としても有名な、幻想・推理小説の名手・香山滋の傑作選。デビュー作「オラン・ペンデクの復讐」、第一回探偵作家クラブ新人賞受賞「海鰻荘奇談」他、怪奇絢爛全十編。

心霊殺人事件

坂口安吾　41670-0

傑作推理長篇「不連続殺人事件」の作家の、珠玉の推理短篇全十作。「投手殺人事件」「南京虫殺人事件」「能面の秘密」など、多彩。「アンゴウ」は泣けます。

黒死館殺人事件

小栗虫太郎　40905-4

黒死館を襲った血腥い連続殺人事件の謎に、刑事弁護士法水麟太郎がエンサイクロペディックな学識を駆使して挑む。本邦三大ミステリの一つ、悪魔学と神秘科学の一大ペダントリー。

人外魔境

小栗虫太郎　41586-4

暗黒大陸の「悪魔の尿溜」とは？　国際スパイ折竹孫七が活躍する、戦時下の秘境冒険ＳＦファンタジー。『黒死館殺人事件』の小栗虫太郎、もう一方の代表作。

法水麟太郎全短篇

小栗虫太郎　日下三蔵〔編〕　41672-4

日本探偵小説界の鬼才・小栗虫太郎が生んだ、あの『黒死館殺人事件』で活躍する名探偵・法水麟太郎。老住職の奇怪な死の謎を鮮やかに解決する初登場作「後光殺人事件」より全短篇を収録。

見たのは誰だ

大下宇陀児　41521-5

誠実だが、無理をしているアプレ学生が殺人容疑で捕まった。仁俠弁護士探偵・俵岩男が事件の究明に乗り出す。真犯人は？　ある種の倒叙法探偵小説の白眉。没後五十年、待望の初文庫化。

いつ殺される

楠田匡介　41584-0

公金を横領した役人の心中相手が死を迎えた病室に、幽霊が出るという。なにかと不審があらわになり、警察の捜査は北海道にまで及ぶ。事件の背後にあるものは……トリックとサスペンスの推理長篇。

罪深き緑の夏

服部まゆみ　41627-4

“蔦屋敷”に住む兄妹には、誰も知らない秘密がある――十二年前に出会った忘れえぬ少女との再会は、美しい悪夢の始まりだった。夏の鮮烈な日差しのもと巻き起こる惨劇を描く、ゴシックミステリーの絶品。

シメール

服部まゆみ　41659-5

満開の桜の下、大学教授の片桐は精霊と見紛う少年に出会う。その美を手に入れたいと願う彼の心は、やがて少年と少年の家族を壊してゆき――。陶酔と悲痛な狂気が織りなす、極上のゴシック・サスペンス。

がらくた少女と人喰い煙突

矢樹純　41563-5

立ち入る人数も管理された瀬戸内海の孤島で陰惨な連続殺人事件が起こる。ゴミ収集癖のある《強迫性貯蔵症》の美少女と、他人の秘密を覗かずにはいられない《盗視症》の主人公が織りなす本格ミステリー。

アリス殺人事件

有栖川有栖／宮部みゆき／篠田真由美／柄刀一／山口雅也／北原尚彦　41455-3

「不思議の国のアリス」「鏡の国のアリス」をテーマに、現代ミステリーの名手６人が紡ぎだした、あの名探偵も活躍する事件の数々……！　アリスへの愛がたっぷりつまった、珠玉の謎解きをあなたに。

最後のトリック

深水黎一郎　41318-1

ラストに驚愕！　犯人はこの本の《読者全員》！　アイディア料は２億円。スランプ中の作家に、謎の男が「命と引き換えにしても惜しくない」と切実に訴えた、ミステリー界究極のトリックとは⁉

花窗玻璃（はなまどはり）　天使たちの殺意

深水黎一郎　41405-8

仏・ランス大聖堂から男が転落、地上80mの塔は密室で警察は自殺と断定。だが半年後、再び死体が！　鍵は教会内の有名なステンドグラス…。これぞミステリー！　『最後のトリック』著者の文庫最新作。

葬偽屋は弔わない

森晶麿　41602-1

自分が死んだら周りの人たちはどんな反応をするんだろう。その願い〈葬偽屋〉が叶えます。アガサ・クリスティー賞作家が描く意外なアウトロー稼業。人の本音に迫る痛快人情ミステリー！

スイッチを押すとき 他一篇

山田悠介　41434-8

政府が立ち上げた青少年自殺抑制プロジェクト。実験と称し自殺に追い込まれる子供たちを監視員の洋平は救えるのか。逃亡の果てに意外な真実が明らかになる。その他ホラー短篇「魔子」も文庫初収録。

その時までサヨナラ

山田悠介　41541-3

ヒットメーカーが切り拓く感動大作！　列車事故で亡くなった妻が結婚指輪に託した想いとは？　スピンオフ「その後の物語」を収録。誰もが涙した大ベストセラーの決定版。

93番目のキミ

山田悠介　41542-0

心を持つ成長型ロボット「シロ」を購入した也太は、事件に巻き込まれて絶望する姉弟を救えるのか？　シロの健気な気持ちはやがて也太やみんなの心を変えていくのだが……ホラーの鬼才がおくる感動の物語。

ダーティ・ママ！

秦建日子　41117-0

シングルマザーで、子連れで、刑事ですが、何か？　――育児のグチをブチまけながら、ベビーカーをぶっ飛ばし、かつてない凸凹刑事コンビ（＋一人）が難事件に体当たり！　日本テレビ系連続ドラマ原作。

ダーティ・ママ、ハリウッドへ行く！

秦建日子　41273-3

シングルマザー刑事の高子と相棒の葵が、セレブ殺害事件をめぐって大バトル⁉　ひょんなことから葵はトンデモない潜入捜査をするハメに……ルール無用の凸凹刑事コンビがふたたび突っ走る！

推理小説

秦建日子　40776-0

出版社に届いた「推理小説・上巻」という原稿。そこには殺人事件の詳細と予告、そして「事件を防ぎたければ、続きを入札せよ」という前代未聞の要求が……ＦＮＳ系連続ドラマ「アンフェア」原作！

アンフェアな月

秦建日子　40904-7

赤ん坊が誘拐された。錯乱状態の母親、奇妙な誘拐犯、迷走する捜査。そんな中、山から掘り出されたものは？　ベストセラー『推理小説』（ドラマ「アンフェア」原作）に続く刑事・雪平夏見シリーズ第二弾！

緋色の習作　シャーロック・ホームズ全集①

アーサー・コナン・ドイル　小林司／東山あかね〔訳〕　46611-8

ホームズとワトスンが初めて出会い、ベイカー街での共同生活をはじめる記念すべき作品。詳細な注釈・解説に加え、初版本のイラストを全点復刻収録した決定版の名訳全集が待望の文庫化！

四つのサイン　シャーロック・ホームズ全集②

アーサー・コナン・ドイル　小林司／東山あかね〔訳〕　46612-5

ある日ホームズのもとへブロンドの若い婦人が依頼に訪れる。父の失踪、毎年のように送られる真珠の謎、そして突然届いた招待状とは？　死体の傍らに残された四つのサインをめぐり、追跡劇が幕をあける。

シャーロック・ホームズの冒険　シャーロック・ホームズ全集③

アーサー・コナン・ドイル　小林司／東山あかね〔訳〕　46613-2

探偵小説史上の記念碑的作品《まだらの紐》をはじめ、《ボヘミアの醜聞》、《赤毛組合》など、名探偵ホームズの人気を確立した第一短篇集。夢、喜劇、幻想が入り混じる、ドイルの最高傑作。

シャーロック・ホームズの思い出　シャーロック・ホームズ全集④

アーサー・コナン・ドイル　小林司／東山あかね〔訳〕　46614-9

学生時代のホームズや探偵初期のエピソードなど、ホームズを知る上で欠かせない物語満載。宿敵モリアーティ教授との対決を描き「最高の出来」と言われた《最後の事件》を含む、必読の第二短編集。

バスカヴィル家の犬　シャーロック・ホームズ全集⑤

アーサー・コナン・ドイル　小林司／東山あかね〔訳〕　46615-6

「悪霊のはびこる暗い夜更けに、ムアに、決して足を踏み入れるな」——魔犬の呪いに苛まれたバスカヴィル家当主、その不可解な死。湿地に響きわたる謎の咆哮。怪異に満ちた事件を描いた圧倒的代表作。

シャーロック・ホームズの帰還　シャーロック・ホームズ全集⑥

アーサー・コナン・ドイル　小林司／東山あかね〔訳〕　46616-3

《最後の事件》で滝底に消えたホームズ。しかしドイルは読者の強い要望に応え、巧妙なトリックでホームズを「帰還」させた（《空き家の冒険》）。《踊る人形》ほか、魅惑的プロットに満ちた第三短編集。